2023年度陕西省重大文化精品项目入选作品
陕西省作家协会定点体验生活签约作品
2022年咸阳市文艺精品创作入选作品

王楸夫　著

陕西新华出版
太白文艺出版社·西安

# 图书在版编目（CIP）数据

喜雨 / 王楸夫著. — 西安 ：太白文艺出版社，
2024.6
ISBN 978-7-5513-2437-3

Ⅰ．①喜… Ⅱ．①王… Ⅲ.①长篇小说－中国－当代
Ⅳ．①I247.5

中国国家版本馆CIP数据核字(2023)第169405号

**喜雨**
XIYU

| | |
|---|---|
| 作　　者 | 王楸夫 |
| 责任编辑 | 强紫芳　熊　菁 |
| 整体设计 | 夏　天 |
| 出版发行 | 太白文艺出版社 |
| 经　　销 | 新华书店 |
| 印　　刷 | 陕西金德佳印务有限公司 |
| 开　　本 | 787mm×1092mm　1/16 |
| 字　　数 | 271千字 |
| 印　　张 | 17.25 |
| 版　　次 | 2024年6月第1版 |
| 印　　次 | 2024年6月第1次印刷 |
| 书　　号 | ISBN 978-7-5513-2437-3 |
| 定　　价 | 68.00元 |

# 1

　　我和马书记在街上碰见的第一个人是王喜娃。

　　此时，我还不知道他叫王喜娃，不知道他这天下午是去店头镇给葡萄树买药，顺便把头发理了一下，刚理过的光头在夕阳下像灯泡一样闪闪发亮。

　　街上静悄悄，只有王喜娃戴着黑色墨镜骑着摩托车，从两边长着石榴树和月月红的街上行驶过来。我往街道中间一站，笑着给他招了一下手，叫了一声大哥。他却没有一点儿要停车的意思，脸上看不见任何表情，视而不见的样子骑车从我身边过去。他虽然戴着墨镜，让人看不清他的眼，却能强烈地感受到他拒人于千里之外的冷漠。

　　我不明白，我和他素未谋面，对他又是笑脸相迎，他为啥这样对我。

　　太阳落到了远方的山头上，西边彩云漫天，整个村子都笼罩在橘红色的晚霞中。马书记扶了一下眼镜，盯着王喜娃的背影尴尬地笑了一声。

　　我和马书记沿着广场外边走去，拐过一个弯，来到村子的外边。那个王喜娃，已经骑着摩托车呼呼地向山上驶去。我和马书记沿着盘山水泥路继续往上走，路边是一台一台的葡萄园。有的葡萄园，一看就经过了认真修剪，没有乱生的枝条，鲜嫩的枝叶间，一串串绿莹莹的花穗长势喜人。但有个别的葡萄园，不但野草丛生，而且去年没有修剪的枝丫张牙舞爪、随意散漫，像要长到天上去，葡萄园真正变成了荒草园。另外，在路边和田地之间的地坎上，长着一排又一排老柿子树，那些树看上去有二三百年光景了。

　　水泥路一直通到了南窑村，街上唯一的十字路口边，长着一棵高大的皂角树，看样子树龄也有上百年了。树的周围摆放着几块大石头，无疑是村里人经常聚集闲聊的地方。此时，太阳已经落山，我和马书记站在十字路口左右观望，每一户院落前边，都栽种着石榴树或月月红，还有高大的椿树和槐树。

每一家院落后边，都是高高的黄土崖，崖边长着许多荒草和野酸枣树。有的院落前边，盖有高高的弓脊大瓦房；有的院落前边，还是土墙土门楼。

夜色越来越暗，突然，街边的路灯亮了，这出乎我的意料。这时，从北边胡同的水泥路上走过来一个人，个子很低，一手拄着一根拐棍，一手拿着一杆短烟锅，一摇一晃地走了过来。等他走到跟前，我才看清楚他是一个患有大骨节病的碎（陕西方言"小"的意思，这里指矮个子）老汉，腿和胳膊短得像小孩。马书记高兴地喊了一声老乡，说，还没休息？

碎老汉警惕地看着我和马书记问，你们是来干啥的？马书记说，我们是驻村干部。碎老汉疑惑地说，我成天在村里转呢，咋没见过你？马书记说，我们是今天才来的。碎老汉问，你们是闲逛呢，还是找谁呢？

我想起了王喜娃，就笑着说，我们在下窑村街道遇见一个人，光头，戴着墨镜，骑着一辆红色摩托车，我们想和他说几句话，他一句话没说就走了。碎老汉笑道，他就不爱和人说话。我笑着问，他为啥不爱和人说话？碎老汉一边走一边说，他心里没话，你叫他说啥呀。

碎老汉说着话，一瘸一拐地走了。

马书记望着碎老汉的背影笑出了声。我望着街边水泥杆上的路灯说，这地方太安静了，安静得都能把自己忘掉。

## 2

沿着水泥路继续往前走，走到南窑村外边，转过一个弯，来到一个土梁上，我立即被眼前的景象惊呆了。向南望去，是一眼望不到头的五光十色的灯火。几天后我才知道，站在土梁上向南望去，在纵横交错、起伏延伸的山地下方是茫茫关中大平原。到了晚上，山地和平原上的城镇、村落、工地、桥梁，以及醴潊县城里的灯火都一览无余。

我和马书记一边走一边欣赏着远处的灯火，来到南窑村上边的一条街道。刚走到街口，另一头就传来凶猛的狗吠声。我们循着狗吠声往前走，没走几步就看见一个老汉，坐在家门口石榴树旁边的石碾上抽烟。我喊了一声老叔。老汉问，你们找谁？我说，我们是驻村扶贫干部，今天刚来村里。老汉低言慢语地说，这条街上就剩下我和有狗叫的那一家。

正说着话，另一个手里拿着烟锅抽着烟的老汉走了过来。他说，听狗叫肯定有生人来，就出来看看。坐在石头上的老汉说，是驻咱村扶贫的干部。站着说话的老汉嘿嘿一笑，说，现在村里没有几个人了，这条街连同拐过弯那边，住了十几家人，年轻娃里头就我娃在家，金胜的娃在县城打工，不过能经常回来。

马书记问，你娃为啥在家里？金胜的娃为啥经常回来？

站着的老汉说，金胜的娃以前在外边打工，金胜年纪大了，孙子还要念书，娃回来一边在县城打工一边经管（管理，照料）娃念书。我娃是念书少，到城里只能干力气活儿，还不如待在家里。

坐在石头上的老汉说，我们父子俩种了五六亩麦，栽了几亩葡萄树，还养了一百多头猪，一到冬天，我们老两口还到窑店镇那边摊烙面，夏天晚上老汉我还逮蝎子，日子过得滋润着呢。

晚上逮蝎子？咋样逮蝎子？我惊奇地问。

站着的老汉笑道，晚上到野地里跑着逮呢。

我对农村生活一无所知，又问在野地里咋样跑着逮蝎子？能看见蝎子吗？

说到了老汉熟悉的话题上，他仰起头哈哈一笑，两个碎眼睛都看不见了。他说给头上戴个"鸡勾勾"灯，脖子上挂个塑料瓶瓶，手里拿个镊子，顺着地坎底下往前跑着逮呢。

一晚上能逮多少蝎子？

这和你跑的地方有关，和天气有关，比如后半夜或者明天要下雨，晚上蝎子就多。

这是为啥？

天气闷热，蝎子和人一样，跑出来歇凉呢。

一斤蝎子有多少个？

都说的是两，一两蝎子还要看大小，一般就是六十个到八十个。

逮一两蝎子要跑多少路？马书记也好奇地问。

翻沟爬坎从这里能跑到西安城。

跑这么多路，你能跑得动？

老汉嘿嘿地笑道，经常跑呢，习惯了。

晚上你和谁逮蝎子？

就我一个人，几个人在一块谁逮呀，谁看呀？

一两蝎子能卖多少钱？

一年和一年不一样，去年有人来家门口收都上五十元了，今年肯定还要涨。

马书记感慨道，我头一回听说晚上在野地逮蝎子，坐在城里真想不到农村人的生活。

老汉又嘿嘿一笑，你们城里人有城里人的日子，我们农村人有农村人的日子。在农村生活惯了，到城里去就待不惯，上前年亲戚把我和老婆介绍到上海那边去打扫卫生，干半年就跑回来了。

为啥跑回来了？

城里太吵嚷，车多人多，晚上红红绿绿地把人眼都能看花，睡在屋里外边老轰轰隆隆的，就像在飞机底下睡觉呢。

我从老汉说话的口气里，明显能感受到他对自己当下生活的满足。我望着路灯下寂静的街道和院门前的月月红说，我也觉得生活在农村好，现在水泥路修了，路灯亮了，院子里外栽树种花，空气又好，特别是村子周围很安静。

坐在石头上的老汉低声说，我们这地方就是安静，飞过去只蚊子都能听见。

我笑道，老叔，你这话说得有水平。

农村人胡说冒撺呢。老汉说话的口气里，好像有一种放不下的东西。

我听到一个声音，好像就在身边。我问啥响呢？两个老汉却装着没听见，我就不好意思再问。

# 3

当天晚上我失眠了，翻来覆去睡不着。主要原因正如老汉说的，农村的夜晚太安静了，飞过去只蚊子都能听见，这种情况倒叫我有些不适应。与此相比，我倒是习惯了城市里的轰隆声。

不过，我一直相信，自己从骨子里对农村生活有着一种向往。这样的情结，不仅和我以往那些乡下的生活经历有关，也和我偶尔和朋友出去，坐在山涧旁的杏树下，吹着山风，听着流水声，吃着农家饭的那种体验有关。但我更相信，自己对农村生活的向往，是从我曾祖父和我曾曾祖父身上，或者说是从我的祖先身上遗传下来的。我很羡慕单位里有的同事，在节假日开着小车带着家人回老家时那种喜悦的心情。这也是我为啥要积极报名来驻村扶贫的一个理由。我很希望自己这一辈子，不仅拥有城市生活的经历，还能拥有更多农村生活的经历。

我在床上翻来覆去睡不着，却一点儿也不烦恼，相反，倒是有几分喜悦和兴奋。我多次拿起手机，想与人分享一下自己这种独特的心情，可每次拿起手机却不知打给谁。突然，村子里传来了鸡叫声，这使我越发地兴奋起来。我起身打开房门，沉沉的夜色下，月色清明，树影朦胧，整个村子安静得像睡着了。一声又一声鸡鸣，从下窑村不同的地方传了过来。我想起陶渊明田园诗里描写的情景，想着要是再有点狗吠的声音该多好。

这是我长这么大，第一次在农村的夜晚听鸡叫。我索性从屋里拿出一把椅子，坐在屋门外边，望着月夜下寂静的村落和高耸入云的戴帽山，听着村子里一声又一声的鸡叫。


# 4


马书记给村里的王春山书记和王欢庆主任讲了我们的经过。

欢庆眼一闪，笑道，在南窑村上边那条街和你们说话的两个老汉，坐着说话的是王好仁老汉，站着说话的碎眼老汉是王茂娃。那个骑摩托车的叫王喜娃，外号叫犟牛。手里拄着酸枣木拐棍、走路一瘸一拐的碎老汉叫王益娃，外号叫漏嘴，还有一个外号叫长枪短炮。

马书记笑道，咋来这么多外号？

欢庆笑道，王益娃是个五保户，从早到晚没事干，就爱给村里人起个外号，村里人也给他起了外号。

马书记笑着问，"碎眼老汉"是啥意思？

春山书记嘴里吐着烟气说，就是长了一双碎眼睛。

马书记又笑道，王益娃的外号是谁给起的？

欢庆说，有一年，上边领导来村里入户调查，来到王益娃家里，他说话嘴上不把门，说别人家的养猪场就是个聋人耳朵——样子货，上边领导来检查，猪圈里的猪都是掏钱从王茂娃家的养猪场借的，一头猪一天二百块钱，等领导检查完一走，就把猪还回去了。这话把县上和镇上的领导弄得很被动，事后，他却哈哈一笑，说自己只顾了说话，就忘了拉闸，把话说漏嘴了。从此，他便有了漏嘴的外号。

那"长枪短炮"呢？

就是一个长烟锅和一个短烟锅嘛。村会计王三娃说。

春山书记抽着烟粗声粗气说，人也是没办法，就是拿起外号的事取乐呢。有人说没把日子过好的人十个有九个都是懒汉。这说的是啥话嘛，像王大嘴、王喜娃和王骡子老汉，你说谁是懒汉？人都是没办法遇上了那些事！还有王益娃、多多和高高，身体就那个样子，你总不能叫他们不活了！

春山书记的话，我听得云里雾里。

春山书记摸了一下脸上的络腮胡子接着说，你不要看现在农村人都一窝蜂往城里跑，不见得每个人到城里去都能站住脚。就算到城里站住了脚，也总得有个散心的地方，总得有个认祖归宗的地方吧。前几天，世运老哥给我打电话，说他过些天就回来呀，说想给村里盖祠堂呢，想把他妈的骨灰带回来和他大（父亲）的埋到一块呢。

三娃问，世运老汉是谁，我咋不知道？

春山书记说，他比我还大六七岁，是咱南窑村的，和茂娃老汉他大是亲兄弟，他给我打电话说，他想戴帽山了，想咱山洼里村了，说他出去几十年，一转眼黄土壅到了脖子，攒的钱再多都没有啥意思。他想来想去，想给村里做一件善事，回来把祠堂盖一下。有了祠堂，就有了根，在外头干事的人就有了牵挂的地方，就有了回家的路。

马书记说，咱中国人都讲究叶落归根，故土情结深得很。

春山书记坐在板凳上一边弹着烟灰一边说，就凭这一点，我就敢说农村不会像网络上有人说的那样会消失。

农村咋能消失呢，农村就是城市的大后方。

我觉得马书记说的话对着呢，却又感觉哪里没说好。哪里没说好呢？我一时半会儿也想不明白。

## 5

我没有想到，村委会办公的地方是原来的村小学。

学校坐东向西，背靠着高高的戴帽山，现在的广场是原来学校的操场。广场东边半人高的平台上盖的七间青砖瓦房，以前是老师的办公室。广场北边的两层青砖楼房，之前是学生娃念书的教室。

村主任王欢庆说，这里就是原来的学校，学校撤了之后，村里就把办公室挪了过来，把大喇叭架到地坎外边的柿子树上。为了方便村里人卖葡萄，村委会把学校操场南边的坡地平整后，在上边用彩钢瓦建了现在的这个大棚。

我问，为啥要撤学校？

欢庆说，念书的娃越来越少，学校办不下去，镇上就把周边各村里的学校合并到公路下边的西塬村中心小学去了。现在整个下窑村、北窑村和南窑村，只有王好仁老汉的孙子和王勤勤老汉的孙子在西塬村中心小学上学。王茂娃老汉的孙子和王有学的娃在店头镇念书。

我问，村里没有幼儿园？

欢庆说，前几年村里还有娃在店头镇幼儿园念书，从去年开始没有了。

我不明白，村里没有一个娃上幼儿园？

欢庆说，年轻人都进城打工把娃带到城里去了。个别的年轻人，就像村里的大田和小田，虽说还在村里住着，可人家早就不种地了，靠做醪糟生意，在县城买了房，几年前就叫媳妇专门住到县城去经管娃念书了。

想不到农村变化这么大！

欢庆说，你想不到，我也想不到。从前，学校最红火的时候，有七八个老师，一百多个学生，早上起来学生娃喊操，整个下窑村都能听见。从前，人都把地看得像命一样重要。现在，你和马书记在村里转的时候也看见了，有许多地荒着没人种；有的人虽然给地里栽了槐树、柏树、椒树和核桃树，可树没长成，草却长疯了。从前，一个村里住着，谁不知道谁家里的情况？村里的大人、碎娃，谁不认识谁？现在，名义上是一个村的人，甚至还隔墙住着，但是你只认得他大，年轻人你就认不得！

隔墙住着还能不认识？

虽然隔墙住着，可年轻人都到外边念书干事儿去了，有的在西安，有的在北京，有的在上海，天南海北的都有。离家近的，一年还能回来转一次；地方远了，两三年才回来一次，压根儿就见不上人！就像我娃在北京工作，过年的时候才想办法回来一次，有时候过年都回来不了。就是回来了，今天走舅家，明天走姑家，连站在街上说话的时间都没有，更不用说像过去那样去串门。偶然在街上碰见同龄人，也就是打一声招呼，念叨几句，尻子把炕还没有暖热假就满了。

我望着戴帽山，望着架在柿子树上的三个大喇叭，随口问了一句，平台前边的月月红是啥时候栽的？欢庆说，是老师们在的时候栽下的，都几十年了。

# 6

从南窑村皂角树底下顺着胡同往里走，第三家就是王喜娃家。

王喜娃家院门前一边栽着石榴树，石榴树旁边还长着一丛月月红。院门的另一边，长着一棵高大的椿树，椿树顶上有一个喜鹊窝。我抬头仔细观看，那个喜鹊窝像农村的背篓，高高地悬在半天上。喜娃家是简易的土门楼，红色铁门已经锈迹斑斑，门上边挂着一把锁子。我站到院门跟前，从门缝朝院子里看，里面跑着几只鸡，院子正面是两孔土窑洞，一孔窑洞连窑门都没有，就那样敞开着，里边放了一辆柴油三轮车，还有他那天骑的那辆红色的摩托车。在院子的一边，盖了两间土坯厢房，厢房靠院门这边的山墙上，裂开一道二指宽的口子，里边怕都不敢住人了。窑背上边，长着许多野酸枣树和一棵老杏树，杏树的一条根有碗口粗，裸露在窑背的黄土外边，给人一种沧桑的感觉。

向前再走几步，和王喜娃家一墙之隔的就是王益娃家。他家也是土院墙土门楼，院门前同样长着一棵椿树，树顶比院子后头的土崖背还要高。村主任王欢庆推开木板院门走进去，王益娃正坐在院子里一个有靠背的矮凳子上，手里拿着一杆短烟锅，一边抽烟一边听着秦腔戏。在他面前，放着一个凳子，凳子上放着一个手提式唱戏机。我走过去一看，唱戏机带有视频播放器，里边正播放诸葛亮的《祭灯》。

王益娃拄着那根弯弯扭扭的酸枣木拐棍站起来笑道，老书记，这么多人来我家里干啥？

老书记弓着腰背一边走一边高声笑道，来看你嘛。

王益娃笑道，怪不得今天早上喜鹊登枝呢，原来是要来贵人。

你这日子过得滋润得很嘛，抽着老旱烟，听着"桄桄戏"（秦腔），叫我拿你的"短炮"过几口烟瘾。欢庆说着去夺王益娃手里的烟锅。

王益娃嘿嘿笑着，关了唱戏机，在院子找凳子，我帮着拿来一条板凳，叫马书记和老书记坐。

王益娃家里只有一孔窑洞，窑洞的前边，盖了一间低矮的土坯房子。一边的院墙是用干砖临时垒起来的。靠着砖墙放了一个大铁笼，里边养了两只鸽子。院子里还跑着三只鸡，一只鸡看见生人，咯咯地叫着飞到铁笼上头去了。窑背的上边，同样生长着茂盛的野酸枣树，虽然看不见裸露在窑背外边的树根，但窑面上却有裂开的口子，应该是土层里边的酸枣树根撑开的。

马书记笑道，咱见过面了。

王益娃笑道，天黑没看清，以为又是来要账的，没敢和你多说话。

马书记问，要啥账？

王益娃说，前几年，喜娃的娃在外边整下了"祸水"，隔三岔五就有胳膊上画龙画虎的瞎种怪毛开着车来要账。

娃在外边整下啥"祸水"？

小娃不懂事，在网上胡花钱，自己还不了，人家就找到他大他妈跟前来了。

镇政府的包村干部王党信问，情况到底有多严重？

王益娃说，情况严重得很，前些年地里长的还是苹果树，犟牛靠卖苹果就攒了一二十万，就因为这事，把家里一下撂倒了。

马书记问，人家有名字，你为啥叫他犟牛？

王益娃笑道，从前生产队有一头驾辕牛，眼大，脖子粗，缺点就是脾气犟，村里人给起了外号叫犟牛，我把这安到喜娃头上了。

欢庆说，喜娃就是犟脾气，可这人把名声看得比啥都重，勤快得村里没有人能比得过。

马书记问，有多勤快，还没有人能比得过？

王益娃说，半夜跑到地里去干活，你说勤快不勤快？

半夜跑到地里能干啥活？

挖地，锄草，掐枝，能干的活多得很。

你见过吗？

我当然见过，有一回半夜我睡不着，起来坐到窑门口抽烟，隔墙听喜娃家的院门响，我跑到街上一看，他月亮底下扛着镢头往地里去了。

马书记微笑地看着用干砖垒起来的院墙问，那边住的是谁？

是我侄儿。

欢庆说，兄弟俩以前住在一个院子，后来分家了，就用干砖垒了这道矮墙。

马书记不知道情况，问了一句，你哥家里日子过得咋样？

王益娃还没说话，眼圈先发红了。

这时我才注意到，王益娃不但腿和胳膊短得像小孩的一样，而且因为他穿着单衣，隔着衣服都能看见他胳膊肘和膝盖处突兀变形得特别厉害。他的脖子、手腕和脚腕上，都留着厚厚的污垢，那样子，大概一辈子都没有洗过澡。

# 7

原来，王益娃小时候一家人住在泾河边的大山里，因为山里潮气大、水质不好，他和他哥从小就患上了大骨节病。他大一看不行，就把家搬到了南窑村，在这边打了两孔窑洞住了下来。他大他妈过世后，益娃和他哥在院子中间垒了这道砖墙，各过各的日子。在生产队的时候，益娃虽然身体不行，但靠着给生产队放羊，挣着和男劳力一样的工分，日子还过得去。后来土地承包了，益娃因为干不动体力活，就把自己的地给他哥种去了。他哥的身体比益娃好一点，那时他侄儿也担了力。他给自己买了几只羊，一直靠放羊维持生活。

王益娃说，几年前，我得了一场病，因为手头紧，舍不得花钱，就一天天拖着。有一天，我去下窑村多多商店买盐的时候碰见了大善人，他说我有病。我问，你能看出来？他把我叫到他家里，给我开了几服中药，临走的时候又说，把这几服汤药熬着喝完，我再给你换个单子抓上几服药。等天暖和了，你到山上去多斫些白蒿，晾干后泡着喝。我吃了大善人开的中药，后边又喝着白蒿泡的茶，病竟然一天天好了起来。

马书记问，大善人是谁？

王益娃嘿嘿一笑说，是我给起的外号，村里人都叫他九先生，今年九十多了。小时候，他在县城"灵草堂"铺子站过柜台，跟师父记了许多中药方子，你到他家药房去看，桌子上放了许多用牛皮纸包着的医书，那些书都叫他翻烂了。

马书记说，你能叫他大善人，他的医德肯定没的说。

王益娃说，打我记事起，他年年过年给药房门上贴的对联都没有变过。

贴的啥对联，还年年没变过？

一边贴的是"但愿世上人无病"，一边贴的是"宁可架上药积尘"，上边写的是"方济百家"。

王党信说，方圆村子的人都知道九先生药房门口贴的对联，有病了都来找九先生。

老书记说，九先生给人抓药，过去一服五六毛钱，如果超出这个价，他就要另想办法，把方子里的药给调换一下，换成药性一样但价格低的。到现在，他一服药都没有超过十块钱的。

王欢庆说，九先生是个重情重义留恋过去的人，小时候在县城跟师父站铺子时用过的煤油灯，到现在还留着。前几年，有人跑到他家里想高价收九先生的煤油灯，九先生却说，那就不是卖的东西。

马书记惊奇地问，现在还用煤油灯吗？

王欢庆说，他前几年便不用了。

老书记高声笑道，那煤油灯灯杆二尺来高，底下有个铜圆底座，杆子上顶着一个小小的铜油盆子。他从县城回来后，嫌那油盆小，用茶壶自造了一个油灯，放在原来的油盆上。每天晚上，他都要点上煤油灯，看上几页医书才睡，这个习惯，到现在都没改变。

我心里想着，得找个机会去看看九先生的那盏煤油灯。

王益娃说，村里通上电以后，家家户户都用上了电灯，用煤油灯的人越来越少，他担心往后买不到煤油，就跑到店头镇，把商店煤油桶里剩下的煤油全拉了回来，这事在店头镇方圆都传成了笑话。

别人咋知道这事？

商店卖煤油的说出去的。

王益娃接着说，如果不是大善人，我怕早就变成灰，就享不上国家的福了。

你现在都享国家的啥福？

现在不愁吃不愁穿嘛！国家给我办了五保，发了一张卡，每个月把钱打到我的卡上，然后我拿着卡到店头镇信用社把钱取出来。王益娃当着大家的面擦着眼角说，发卡那天，镇上民政所的人给我说，有了这张卡，你啥都不用发愁了，国家管你吃，管你穿，管你看病，连你老了（去世）的事都管呢。现在，不但国家每月给我把钱打到卡里，逢年过节镇上还给我送米，送面，送油，还发临时救助钱。特别是看病，我啥心都不用操，只要打个电话，医院就把车开到我家门口，把我拉到医院，一分钱不掏就把病看了，还用车把我送回来。这样的事，以前我做梦都不敢想。我走路不方便，就用卖羊的钱给自己买了一辆"宝驴"。

马书记笑着问，"宝驴"是啥？

王欢庆笑道，就是电动三轮车，别人开宝马，他开"宝驴"。

在大家的笑声中，益娃说，现在，只要店头镇逢集，我都要开上我的"宝驴"逛一次集，给自己买点菜，有时嫌回家做饭麻烦，干脆坐在店头镇食堂里吃上一碗羊肉泡馍。

王党信笑道，我从店头镇街上往过走，经常看见王益娃坐在食堂里吃羊肉泡馍。

王益娃嘿嘿笑道，如今一到晚上，我睡在窑里，一边抽烟一边想我大我妈还有我哥，我已经过上他们从前想都不敢想的日子。我养了两只鸽子和几只鸡，鸡下的蛋一个都没卖，净叫我一个人吃了。一个南窑村，就连五老汉都下地干活，我却静静地坐在院子里听"桄桄戏"，世上哪有这么好的事！今年过年的时候，我到店头镇赶集，买了一面五星红旗，贴到了窑里头。

走，看看你买的五星红旗。马书记好奇地站起身说。

我跟马书记刚走进王益娃住的窑洞，脊背上立即感到凉飕飕的，里边不仅光线有些阴暗，还有一股很浓重的土腥味，有一种形容不出来的陈腐味道。我问王益娃，这窑洞有多少年了？

王益娃说，好几十年了。

窑洞的墙面上，果然贴着一面五星红旗。

站在我身后的老书记说，这窑里边虽然凉爽，可潮湿得很，你摸这土炕上的被子，还潮潮的。

马书记伸手在炕上摸了摸说，等国家帮你把房盖好了，再给你买上一张床和两床被子，往后就不睡这土炕了。

王党信拿起放在炕边一杆长烟锅说，这就是你的"长枪"？

王益娃看着马书记笑道，我经常躺在炕上抽烟看戏，有了长烟锅，就能把烟锅伸到炕外头，火星就落不到褥子上。出门的时候，我嫌拿长烟锅麻烦，就拿短烟锅抽烟。有一回王喜娃到我家里看见我两个烟锅，说我咋还长烟锅短烟锅？我开玩笑说，这叫"长枪短炮"，他就把这话传了出去。

大家哈哈笑着从窑洞里出来，马书记猫腰走进窑洞前边低矮的土坯房子。土坯房子里边是土坯垒成的灶台，木质的老式风箱，用砖头支起的木案板。

案板一边的土墙上，搂着两个木橛，上边架着一块木板，放着瓶瓶罐罐。在案板的跟前，有一口很低很粗的水瓮。房顶是用粗细不一的树枝纵横交错搭建而成的。这样简单落后的生活条件，我在城里根本想象不出来。

# 8

王喜娃家院门上的锁子不见了，欢庆去推门没有推开，隔着门喊了一声喜娃。

王喜娃的媳妇高杏花站在院里隔着墙说，人在地里没回来。

欢庆高声喊，大白天还把门从里面关着干啥？把门开开。

杏花开了院门说，我这烂屋，有人从门口过去都要笑话。

欢庆问，喜娃人呢？

杏花说，还没回来，还在地里干活，我提前回来做饭。

老书记说，他人没回来不要紧，我们进来看一下。

杏花还是那句话，烂屋里，把人都能脸红死，有啥看的。

王党信指着窑背给马书记说，你看窑背上的那个杏树根，比老碗还要粗。那棵高大的杏树，就长在土崖边，我担心那根又粗又长的树根再长几年，能把窑面撑得塌下来。

欢庆站在院子里说，这房子也不敢住人了，你看山墙上裂的那道口子，手都能塞进去。

杏花说，这是那年地震的时候震裂的。

王党信说，国家这次扶贫，要叫家家户户脱贫，你家这房子肯定属于危房。

杏花突然红了眼圈说，我拿不住事。

马书记奇怪地说，叫你脱贫，有啥拿不住事？难道你还嫌把日子过好了？

杏花说，你们转一下就走，他从地里回来看见你们来，又和我闹仗呀。

欢庆看着杏花笑道，王益娃把喜娃叫犟牛，一点都没叫错。

杏花苦着脸说，他妈就生了那个犟脾气，我有啥办法。

老书记笑道，他脾气再犟，还能犟过国家的大政策？这一回由不得他了，他想在这烂房里住，国家都不准了。

杏花红了眼圈，问，国家能这样好？

马书记扶了一下眼镜，说，这一回，国家让每一家没有把日子过好的人，都要实现"两不愁三保障"呢！

杏花问，啥叫"两不愁三保障"？

马书记说，就是不愁吃、不愁穿，娃念书、一家人看病和住房都要有保障，都不发愁。

杏花眼里含着泪水说，每次打雷闪电，我都战战兢兢，担心房子塌了，担心窑顶上下来水了。前年，黄鼠在窑背上打了个窝，水就从黄鼠窝里淌下来，把一个窑都灌了，大雨底下，人跑到窑背上找黄鼠窝呢。

老书记说，国家帮助给你把房盖了，就不怕了。

# 9

来到南窑村上边街道入口处，两个小孩穿着土布衣衫，趴在沟岸边的土坡上玩耍。他们手里什么玩具也没有，就在土坡上爬上溜下。我望着长满杂草的土沟，望着一拃长寂寞的街道，想象着两个孩子在一块玩耍是何等寂寞。马书记圪蹴在沟岸边，笑着问两个孩子，一看你们就是好朋友，叫啥名字？

两个孩子坐在土坡边上笑嘻嘻地看着我们，一个孩子嘎嘎地说，我叫王强强，他叫王门娃。

马书记问，咋没上学去？

强强响亮地说，星期天。

马书记又问，你们在哪里念书？

强强说，我在店头镇念书，门娃在西塬村中心小学念书。

欢庆看着强强说，你大叫王军，你爷叫王茂娃，你爷还有一个名字叫碎眼老汉？

强强爽朗地笑出声来。

欢庆屹蹴到门娃跟前说，你大叫王大海，你爷叫王好仁，对不对？

孩子天真一笑，一转身坐着向土坡下边溜去，身后腾起一股烟雾似的尘土。

看着孩子天真无邪的笑脸，我眼里湿润起来，却理不出个端由。我们来到王好仁的家门前，像那天晚上见到他一样，他一个人寂寞地坐在家门口石榴树旁的石碾上抽烟。王茂娃老汉家的狗又隔空叫了两声。

王好仁院子前边盖着弓脊大瓦房，穿过大瓦房，里边是一个不大的院落，院子里停着一辆破旧的带花塑料篷子的柴油三轮车，塑料篷布外边用绳子来回捆绑着，篷子是用木棍和竹竿支撑起来的，看着很不牢固。王好仁媳妇从厨房走出来眯着眼说，你们都来了。她个子不高，脸色也不大好。王好仁说，她眼睛不好，看不清人。

王好仁拿来几个小凳子，放在厢房屋檐下叫大家坐。老书记坐在小凳子上问，娃和媳妇还在南方打工？

王好仁说，两年都没回来了，女人在家天天想娃想得睡不着。

王党信说，都是成年人了，还担心啥？

娃离得远，女人心小担不起事，邻村有个娃，出门打工好几年连个消息都没有，把他妈愁得都得了恐吓病。

我想起那天晚上见到老人时，他说话时语气里总有一种放不下的东西，也可能和娃有关。

马书记说，那叫娃回来一趟嘛。

今年过年，大海本想回来，可媳妇想多赚钱，想到县城买房，说过年的时候能挣好几份工资。

为啥不叫娃在咱跟前打工？

娃说咱跟前工资低，吃了喝了再把房租一刨，就没有多少能攒的钱，买房怕要等到猴年马月。

为啥急着要在县城买房？

想叫孙子跟别人一样，也到县城去念书。

走出王好仁家门，我又一次听见有啥声音，左右寻找，原来院门前边的槐树上，有一个我不认识的东西，声音就是从它里边传出来的。我走到树跟前侧耳细听，念的居然是"阿弥陀佛"。

我望着起伏连绵的广大山地，望着山地下边那一片蓝汪汪的泔河水库，想起老书记说过的话，不是每个人都能在城里站得住脚，在村里盖了弓脊大瓦房，日子也不见得就幸福。

# 10

还没走进王茂娃家院门，他家狗就在院子里叫了起来。王茂娃的老伴樱桃正在院子的杏树底下洗衣服。欢庆站在院门口问，人呢？樱桃起身笑道，我不是人？欢庆笑道，问你老汉呢。樱桃说，在猪圈里。

院落里边很宽敞，一边盖着三间砖瓦厢房；一边用彩钢瓦盖了四间大棚，里边放着各种农用工具、柴油三轮车和一辆面包车。院子最里边有两孔土窑洞。

樱桃轻快地走出院子。在院子的隔墙，另有用彩钢瓦盖的五间房子，房子的门口放了一个大铁笼，里边另圈着一只很强壮的狗。狗看见生人咬了两声，被樱桃喝止了。樱桃没有进猪圈，站在外边喊了两声王军。王茂娃和儿子王军从里边走了出来。

王党信笑道，院子里拴着狗，铁笼里关着狗，养这么多狗干啥？

樱桃笑道，看贼呢，谁来偷猪咋办？

老书记问，忙活啥呢？王茂娃说，清理猪圈呢。王党信问，能不能到里边看看？王军说，你们站在门口看，不敢到里边去。我奇怪地问，为啥？王军说，怕把病菌带给猪了。

王茂娃笑着说，养一群猪和养一头两头不一样，卫生要求严得很。

我们站在门口，就能感到里边热烘烘的气息，有几个大风扇在上面呼呼吹着。里边用砖砌了六七个一米来高的猪圈，每一个猪圈里大概有一二十头猪，有的还是猪娃，有的快要出槽了。

马书记没有见过这样养猪的，他问，咋看不见草料？猪怎么喝水？

吃的是饲料，你看每个圈前边都有饲料槽槽，后边都有水龙头，猪想喝了就自己去喝水了。王茂娃说着，两只眼笑得挤成了一条缝。给人感觉，他对自己眼前的生活很满足。

我不解地问，猪会拧水龙头？

水龙头猪用嘴一拱就开了，不喝水就自动关了。

大家来到外边，樱桃说，这猪场主要靠王军夫妻，他大就是个帮手。

欢庆说，前一阵子王军找过我，想贷款扩大养猪场，现在养猪场和家里连着，气味不好闻，地方也受限制，娃想把养猪场挪到野地里去。

马书记对我说，你把王军的情况记下，咱之后和银行联系，看有没有啥贷款项目。王军在家里创业，是个不错的路子，咱要帮娃呢。

欢庆说，老汉一家现在日子过得顺心，有养猪场、葡萄园，还自己种粮食，王军开着面包车来回接送娃到店头镇念书。

王茂娃老汉又仰起头哈哈笑出了声。

欢庆又问，劳动家里有人没有？

王茂娃老汉说，劳动出门到外地打工，不小心从车上摔下来受了点伤，媳妇军玲照顾他去了，把钥匙给我留着，他家里也有狗，我早晚要过去喂狗。

王茂娃老汉和王劳动是亲兄弟。

王劳动单家独户住在一个土嘴子上，还没走到他家门口，狗就隔墙叫了起来。王茂娃老汉说，狗能闻见生人身上的气味。

王劳动家院门前很宽敞，长着几棵槐树、几棵石榴树，还长着几株月月红。开了院门，狗看见王茂娃老汉和几个生人，就有些不知所措，一边摇尾巴一边叫。

王劳动家院子的西侧是两间土坯厢房，正面是两孔窑洞。院子里长着杏树和苹果树。两间土坯厢房是住人的地方，里边没有什么摆设，只有一盘土炕，连一张像样的桌子也没有。两孔窑洞，一孔放农具，一孔是厨房。

王茂娃老汉说，劳动有一儿一女，儿子出门打工去了，女子在县城念书。

走出院门，马书记看着路的对面，说，那边还有一个院子？

老书记说，就是想给村里盖祠堂的世运老汉的老宅子，好多年都没住人了。

老书记手指着院子里的那棵椿树又说，你看那棵椿树，是自己从土里钻出来的，现在都长成大树了。

我看着那棵椿树，却想起王好仁家门前槐树上那个念"阿弥陀佛"的小匣子，就问王茂娃老汉。他说，那叫"念佛机"，花了几百块钱，是保佑在外边打拼的子女四季平安呢。

那么小个机子就几百块钱？

机子不值钱，念经做佛事要花钱。

大家走到地坎边去看风景。向南望去，沟壑纵横，公路依着地势的起伏悄然蜿蜒，把坐落在山地间的一个个村落连接起来。面前的地坎上，同样长着一棵高大的椿树，树的顶端还有一个喜鹊窝，一只喜鹊正在树枝上欢叫。听着喜鹊喳喳的叫声，看着身边的王茂娃老汉，我有了一个想法，找个机会，跟着王茂娃老汉在晚上去逮蝎子。我很想知道，在有月光的晚上，一个人翻沟爬坡逮蝎子，是一种怎样的感受。

# 11

北窑村半坡十字的老槐树底下，坐着一位八十多岁的老奶奶和一个六十多岁的男人。老书记喊了一声十嫂。老奶奶嚅动着嘴唇说，你们上来了。

王党信看着坐在一边的那个男人说，振鹏哥，咋晚上还没睡够？大清早坐到这里养神呢？

老书记没客气地说，益娃把你叫"老瞌睡"，一点没叫错。地里那么多活，你大清早坐在这里，都不怕尻子坐出死皮了？

十婆笑道，我问娃咋不到地里去，娃说地里没活。

王党信说，别人家地里都有活，就你家地里没活？你是想给地里画个鳖，叫鳖给你干活呢？

这句话倒把王振鹏给惹笑了。

王党信又接着说，你看树上边的鸹鸹都飞出去觅食去了，你在这里咋坐得住咪？

我抬头一看，在老槐树的顶端，也有一个像背篓似的喜鹊窝。此时，树上却静悄悄的。

我说，我这是第三次看见喜鹊窝了。

老书记说，在庙头的老槐树上，还有一个鸹鸹窝。

我说，我在书上看过，喜鹊不应该叫鸹鸹，乌鸦才叫鸹鸹。

老书记笑道，我们把喜鹊叫了一辈子鸹鸹，把乌鸦就叫乌鸦。

正说着话，老书记的手机响了。老书记的手机还是那种老人机，声音大得很。他喊了一声赵书记，电话那头赵书记很生气地说，你和王党信的工作是咋弄的？你们村的麻缠户王大嘴竟然跑到市上去了，举个牌牌坐在市政府的大门口，咋能出这种洋相？你等着，我正坐车往你村里走呢。

没等老书记说话，赵书记就把电话挂了。

老书记红了脸，摸着自己的络腮胡看着马书记说，这个王大嘴，在镇上县上还嫌不够丢人，又跑到市政府门口丢人现眼去了。

王党信惊奇地问，啥时候跑到市政府门口去了？

老书记说，快往回走，赵书记马上就过来了。

我们开车正往回走，欢庆开着"蹦蹦车"从坡底下上来，车厢里还放着药桶子和打药机。见到老书记，他说他正在地里给树打药，镇政府办公室给他打电话说，咱村王大嘴那二货跑到市政府门口上访去了。

老书记隔着车窗生气地说，赵书记已经给我打过电话了。

我们刚到广场，镇政府的车就来了。

老书记红着脸，说，赵书记，对不起，我们工作没有做好。

赵书记毕竟还年轻，说话办事风风火火，没有在意王春山书记是个老书记，顺口说，这时候你说这话顶什么用，已经把丑名扬出去了，在市政府都挂上号了。县信访办的人已经去了市政府，说不定把人领着正往回走呢。

赵书记可能意识到自己刚才说话有点冲，毕竟马书记是从市里来的驻村干部，就一边给马书记发烟一边说，马书记，你不要见外，遇到这种事，人心里就发毛，农村的事和单位的事不一样。

马书记笑着说，我不抽烟。

赵书记语气舒缓下来，用征询的口气说，马书记你就不用跑了，叫王书记和我到县上去领人。

老书记给欢庆说，你把打药的事先撂下，和马书记去北窑村，村里的事不敢再拖。

赵书记他们走后，我们又开车往北窑村去。

# 12

北窑村大槐树底下不见十婆，也不见王振鹏。原来，他又坐到自家门口的石头上，耷拉着头在闭目养神。王党信说，你和我大哥是同学，我都不好意思说你，大清早尻子咋坐得住？

我以为王振鹏听到这话会生气，但他好像没听见一样。

欢庆说，到你家里看看。

家里有啥看的？门开着呢。

欢庆又气又笑地说，贼来了都懒得进去。

站在门口朝院子看，院子里长满杂草，杂草中间踩出一条小路。两孔土窑洞，窑间子安装的窑门，上边裂开的口子手指头都能伸进去。

王党信手指着院墙上的一个豁口说，你好歹用砖把它堵上嘛，堵上了院子里外就不漏气了。

欢庆说，院子里草长得都有半人高，你出来进去都不怕把你绊倒了。

王振鹏说，草长得高不高，在我家里长着，又没在你家里长，你生那么大气干啥呀？

我真想拿镢头把你捶（打）上一顿。

我是吃你家的饭，还是穿你买的衣？你凭啥捶我？凭你是村干部？

欢庆眼一闪说，你看你都啥年龄了，把日子过成这尿样子，不是国家大政策，谁脚底下轻得跑来看你！

王振鹏脖子一拧说，那你跑来干啥？我给你发请帖了，还是八抬大轿把你抬来了？

越说你越能行了。欢庆说着话，突然抬起脚在老瞌睡尻子上踢了一下。

没想到王振鹏转过身瞪着眼说，你再踢一下？

就你这尻样子，再踢一脚还惊了不成？欢庆说着又抬起腿在老瞌睡尻子上踢了一下。没想到王振鹏突然转身在欢庆的胸膛上打了一拳。欢庆也没客气，上去抱着老瞌睡摔倒在草窝里。

马书记喊了一声，正说话呢，咋动起手来了？

我把欢庆拉起来。王党信要去拉王振鹏，王振鹏甩了一下手说，我自己能起来。

王党信站在一边笑着说，平时看着蔫蔫的，咋突然长了脾气？是国家有政策，想帮助你把日子往好的过呢。

王振鹏圪蹴在草窝里说，你给我报成五保户不就成了？

你年龄也不算大，有手有脚能劳动，还有女子，咋给你报成五保户？

你就写我腿疼得走不动路，在炕上躺着不能劳动，女子走了二十年连个音信都没有。

马书记没有生气，一边把王振鹏拉起来一边说，咱总不能对国家说谎。

王振鹏站起来气哼哼地说，那还不是由人写，上边领导还能亲自跑到我家里来看？

欢庆好像把刚才的事忘了，眼一闪又笑着说，好我的老瞌睡哥，你咋变成这二锤子，还是考过大学的人，还叫振鹏呢，这名字都叫你给糟踢了。

我要是考上大学，还能坐在这里？还能叫你拿镢头来捶我？你巴结我都来不及。

王党信说，这能怪谁，只能怪你自己，谁叫你当初没有好好学习，成天在宿舍里睡懒觉。

你尻大个娃，你见我成天在宿舍里睡懒觉？王振鹏眼里突然闪着光说。

我没有见过，可我大哥见过，上个星期我回到家里我大哥还问你现在日子过得咋样，还一再为你叹息，说你本来是能念书的人，就是没把劲用在学习上。王党信一脸认真地说。

# *13*

中午，我、马书记与王党信做着饭，王党信又说起王振鹏的故事。

党信说，王振鹏和他大哥在店头镇一块念过高中，头一年他们都没考上，又在一起补习了一年，第二年，他大哥考上了师专，王振鹏还是没考上。王振鹏之所以没考上，是因为念高中时，和班上一个女生谈恋爱，把心思都用到谈恋爱上去了，他经常手里拿着书，眼睛却看着坐在前边的那个女生。有一次，大家在宿舍开他玩笑，他竟然嘻嘻哈哈说，不看不由人嘛。

王党信说，王振鹏还有个坏毛病，就是爱睡懒觉，每天早上别人都早早起来去念书，他还睡在床上不起来。有一次大家早上上完课去宿舍拿碗吃早饭，王振鹏的被子还在墙角卷成一疙瘩，有同学把被子拉开，他竟然还窝在被子里睡懒觉。头一年高考，王振鹏尽管爱睡懒觉还谈恋爱，但成绩还不错，只差了几分，如果他不谈恋爱不分心，头一年就十拿九稳考上了，甚至能考上大学。结果，他自己没考上，还把人家女生影响得没考上。

到了第二年，考上的同学相继收到了通知书，有的同学还来学校看望老师，这时，没考上的同学已经在学校里补习了。有一个考上的女同学和与王振鹏谈恋爱的女生关系好，看她仍和王振鹏在一个班，就把女生叫到操场，像吵架一样说了半天话，然后拉着女生一起去找班主任，当天女生就被调到另外一个班了。从这以后，人家女生就像换了一个人，不再和王振鹏来往，一心一意用功学习。又过了一年，人家女生如愿考上了外省一个大学，王振鹏还是没有考上。

女生在上大学前，没有去见王振鹏，可能是她对王振鹏的感情淡化了，又或许是新的生活让她激动得无暇顾及。没有人晓得王振鹏在知道人家女生考上大学以后心里是咋想的，反正他又一次来学校补习。到了放寒假的时候，人家女生到学校来看老师，因为老师的办公室和教室是斜对门，一个同学不知是出于一种啥心理，喊着王振鹏笑道，谁谁来了，还不出去迎接一下？王振鹏趴在桌子上一句话都不说。人家女生看过老师就转身走了。这件事对王振鹏的打击不小，可惜他没有像他的名字一样振作起来，反而一蹶不振，爱睡懒觉的毛病更深了。

王振鹏的故事，我好像在哪里听说过。

王党信说，他大哥曾拿王振鹏的故事教育过他。还说前两年，他大哥这一茬人眼看着要渐渐见老，许多人开始回忆起从前的生活，特别是高中补习的那段生活。热心的同学就建了一个补习班同学群，大家在群里一起回忆过往的时光。有一天，有同学在微信群里提议，能否AA制组织一次老同学见面会，这个建议立即得到大家一致同意。此时，有同学就说起没有进群的同学，提议家邻近的同学想办法通知一下，力争叫大家都见上一面。

这时，王振鹏用的还是老人机，党信他大哥也多年没有和振鹏联系过，就叫上另一个同学一块到山洼里村来找王振鹏，当时，王振鹏就坐在家门口的石头上。党信他大哥见了王振鹏。几乎都认不出来。他大哥看着王振鹏的家，唏嘘了几声说，振鹏，你认识我俩不？王振鹏端详了一会儿两人，就叫出了他们的名字。他大哥说，这么多年，你咋把日子过成这个样子？今天的社会，在农村生活的同学可不是你振鹏一个，有的人日子过得甚至比在外边工作的同学还滋润。接着，他大哥告诉振鹏，高中同学几十年没见面，想组织一次见面会，却没有说AA制，是党信他大哥把振鹏的那份给出了。

那一次见面会，他们雇了一辆大巴车，有的同学还开着私家车，先在县城集合，然后去秦岭深处一个旅游景点逛了一天。

我接住王党信的话说，因为王振鹏和那个女同学的故事大家都知道，有同学就希望振鹏能和那个女同学见上一面，可那天那个女同学没有去。在大巴车上，有人可能出于好意，拨通了那个女同学的电话，笑着说今天同学都来了，振鹏也来了，就你一个没有来，你和振鹏说上几句话。说完把电话给振鹏，但振鹏没有接。同学就笑道，都要变成老汉老婆了，还有啥不好意思的？

马书记笑着问我，你咋知道这事儿？

我说，我妈给我讲过，说她大学一个女同学，毕业后和她在一起工作。王党信他大哥说的那个女同学，很可能就是我妈说的这个女同学。那一年他们同学聚会时，那个女同学虽然没有去，因为心里不平静，就到我家里来了。同学在车上打电话的时候，那个女同学就坐在我妈身边。

马书记和王党信听着就叹息起来。

# 14

马书记、欢庆、党信和我坐在广场等老书记和镇上的赵书记，王好仁开着那辆破旧的蒙着花塑料篷布的柴油三轮车，从广场前边嗵嗵嗵地过去了。因为车里边的支架不牢固，柴油三轮车跑起来摇摇晃晃。塑料篷布未绑牢固的边角，就像鸟儿的翅膀，被风吹得哗哗啦啦飞起来，发出一阵阵响声。

我已经知道王好仁开着柴油三轮车是接送孙子念书，却还是忍不住问，王好仁每天都这样接送孙子？

欢庆说，早上送娃去学校，中午接娃回来吃饭，吃过饭再送到学校，下午放学后再把娃接回来。

马书记说，一天来回四趟，还要干地里活，学校没有校车接送？

欢庆说，西塬村中心小学全校只剩下五个娃，咋样接送？要不是国家有政策，学校早就解散了。

马书记吃惊地问，一个学校只剩下五个娃，咋上课？

能咋上课，王好仁的孙子上二年级，一个年级就这一个娃。

我想象不出来，空荡荡的校园里只有五个孩子，不知道会有几个老师？这样的环境，孩子们心里是否感到孤独？是否还能安心听老师讲课？

太阳已经落山，半个月亮挂在天上，几片淡淡的云彩斜横在西边的天空。王党信又把话题转移到王振鹏身上，说天下事情咋就这样巧，与王振鹏高中谈恋爱的女人和小米他妈是同学，我大哥和王振鹏是同学，我和小米都来山洼里驻村扶贫，你说巧不巧？

我说，我觉得王振鹏这人挺可怜的。

欢庆说，是他自己不争气，别人有啥办法。一个大男人，都比不过盼盼一个碎娃，更不能和喜娃比。去年夏天，我到多多家的商店去买烟，碰见王狗娃他大去买烟。狗娃他大给我说，昨天晚上他半夜醒来睡不着，圪蹴在果树房外边抽烟，猛然看见半山腰有亮光在闪动，就奇怪黑天半夜谁在地里干啥，逮蝎子不可能老在一个地方，再说还没有到逮蝎子的时候。他反正睡不着，就跑到跟前去看，原来是喜娃头上戴着"鸡勾勾"灯在地里掐闲子修葡萄穗子。

马书记问，咋样修葡萄穗子？

葡萄开花以后，有的花没有授粉成功变干枯了，要把那些枯花头弄干净呢。

白天不行，非得要晚上去？

活紧嘛，每一串葡萄穗子上都有许多干花，你要轻轻地拿着葡萄穗子，把干花抖落干净呢。你弄不干净，一下雨那干花发霉了，就把灰霉病传染给整串葡萄，喜娃家里有十几亩葡萄园。

为啥不雇人帮忙？

雇人要花钱，自己也不放心。农民不像有正式工作的人，每个月时间一到工资就发到卡上了，农民每年种葡萄只有一茬收成，钱没装进口袋都不算自己的钱，能省尽量省。欢庆点着烟吸了一口说，相反，王振鹏大清早坐在石头上打盹，更不要说像喜娃一样晚上到地里去干活。连盼盼一个小娃他都不如，盼盼嫌自己家里穷，嫌他妈在家里受苦，在店头镇书也不念了，回到家里帮忙干活。学校老师还来村里叫过盼盼回学校，可盼盼说他要跟他表哥出去一边打工一边学技术。这个年纪的孩子都还在嫌他大他妈给自己把这没弄好把那没弄好，像盼盼这样懂事有主见的娃都少有了。

盼盼他大呢？

盼盼他大生前在一家私人煤窑打工，几年都没有个音信，盼盼她妈整天提心吊胆，都快吓出病来了。前年冬天盼盼他大回来时，身上没装一分钱不说，还落下了肺病，隔年就去世了。

为啥不告煤老板？马书记气愤地说。

告谁去呀？出去几年自己都说不清东南西北，能跑回来就不容易了。好在盼盼这娃争气，知道家里困难，就出去打工，每月工资一发，给自己留点生活费，其余的钱都给他妈打了回来，他妈给攒着。

听着这话我突然鼻根发酸。

有个人胳膊底下夹着一个黑包包站在广场前边，高声道，王干事，你来了。

王党信笑道，我来了，你咋又出门转去了？

出去转了一圈，看有没有啥合适的事能干。

欢庆不客气地说，地里活那么多，人忙得热火朝天，你把你老婆一个人撂到地里，胳膊底下夹个黑包包胡转啥呢？

来人快快地走了。

马书记问，你咋和人这样说话，他是谁？

王大宝，不爱到地里劳动，三天两头胳膊底下夹着个黑包包在外边胡转呢。

这人看着挺不错的。

是挺不错的，前几年，他姑可怜他大，给他大盖了三间砖瓦房。随后，还是他姑可怜他大，在店头镇信用社给他大办了一张卡，隔些日子给他大打上几百块钱，叫他大花。这事叫王大宝知道了，就打他大这卡的主意。有一天他竟然去找他二大，给他二大说，我姑给了我大一张卡，国家还给我大发了一张卡，都不怕我大把两张卡装在身上弄丢了，你给我大说让他给我一张。他二大说，听着是两张卡，可上边能有几个钱，那是国家给你大的一点老年补助钱和你姑给你大的几个零花钱，你咋就惦记上了？大宝听了不高兴，自己又不好意思给他大要，就叫媳妇不给他大好好做饭。他大找到村上，老书记在大槐树底下把大宝骂了一顿。

今年春上，别人都给地里上肥料，媳妇问大宝咋办呀，大宝说，你向咱大要钱去。结果，媳妇就去找他大，他大气得没办法，在院门外地坎上圪蹴了半天，最后还是跑到店头镇信用社，从两张卡里取了两千块钱给大宝去买肥料。结果他买了几袋肥料，叫媳妇一个人到地里去上肥料，把剩下的二百元往身上一装出门逛去了。

我就不相信，王大宝身上就没有啥优点？马书记对欢庆说的话有点怀疑。

有呢，集体的事积极着呢，还会敲锣打鼓。

我又想到王振鹏。问欢庆，王振鹏结过婚吗？

结过一次，还生了一个女娃，自己不好好过日子，女人走了。娃开始还跟着王振鹏，后来女人把娃也接走了。

说着话，老书记他们回来了，大嘴从车上一下来，欢庆突然起身扑了过去，把大嘴摞倒在地上打了起来，一边打还一边骂，你咋能跑到市政府门口去丢人现眼？

大家还没有反应过来，车上跑下来一个女娃，跑过去抱住欢庆的胳膊哭着说，不要打我大了！

欢庆回头一看，是大嘴的女儿王秀丽，便尴尬地坐在了地上。

老书记看着欢庆高声说，怪不得益娃把你叫急眼人，你也不问是咋回事，就动起手来了。

在村办公室里，王大嘴有凳子不坐，偏要圪蹴在地上。赵书记对马书记说，是我们的工作没有做好，认识不到位。说着话还掏出一根纸烟（香烟、卷烟）往大嘴手里递，大嘴不接，掏出自己的旱烟锅。

赵书记笑着说，我这烟你必须接。

大嘴转过头看了赵书记一眼说，我的旱烟解馋。

这时我注意到大嘴的那张嘴，真的是大得有点夸张。

赵书记笑着说，不管你的烟多解馋，我这烟今天必须抽。赵书记硬把烟递到大嘴手里，又看着马书记说，我当着县领导的面已经给大嘴做了检讨。

大嘴抽着赵书记发的烟却说，你是没办法，你犟不过县长。

一屋子人都笑了起来。

赵书记红着脸哈哈一笑说，对对，老哥你说得没有错，我再次给你检讨，是我的觉悟不高。说着话又回头看着马书记说，已经安排好了，星期一叫娃先去学校念书，等暑假了再给娃安排做手术。

# 15

赵书记和王党信回镇里去了，王大嘴的女儿也回家去。王大嘴圪蹴在地上，嘴角溅着唾沫星子，给马书记说了事情的经过。

原来，去年夏天开学的时候，村里的王彩霞跑到大嘴家，说她要转到县城去念书，叫大嘴的女子秀丽跟她一块去。大嘴一听就来气了，说在店头镇书念得好好的为啥要跑到县城去？彩霞说，县城的老师教得好。大嘴翻了一眼说，县城老师教得再好，能教石头认字吗？要去你去，我家秀丽不去。可过了一天，大嘴才知道秀丽背着他跟彩霞一块到县城上学去了。

大嘴抹了一下嘴边的唾沫说，娃小不懂事，不知道大人的难处，这县城学校转学费得不少钱。秀丽从县城回来后，我把娃骂了一顿，娃说，学校不要她的转学费。娃说，彩霞她姑问了她的学习情况，还看了她的成绩单，彩霞她姑可能还不放心，当着娃的面给一个店头镇的老师打电话，打过电话以后给娃说，她给学校领导说一下，争取不收娃的转学费，来了就在她的班里念书。没想到彩霞她姑当天就给娃把事办好了。我听娃这样一说，就再没有反对的理由了。隔了一天，两个娃就一块去了县城。可娃到了县城，却遇到了自己想不到的事，不是娃学习不好，是娃患有歪脖子病，早晚都得低着头走路。

这种病，我没有听说过，刚才也没注意看秀丽的脖子。我低着头在手机上一搜，这才知道歪脖子病又叫斜颈病。

王党信把一根纸烟点着递给大嘴，大嘴接过去抽着纸烟说，娃以前在店头镇念书时，同学都简单老实，对娃的歪脖子病不在意，就安心学习。可一到县城情况就不一样了，班上的同学农村的较少，更多是城里娃。城里娃比农村娃有钱，会打扮自己，一个个把自己打扮得像花蝴蝶一样。咱娃和人家娃一比，就显得土里土气，再加上娃的歪脖子病，娃这次回来才给我说，她从一踏进学校的大门就被同学嘲笑上了，一直忍着，之前从来没有给我和她妈说过。

大嘴换了一下圪蹴的姿势接着说，有一次，娃在班上考了第一名，有个同学心里不服气，就故意跟在娃后面歪着脖子学娃走路，整个班的学生都跟着笑。彩霞看不过眼，就和那个同学吵了起来。娃知道自己不如人，看到这阵势，你想娃能受得了吗？娃红着脸跑回住的地方，越想越难过，彩霞后边跟着娃回到她俩的合租房。彩霞一边骂那个同学一边安慰娃，给娃买了两个菜夹馍，娃一口都没吃。后来彩霞把她姑叫来了。她姑说，这不是啥大病，是可以治好的，你刚来学校，我就注意到了，你先好好学习，等放假了，叫家里人带你去医院做个手术就好了。

大嘴喘了一口气，拿着自己的烟锅一边在烟包里装烟一边说，娃听了老师这话，高兴得从床上坐起来，问老师是真的还是假的。老师说，我还能哄你吗？你想，娃听了这话有多高兴，立即给彩霞她姑说，她想现在就回去。当天下午，娃真的坐车回来了，可娃光想看病呢，就没想这钱从哪里来？她妈身体一直不好，到现在还天天离不开药。我问娃，你光想看病，钱从哪里来？娃听了这话，虽然没说啥，可睡在屋里不吃不喝，你说我咋办呀？这几年，我日子过不到前面去，就往村上、镇上、县上跑，我知道我是挂了号的人，我是没办法才跑呢，谁爱当这麻缠户，人要是把日子过不到前边去就顾不上脸面了。前些年我还不跑，那时我还年年给国家交果林税。就是那一年，我把卖苹果攒的钱都借给别人了，日子才开始烂包的。咱就是想占便宜，眼红那一年几千块钱的利息，这都多少年了，一毛钱利息都没见上，连本钱都要不回来。唉，咱就相信了人一句话，弄下了这窝囊事。就是从那一年开始，秀丽她妈病了，她是个老实人，心眼小得像针尖尖，从早到晚光想着借出去的钱啥时候能还回来，愁得睡不着觉。

欢庆眼一闪说，借钱的时候你都没好好打听一下，光想美事呢，你想多呢，人家想没呢，这能怪谁？这几年，村里给你报上贫困户，上边下来的照顾款哪次能少了你，就这你还不满足，还往镇上、县上跑，你这坏毛病都是给惯出来的。

大嘴突然梗着脖子红了眼圈说，要不是出那事，我和你一样，把弓脊大瓦房早盖起来了，我娃看病我还懒得乱跑，那也是丢人现眼的事，是羞先人的事。

那你跑了镇上、县上还不行，为啥还往市上跑？你是仗谁的胆？

大嘴抹了一下嘴角的唾沫星子理直气壮地说，我仗谁的胆？我仗国家的胆！我又没找你，看把你气的，我就是犯了国法，国家杀头也是杀我的头。今天是你打我，我要是跑到县上告你，把你都能告倒！

欢庆又气又笑地说，把我告倒，你来当这村主任？

大嘴咧嘴一笑，嘴角能挂到耳朵上去，说，村主任又不是镇长、县长，你以为我当不成，我当上说不定比你干得还要好！

# 16

天刚亮，王党信还没有从镇政府过来，马书记让我去大嘴家里看看。

大嘴家的院墙还是土墙，在土墙上挖了一个圆门，圆门上装了一个用荆条编的栅栏门。推开栅栏门走进去，院子一边是两间低矮的土坯厢房，厢房上的门窗都破旧得不像样子。在农村，已经很难看见如此破败的老房子。挨着这两间低矮的土厢房，是一间更低矮的土房子。

大嘴和老婆都没在家，只有秀丽趴在厢房门口的一个凳子上写字。秀丽看见我和马书记来了，便站起身，把凳子挪到一边。我跟马书记走进房子，一股浓重的土腥味扑鼻而来，这种味道与在益娃家土窑洞里闻到的完全一样。秀丽歪着头，好奇地看着我和马书记。我这才注意到，秀丽确实是脖子歪，看人的时候不得不歪着头，但人长得还挺秀气。

马书记问，你大你妈呢？秀丽说，天没亮就到地里干活去了。马书记说，我们是驻村干部，昨天咱已经见过面，我们才来这里几天，对你家的情况还不了解，这次国家扶贫帮困里边有健康扶贫这一项，你家情况镇上赵书记和村里老书记都说了，县上领导很重视，咱争取到大医院给你看病。

我注意到墙上的十几张奖状，不是第一名，就是第二、三名。我回头再看秀丽，多么优秀的孩子啊，她应该得到帮助。同时也理解了大嘴的做法，秀丽这样的孩子，如果真因病耽误了前程，实在太可惜。

马书记一边看着墙上的奖状一边说，你安安心心学习，有啥困难了就给我说，我们驻村工作组来帮助你。说着话，马书记把一个信封交给秀丽说，这是我们驻村工作组给你的，你拿去买书和文具。

秀丽一直低着头，看着马书记递过来的信封突然把手背到身后，泣不成声地说，是我大叫我到市上去，我不知道那是啥地方，我大叫我举着牌牌跪在大门口挡车，我害怕，我嫌丢人。我大说只要我举着牌牌跪在大门口，就有人管事，就有人给我看病。我不敢，躲到树背后去了。

马书记把信封放在炕边红着眼眶说，是我们工作没有做好，不怪你大。

看着孩子泪流满面的样子，我的眼眶也跟着湿润起来，再次环视极其简

陌的散发着浓重土腥味的房子，猛然觉得普通人过日子真的不容易，国家的
扶贫政策真是来得太及时了。

秀丽低着头一边落泪一边说，我大没办法，我妈还有病。

听着孩子的话，我觉得大嘴去政府门口举牌子，也不是一件什么大不了
的事，正像他自己说的，他是仗了国家的胆，如果没有国家如此大的扶贫力度，
他大概也不敢那样做。

马书记的手机响了，是王党信打的，问我们在哪里。

我和马书记来到街上，太阳快升到戴帽山的山顶了。在城里，此时才是
上班的时间，但农村人已经在地里干了大半晌农活了。

# 17

王有学家的院门前同样长着石榴树，但看树形，就知道主人没有修剪过，
石榴树的枝丫横七竖八像荒柴一样长着。欢庆说，院门没锁，他昨天晚上又
去打麻将了，到现在还睡着没起来。他隔门喊了两声有学，院子里不见动静。
这时，王益娃骑着电动三轮车从门前经过，说道，我给你叫。

王益娃对着门缝大喊了两声白板，说太阳晒到尻蛋子上了。

王有学打开院门，半醒不醒的样子，看着站在门口的人问，找我干啥？

欢庆说，没看啥时候了，还没睡灵醒？

王有学眯着眼嘿嘿地笑了两声。

老书记一边往里走一边大声说，早上凉快，别人都到地里干活，就你在
家里睡觉，昨晚得是打麻将去了？

王有学家的院子正面是两孔窑洞，窑洞上边同样长着野酸枣树。院子里
落满了各种碎草枯叶。

王党信说，不管日子过得好坏，院子总得打扫一下嘛。

欢庆抬脚在王有学的尻子上踢了一脚问，你媳妇回来了没有？

王有学说没有。

老书记生气地高声说，为啥就管不住自己？打麻将是吃饭？不打不行？媳妇哪有劲儿跟你过日子！娃最近念书咋样？

还在店头镇念书。王有学低声回答。

大家一直站在院子里说话，临走的时候，到窑洞里看了一下。炕上的被子乱扔成一疙瘩，桌子和柜子上落的灰尘有一铜钱厚，家里最值钱的东西，就是一辆破旧摩托车。

欢庆闪着眼问，你媳妇跑到哪里去了？

和她表妹在城里打工呢。

咋不往回叫？

叫了两回没叫回来。

像你这尿样子，别人在地里干活，你关了门在家里睡觉，媳妇能回来吗？再这样下去，小心美兰变成别人的媳妇。

王党信说，应该把猴子家的麻将桌子砸了。

我悄悄问益娃，你为啥把有学叫白板？

益娃哈哈一笑说，前几年春天，别人都急着给树上肥料，有学连买肥料的钱都没有。当时，村里也有人没钱买肥料，就去卖肥料的地方把肥料往回赊，等葡萄卖了再给人家还钱。他媳妇美兰叫有学去赊肥料，有学骑着摩托车走到半路，猴子打电话叫去打麻将。等到吃饭的时候，美兰不见有学回来，就知道他干啥去了。美兰找到猴子家，有学正好停住牌，单吊白板，一圈牌揭过来，有学用指头一摸，激动地把牌往桌子上一摔，喊了一声白板。媳妇正好站在窑门口，听见有学的话立即骂开了，不但骂有学，还捎着骂打麻将的人，打麻将的人一个个红着脸走了。从那以后，大家见了有学，就叫他白板。

他媳妇就因为这事跑了？

没有，他媳妇是过完年才走的。

为啥事走的？

过年的前两天，他媳妇给了他一百块钱，叫他去买一袋面为过年做做准备，有学骑上摩托车刚要出村，猴子又打电话，说是三缺一。到了半晌午，美兰不见有学买面回来，就猜到有学又去打麻将了，跑到猴子家，有学果然坐在牌桌上。美兰二话没说，过去就把麻将桌子掀翻了，接着一边哭一边骂。你想，过年呀，连吃的面都没有，人又在气头上，骂出的话有好听的吗？这件事惊动了整个北窑村，许多人跑出来看热闹，美兰故意坐在猴子家的院门口，啥话难听骂啥。有人给有学他哥打电话，叫他妈过来把有学媳妇叫回去。有学他妈来了，媳妇照样骂，有学他妈哭着给媳妇回话。当天下午，有学他哥买了面和菜送到有学家里，大年初三，有学他媳妇说是去娘家，走了就再没回来。

# 18

在下窑村走访时，最让我感动或者说叫我心情最复杂的是去王高高家。

王高高和王益娃一样都是五保户，因患有小儿麻痹症，手和腿都变形得厉害，手不能正常拿东西，两条腿细得像麻秆，只能靠坐在轮椅上生活。小时候，他还没有轮椅，偶尔去舅家、姑家或是店头镇逛集，要么由家里人背着，要么用架子车拉着，平常他只能待在家里。随着年龄增长，大人都要忙生活，他每天早上起来，用畸形的手搬动着像麻秆一样细的双腿，一下一下摇摆着身子，一点一点把自己挪移到炕边。炕跟前放着一个高凳子，他先把自己挪着坐到高凳子上，再从高凳子上把自己移到一个低凳子上，这个低凳子就是他走路的脚。

他手抓着小凳子的一条腿，同样一下一下扭动着身体，把小凳子的腿一拐一拐往前挪动，挪过窄窄的小院，挪到院门外边。院门外边长着一棵槐树，槐树下靠墙的地方有个木头墩子，墩子上放着一个草垫子，草垫子上放着一条褥子，他就坐在褥子上，看街上来来往往的人。到了吃饭的时候，他再用那个低板凳，把自己挪回去。这样的生活，高高坚持了十多年。家里生活逐渐好转以后，家里人先给高高买了一辆手摇式轮椅，后来换成了残疾人专用汽油三轮车，到了大前年，又换成一辆电动式轮椅。

父母在世时，由他们照顾高高的起居。父母去世前，他们最担心的，就是高高一个人咋样生活。本来，高高还有一个哥叫天天，可高高怎么也不愿意和他哥在一块生活。在他想来，他哥毕竟是有家有口的人，需要过自己的日子。父母听了高高的话，给他哥另申请了一块宅基地，盖了三间瓦房，叫他哥住出去一心一意过自己的日子，把老宅子留给了高高。老宅子里原本只有一孔土窑洞，一间草棚。草棚又低又矮，是用来做厨房的。窑洞里虽说冬暖夏凉，但一年四季潮湿，加之土炕也潮湿，对高高的病来说很不利。父母就在天天结婚后，又想办法给高高临街盖了两间土木结构的单背房，也叫厦子房。为啥只盖两间？因为老宅子只有两间宽。就这样，兄弟俩各人过着各人的日子。

父母临去世的时候，再三嘱咐天天——高高和别人不一样，要多操心，多照顾高高，记着给高高洗衣服、买米、买面、买菜。地里活忙的时候，你叫高高自己想办法照顾自己，逢年过节地里活少了，你就把高高接到你家里，叫高高吃上几天伸手饭，高高做饭不容易。

天天没有忘记父母的遗言，尽可能照顾着高高的生活。前年，由于高高坐在轮椅上开门关门实在不方便，天天就把高高家原来的木门拆了，换成了电动式卷闸门，这样，高高想出想进，按一下遥控器就行了。

我们去高高家的时候，他家的卷闸门还关着。村主任王欢庆站在门外边喊了两声，卷闸门就缓缓地升起来了。我们走进房子，高高正在艰难地起床。我过去想帮他穿衣服，他却说不用。高高虽然是重度残疾，但看起来仍刚强乐观。他一边穿衣服一边笑着说，我哥给我打电话，叫我今天不要做饭，说他女子今天回来，让我到他家里吃饭，我就躺着没起来，想睡到时候再起来过去吃饭。

他穿好衣服，大家想帮他下床，他还是不要我们管，大家就站在一边看着。他摇动着身子，用变形的双手一下一下搬动着像麻秆一样细的双腿，把自己一点一点挪到床边，然后把一条腿移动到电动轮椅上，再费劲地转过身，整个人就半仰在轮椅里，他艰难地把身体挪正，再把另一条腿搬着挪了过来。

电动轮椅用两条带子和床拴在一起，他解开带子，启动开关，来到脸盆跟前，推开低矮水缸上的一块木板，给脸盆里舀了水，用毛巾把脸擦了一下。他的水缸、面缸，还有一个小冰箱等日常用品，高度都在一米左右。小冰箱是屋里唯一值钱的东西。

在他洗脸的时候，我仔细环视着房子里的情况。房子里边整个都是土墙，只有墙柱子是砖砌的。房顶上用的椽粗细不一，欢庆说有杨木，有槐木，还有松木。椽上边铺泥铺瓦用的箔子，因为时间久了，许多黄泥从竹箔中间漏了出来。

老书记给高高介绍了马书记、王党信和我，说了来意。高高突然就落泪了，他说，天杀我，我有啥办法，像我这样活着，真是白到世上来了一回……像我这样活着，连猪狗都不如。猪狗还能走路，我连路都不会走……我自己受苦受罪不说，还给别人添麻烦，还给社会添麻烦……我害怕晚上，害怕晚上房子里又黑又静，我每天晚上睡不着了就朝窗外看，盼天快点亮起来……可到了白天，我坐在门外边，看着过来过去的人，看着他们轻快地走路，想老天为啥偏偏对我这样不公……我太眼红手脚健全的人，我每天都在想，只要我能走路，只要我能像大家一样健健康康，老天叫我干啥我都不嫌。哪怕叫我当牛做马，哪怕叫我一年到头累死累活没有一点收成，我都不嫌，我都情愿，我都欢天喜地……有时候，我想哪怕我能健健康康活上一年半载，能感受一下正常人的生活，然后叫我立马死去，我都愿意，也算我真正活了一回……我妈三周年那天，我从我哥家里偷了半瓶农药，想等晚上睡觉的时候把它喝了，谁知我侄儿和亲戚的娃来我这边逛，鼻子尖闻见了，把这事给我哥说了……我哥在我身边守了两天两夜，给我做思想工作，说我把农药喝了，一了百了，可把瞎瞎名给他背上了，他咋给我父母交代呀。

大家听着高高的话都沉默不语，平常不抽烟的马书记，这时也给欢庆要了一根纸烟抽起来。我左思右想，想给高高说几句话，却始终想不出来能说啥。我想起了王益娃，想他生活再怎么简单，毕竟还能自理。我头一回认真体会到高高悲凉的心情。我低着头想，假如要我面对高高这样的生活，很可能每天都有去死的想法。

高高缓了一时接着又说，现在，我已经是五十出头的人了，心里也平静下来了。好在小时候，我大每天背着我在村里念了几年书，没想到认的那几个字现在都用上了，我从国家给我的钱里，年年省下一点，叫我哥给我买了一部智能手机，我从早到晚在抖音里听秦腔戏，看新闻，看别人开着车周游世界，看我没去过的地方的风景，像长江、黄河，像西藏、新疆，像北京、上海、广州和西安。这几年，我就是活了国家给的这一点精神，不愁吃不愁穿不说，国家还免费给我看病，县上的几个医院我都记了电话，只要我一打电话，医院就派人把车开到我家门口，护士和医生把我往车上一抬，把我拉到医院，护士用轮椅推着我拍片子。我看完病，医院又派车把我送回来……

高高说着话，可能是悲喜交集，可能还有更多更复杂的原因，他突然一把鼻涕一把泪高声哭了。马书记、老书记、王党信和欢庆，也跟着落了泪。

我控制不住自己的情绪，转身走到街上。

说不准是从什么时候开始，我喜欢看电视纪实频道关于地球宇宙的节目，也开始喜欢买这方面的书，比如《遥望星空》《如果地球停止转动》等。这不仅影响了我对生活、对工作、对人生的态度，也让我对地球生命，对我们人类有了特殊的理解。也由此，我时常满怀感恩之心——感谢父母养育之恩，感谢社会文明之恩，感谢天地造化之恩。

这一次，通过高高的故事，我清醒地认识到，生命对于每一个人不见得是一样的公平，一个人有一个人的遭遇，作为健康的人，更应该懂得珍惜，懂得感恩。也就是从这一天开始，我深深地同情着高高，也更明白，能健康地生活，即使生活工作里有再多的困难，也应该是满足快乐的，也应该是欢天喜地的……

# 19

离开王高高家，正在街上走着，发现前边停着两辆面包车，王军和一个我不认识的男人好像在吵架，旁边站着的王保民老汉在看热闹。王保民是村里最忠厚老实、最安分守己的人，不会说谎，不会打牌，从早到晚闷着头过日子。儿子王拴牢念书少人也老实，多半时间在家里待着，至今还没有成家。老两口省吃俭用狠命攒钱，盼着早一天能给拴牢成个家。

欢庆说，是王平地那货，他把自己的地叫他哥平安种着，自个儿成天开着车要狗呢。

王平地至今单身，住在下窑村底下那一排，我们已经去过他家一次，没有见上人。我从他家破旧的木板院门裂开的缝隙中，朝院子里看过一眼。院子里只有两孔土窑洞，窑门和院门一样破旧。

我问，平地一天都干啥？

欢庆说，贩狗、耍狗、撵兔和跟场子。

我问，咋样撵兔？

欢庆说，天黑以后，人引着狗到野外，把狗放开，人头上戴着"鸡勾勾"灯，跟在狗后边撵兔。

我问，咋样跟场子？

欢庆说，有人用铁丝网把一片空地围起来，在说定的日子，叫狗友们来场子里比赛"狗撵兔"，比赛输赢。

哪来那么多兔叫狗撵？

欢庆说，有人专做这样的生意，他们把在山里套的活野兔装到铁笼子里拉过来，一只兔一百五或是二百块钱卖给场主。场主再把兔放到场子里，叫那些狗友们以每次三百到五百元不等的门票，把自己的狗放进场子里去撵。每一场四五条或六七条狗，一起去撵一只兔。野兔不知道是人在耍狗，只知道狗要吃自己，拼了命东奔西跑，场子里尘土飞扬，站在场子外边的狗友和闲人给狗和兔呐喊助威，野兔虽然野性十足，但敌不过那么多狗的"围追堵截"，谁家的狗先把兔撵上逮住了，这只兔就归谁。

我又问，这样做对那些狗友有啥好处？

欢庆说，比谁的狗跑得快，比谁的狗能把兔逮住。能把兔逮住，就说明这狗品种好，就能多卖钱嘛。

我还是不理解，这样做到底为了啥？

王党信哈哈一笑说，有人为了卖兔，有人为了耍狗，有人为了寻热闹。像开场子的人，纯粹是为了弄钱。世事大得很，啥人都有，啥事都有，有的事你根本说不上来啥原因。

我们走到跟前，王军手里拿着一根棍说，同学咋？同学还看啥同学。你叫狗来咬我，我一棍能要了你命。

一辆面包车的侧门半开着，一只狗趴卧在里边，嘴里吱吱呜呜的，好像受了很大的委屈。另一辆面包车的车窗玻璃开着，王军的娃强强趴在车窗上朝外看。

王平地认识老书记、王党信和欢庆，还不认识马书记，他不好意思地看了大家一眼说，我和他开个玩笑，他就当真了。

啥叫开玩笑？上次在店头镇借给你一百块，今天你又张口借三百！我说没有钱，你还不高兴。你是我爷？我凭啥要借钱给你？

说句玩笑话嘛。

狗会自己开门？

你把声放那么大吓谁？

本来就不想和你说话。

平地翻了一眼说，你以后就不要叫我。

我又不要狗，叫你干啥呀？

平地把车的侧门关上，坐到车上说，你不要狗，家里看（养）了两条狗？

我看狗在院子里拴着，在铁笼子里圈着，没用车拉上到处跑。

平地把车打着，把头伸出车窗说，我爱把狗拉在车上跑，你管得着？

王军故意高声说，车是用来拉人的，是用来送娃念书的。

这句话刺痛了平地，他脸色变得很难看，连脖子都红了。老书记喊了一声平地，平地装作没听见，一踩油门把车开走了。

站在一旁的王保民老汉笑道，王平地老在王军跟前借钱，他不是没钱加油，就是没钱买狗粮了。

暮霭弥漫，村子里升起袅袅炊烟，我望着寂静的村落，把平地与高高联想了起来。

# 20

山洼里村的变化着实让我感慨。

全村二百零五户，常年住在村里的只有六七十户，且留在家里的多半是六七十岁的老人。其中夫妻年龄在五六十岁的有二十来家，夫妻年龄在四五十岁的不到十家。这六七十户人家，算是农村热情、固执的守望者。

这就是说，全村二百零五户，虽然许多人临街盖了弓脊大瓦房，或是临街盖了高高的红砖门楼，可院门从早到晚都挂着锁子。有的人一年还回来一两次，或是收拾院子里外的枯树杂草，或是自家人家里要过红白喜事。可等他们收拾完野草或是过完红白喜事，一转身又走了，在家里多一个晚上都不愿意待。从他们的背影里，你看不出有多少留恋的意思。而有的人，一年四季连个人影都看不见，院门上的锁子已经锈迹斑斑，院子里外都长满了野草，去年的野草枯了，今年的野草又从枯草里长出来，再一次长得比人还高。这一部分人，大概把山洼里村的家，只当成一个想念的地方。

村子里的五保户共五个人，分别是王益娃、王来娃、王高高、王多多和王恩娃。留守的娃也是五个，他们是王强强和王门娃，王勤勤老汉的孙子王喜龙，王骡子老汉的孙女王欢欢。另外一个娃，应该算是少年，就是下窑村王有学的儿子王胜国。

由于住在村里的人少，由于留守在村里的多半都是老人，由于老人在一天天老去，由于年轻人不愿意再像父辈那样在土地上辛勤劳动，也由于山洼里村生产条件还比较落后，于是，村里已经不耕种土地的人，只把山上和沟坡边不便耕种的地退耕还林，其余的土地，要么是转包给别人，要么是在那里撂荒着，要么是把老化的苹果树换栽成槐树、椒树和核桃树，但这些树因为疏于照料，只有很少一部分长了起来，其余的树没长成草却长疯了，这些地再一次变成了撂荒地。

我对欢庆说，按我以前的理解，土地就是农民的命根子，农民和土地是相依为命的关系。

欢庆眼一闪说，那都是老皇历了，是我爷我大手里的事了。现在，你就是不要一分钱叫别人种你家里的地，还要看种地的人高兴不高兴，要看两个人的关系好不好，关系不好，你的地撂荒着我也懒得种。

三娃说，农村这几年变得人做梦都想不到。我小时候，村里一辆汽车都没有，你看如今，今天你家门口停着车，明天我家门口停着车。像以前用的土车、独轮车，还有木耧、纺线车、牛轭子，现在都变成了古董，就连架子车，在村里连个影子都看不到，除非你到村主任家里去看。

为啥主任家里能看到？

欢庆笑道，那都是以前家里经常用的东西，后来慢慢不用了，我没舍得扔，就在家里放着。这几年，那些东西还变稀罕了，变成了宝贝。有人一年四季开车到各村来收这些东西，打听到我家里有，就跑到我家里想买。像我妈用过的老缝纫机，开口就给三千，那纺线车，开口就给我四百，我都没舍得卖。

为啥没舍得卖？

起初，还犹犹豫豫有卖的想法，现在不想卖了，卖了就没有了。

想等着升值呢？

那倒不是，东西卖了，就永远没有了，放到家里自己慢慢看。

马书记笑道，那都是乡愁，都是农村记忆。

欢庆笑道，对对，我舍不得卖，就是马书记说的这个原因。像我妈留给我的缝纫机，你卖了再到哪里去看呀？

我对农村以前的生产生活场景的了解可以说是一片空白，仅有的那点知识，都是来到山洼里村以后听来的。我从他们说的故事里，感受到的是沧海桑田，是过去生产生活的那种悠然，是人和人关系的那种朴素，是人和窑洞、土地、牲口，还有农具，那种相依为命的紧密。他们坐在一起，可以就一盘碾子、一挂马车、一头牲口、一块田地、一次碾麦的场景，或雨天里泥泞的街道，或是村里的一汪涝池，说上老半天。正是从他们的讲述中，我才对从前农村的生产生活场景，有了一点了解和认识。

我有了到欢庆家里去看看的想法。

# 21

午饭后的一场急雨，把街道、葡萄园和青山清洗一新。天空变得格外蓝，空气新鲜湿润得叫人忍不住深呼吸。这是我第一次遇到乡间下雨，于是就急不可待地叫马书记和王党信到街上去走走，感受一下农村雨后的情景。王党信说，我就是农村长大的，这有啥稀罕的？话虽这样说，他还是和我跟马书记一块来到街上。我们沿着被雨水清洗过的水泥路往前走，大口呼吸着清新的空气，呼吸着空气里飘散的浓浓的土腥味和青草气息。村里许多人也高兴地来到街上，站在一起高兴地说着这场急雨对于葡萄园和麦田的好处。此时，村主任欢庆从街道的另一头走了过来，看见欢庆我就想起他家里的那些"农村记忆"，就建议大家到欢庆家里去看看。

欢庆家临街盖的是弓脊大瓦房，走进大瓦房，后边左右两边各盖了两间厢房，穿过这个小院，隔着一道花墙，里边还有一个小小的后院。后院的一边盖了一个彩钢瓦大棚，下边放着摩托车、柴油三轮车、旋耕机和打药机等各类农具。所有的镢头、铁锨、绳索，都整整齐齐挂在一个木架上，其余各种各样的小物件，都整整齐齐摆放在一张长木板上。

马书记说，想不到，你还是个粗中有细的人。

欢庆笑道，我就见不得把东西乱摆乱放，喜欢把东西放得整整齐齐。

欢庆家最里边是两孔土窑洞，紧挨着彩钢瓦大棚的这孔窑洞，里边全放着各种各样过去用过的工具，也就是欢庆说的留着自己慢慢看的那些老物件，其中有架子车、土车、木轱辘独轮车、木耧、木犁、扬叉、麦钩、踏铲、捡拿、推拨、木镰、抬杆、瓜铲、马灯、木秤、牛掩眼、牛轭子、牛笼嘴、马拥脖、粪笊篱、筛子、簸箕、背篓、铡刀、木斗、升子、纺线车、纺线拐子，还有打墙用的锤子和打土坯用的胡基（土坯）模子，打地里土疙瘩用的木榾柮，等等。因为地方小，欢庆在窑里边还用木椽搭建了一个木架，有的小东西分层放在木架上。

除了架子车、木轱辘独轮车、扁担和水担，我在电视里见过，别的许多东西我都没有见过。还有一些日常生活里的小东西，比如布鞋做得紧了，穿鞋时用的"拔子"。比如鞋做得小了，把鞋往大的撑的"木楦子"。比如纳鞋底用的拔钳和锥子，还有磨石与捞钩，好多年前欢庆用过的几个记工分的小本子。如果不是欢庆和王党信在旁边介绍，我还真不知道它们叫什么，是用来做什么的。

它们是那个时代的记忆，是那个时代的活化石，我从它们那里，嗅到了那个有些遥远沧桑的时代的气息。

可以肯定地说，这也是我这次驻村扶贫最重要的收获之一。我拿着手机仔细地对着它们拍照。马书记又一次感慨道，没想到欢庆这个急眼人，还是一个细心的人，更是一个多情的人。

另一孔窑洞里，地面用砖铺了，靠里边支着一张大板床。欢庆在我身后说，夏天窑里凉快，我中午躺在这里休息。

床头放着一本《醴潊县志》，我随意拿着翻看起来。欢庆说，你想看了拿回去看，我是没事乱翻呢。

我把《醴潊县志》拿了回去，用了几个晚上，看了县志里的大事记与人物篇，竟然被震撼了。以前，我没有接触过县志之类的书，就是从这本县志里，特别是大事记和人物志里，我看见了一百多年前那个真实的小县城，看见了一百多年前那个真实的中国乡村社会。由此，我也理解了一百多年以来中国社会发生的翻天覆地的变化，理解了为什么有那么多人宁愿牺牲自己的生命也要改变当时的社会状况，理解了当下中国开展脱贫攻坚工作的伟大意义。

这个星期天，我利用回家的机会去了一趟书店，买了《中国共产党简史》《包产到户沉浮录》《智慧农业》《电子商务基础与应用》，还买了一本《太阳、地球和月亮》。其实，我的书架上已经有《转动的地球》《地球生命的摇篮：浩瀚海洋》，还有带到山洼里村的《遥望星空》，我一见到这类书，就忍不住要拿过来看一看。《太阳、地球和月亮》这本书里有这样几句话，又让我情不自禁把它买了下来。

书里说，月球的诞生，为地球增加了很多新事物。很久很久以前，地球上还不适宜人类居住，由于月球的特殊影响，减慢了地球自转和公转速度，使地球自转和公转周期趋向合理，带给了我们宝贵的四季。还说，月球以它柔和的引力轻轻地牵扯着地球，直接促成了生命从海洋到陆地的发展。月潮把富含有机物的海水带到陆地边缘，一些喜氧的生物顽强地生存了下来，形成了最早的陆地生物。

就这几句话，让我对这本书爱不释手。

晚上，我正躺在床上翻看《太阳、地球和月亮》，突然想起王振鹏的故事，就起身去问我妈，我娟丽姨是不是醴潊人？我妈说，就是。我又问，是不是在店头镇中学念的高中？我妈说，就是。我说，有一年他们同学聚会，我娟丽姨没有去，到咱家来了，这事你还记得吗？我妈说，记得呀。于是，我就把王振鹏的故事告诉了我妈。我妈听后和我一样唏嘘不已。

# 22

来到山洼里村，我习惯在太阳落山前后去村里村外散步。这天傍晚，我站在广场前，望了几眼天边圆圆的落日，转身向街道北边的老庙走去。村里的人还在地里干活，街上看不见一个闲人，街边的月月红和石榴花开得热烈奔放，许多早开的石榴花后边，已经长出了圆圆的小石榴，整条街安静得只听见我一个人走路的脚步声。

老庙旁边长着一棵老槐树，看上去有几百年的光景，枝繁叶茂，树形高大得叫我有些吃惊。树冠下的几个横枝上，拴挂着许多新旧不一的红布条。老槐树的旁边，是一座灰砖老庙，老庙黑漆漆的瓦楞间，长满了蒿草，多半的瓦沟里还长满了厚厚的青苔，越发显得老庙年深月久。老庙里一定是燃着香火，我还没有走到跟前，已经闻见空气里飘散的淡淡香火味。在大槐树的底下，摆放着六七块大石头，王来娃老汉、王高高和王多多，还有几个看年龄我应该叫奶奶的人，坐在石头上或是自己带的小凳子上，而王高高便坐在他的电动轮椅上，有一句没一句地说着闲话。我和大家打过招呼，与王来娃老汉背靠背坐在一块石头上，一边看着落日夕阳一边听他们说话，感受着农村傍晚的寂静安宁。

因为王来娃老诚实在，王益娃还给他起了一个疙瘩娃的外号，就是老诚实在得像树疙瘩。王来娃已经年过七十，仍一个人生活。本来，他兄弟为了照顾他的生活，想把自己的女子过继给他，以后招一个上门女婿来为他安家立户，可王来娃没有听他兄弟的话。他嫌自己家里穷，不愿意叫侄女跟着自己受罪，更不愿意耽误侄女一辈子的前程。就这样，自己一个人住在土窑里，自己洗衣服做饭，煎熬地过日子。从这一点上看，老汉虽然表面上老诚，心里却是个明白人。

我和马书记已经去过王来娃老汉家，知道半个月前老汉住过一回医院。我问老汉，这几天身体感觉咋样？

老汉爽朗地笑着说，好着呢，多亏了国家，一分钱不要给我把病看好了，还车接车送。

坐在电动轮椅上的王高高说，要不是国家，像咱这样的人，特别是像我这连路都不会走的人，到世上就是受罪来了。

坐在一边的一位老奶奶像吟唱一样说，娃可怜，你们遇上了好社会，看个病国家还车接车送。

我叫了一声奶奶，问，你咋知道的？

老奶奶笑着说，我坐在这里看见了。

我又问老奶奶，你家日子过得咋样？

老奶奶高兴地说，好得很，娃和孙子都乖。

多多笑道，是七婆经念得好。我才知道大家称老奶奶为七婆。

我又问七婆，你念的都是啥经？

七婆拖起了长音说，念《报恩经》《劝世经》《因果经》，还有《娘娘经》。

我说，您能不能给我念上几句，叫我听一下。随即，我取出手机，打开了录音。七婆笑呵呵地摇动着身体，又像刚才那样吟唱了起来：

正月里呀怀胎是新春

战战兢兢心喜欢

二月里呀怀胎惊蛰天

一日三餐不想吃

三月里呀怀胎麦吐穗

全身上下像抽筋

四月里呀怀胎分四肢

手脚麻木脚底沉

五月里呀怀胎分男女

面黄骨瘦眼落坑

六月里呀怀胎三伏天

汗流满面湿毛巾

七月里呀怀胎秋风凉

堂上扫地难弯腰

八月里呀怀胎桂花香

头昏眼花心发慌

九月里呀怀胎菊花黄

低头容易抬头难

……

老庙，古槐，落日晚霞，七婆悠长婉转的诵经声，我竟然听得有些痴迷，猛然觉得听老人念经，不仅是一种享受，也是一次学习修身做人的机会。

我问七婆，这经是谁写的？

七婆说，一个传一个，我是跟店头镇的"花婆"学来的。

太阳已经落到了山背后，我望着暮色里安静的灰砖老庙和老槐树，竟然有点神思恍惚，猛然觉得，这夕阳、老庙、身上拴满红布条的老槐树，以及老人念唱的经文，都是农村里不可缺少的一部分。如果在农村，没有了《报恩经》《劝世经》《娘娘经》，这个农村就一定会让人觉得缺少了什么东西，或者说，这个农村就会缺了一些什么味道。

# 23

我把一张学生娃的旧课桌，放到屋门前的月月红跟前，享受着早晨的清凉，一边看书一边等待着大家前来交贫困户申请书（简称"申请"）。

戴帽山顶上出现了几抹曙光，王益娃骑着他的"宝驴"来了。他双手攀扶着下了车，手里拄着拐棍喊我。我走下台阶接过他手里的申请看了一眼说，你字写得漂亮得很。他笑道，小时候识的那几个字早就忘光了，这申请是我昨晚上叫喜娃帮着写的。我问，喜娃写申请没有？益娃说，我叫他把申请写好，两个人一块来，喜娃说他不写，我说，你这使的啥气？他脖子一梗说，我自己日子自己过，不要国家帮助。我说，你想好，过了这个村就没有这个店了。他说，他已经想好了。

我叫王益娃和我一块去马书记房间，上台阶的时候，他说不去了。我回头一看，才明白王益娃的腿实在很短，上台阶不是很方便的。王党信刚好开车从镇上过来，我和王党信架着他的胳膊帮他上了台阶。

我向马书记说明了情况，马书记问益娃，喜娃为啥不写？益娃说，昨个晚上，我和喜娃坐在院子说话，把我的半包烟都抽完了。我能看出来，他是心里憋屈，硬是梗着脖子不愿意转这个弯。马书记问，他到底因为啥不愿意转这个弯？益娃说，还不是因为娃的事，他还装着一肚子的怨气。马书记问，你对喜娃家的事知道多少？

益娃说，现在村里人少，说话的人也少，我和他又是隔墙住着，两个人的脾气还合得来，他心里有啥事了没有地方说，就跑到我家里给我说，他家里的事没有我不知道的。

益娃给他短烟锅里装上烟，点上火一边抽烟一边说，我能看出来，喜娃嘴上说不愿意当贫困户，不写申请，就是心里憋着一肚子火。其实，他也想住干干净净的砖瓦房，他两个娃都大了，逢年过节娃从城里回来，一家人都住不开。

我给益娃倒了一杯水放在桌子上，益娃抽着烟说，喜娃只读了初中就回到家里，虽说他文化程度不高，可特别喜欢念书娃，眼红那些把书念成去天南海北干事的娃。以前，过年的时候，他最喜欢给门上贴"耕读传家"这几个字，后来，因为他娃不争气，就再也不贴了。依照他以前的想法，他和老婆在地里好好劳动，凭着那十多亩地，一定能把日子过好。你们现在也知道，我们这里啥都好，就是缺水。过去，地里栽的还是苹果树，每年入夏的时候，正是苹果的膨大期，但往往这时候地里就缺水，一村人心急火燎地等着下雨。可喜娃从来没有等过天，只要地里一缺水，他就开着柴油三轮车一趟一趟到店头镇机井上往回拉水浇树。他这人不怕吃苦，舍得出力，年年把苹果经务得在村里都是挑了梢的。在他娃还没有整下那麻缠时，他家里就有十几万积蓄，我估计都有二十万，盖瓦房那是绰绰有余，可他当时就没有急着盖房，想把这些钱给娃留着，想拿这钱供娃念书呢。

他有一儿一女，还是一对双胞胎。娃在村里念书的时候，虽说不是很优秀，但大体上还能说得过去。可到了店头镇，两个娃的情况就不行了。在店头镇念书，学生娃就要住到学校，可学校里住的地方又不够，许多家长就在店头镇私人家里给娃租房子住。可娃住到学校外边,你就要担心娃管不住自己,乱跑乱逛变成"游神",没有办法,许多家长把家里的活撂下,跟娃一块住到店头镇,一边经管娃念书一边给娃做饭。

有段日子,喜娃发现媳妇杏花背过他给娃钱,他问杏花为啥这么做,杏花说娃正长身体不够吃。喜娃说他给娃的钱都是算过的,不但够用还有剩头。杏花死活不愿意说原因。到地里劳动的时候,喜娃停住手里的活又对杏花说,我知道你没给我说实话,你要给我说实话,你知道老话是咋说的?爱娃如杀娃,今天你这样包庇娃,就等于是杀娃呢。杏花这才吞吞吐吐地说,我是怕惹事,想息事呢,想叫娃好好念书呢。原来,在店头镇的街道上,经常有几个瞎尻娃,把他娃挡在路上给娃要钱,杏花叫娃躲着走,实在躲不开就给上几块钱,咱不想惹事,想叫娃平平安安念书。

喜娃当时没有说啥,到了第二天他就对杏花说,咱不敢这样下去,咱不能把娃送到学校就不管了,有的人就把地里活撂下,专门住到店头镇经管娃念书,咱没有时间住到店头镇,可要经常去看呢,咱要小心娃把书没念成,叫那伙瞎尻娃把咱娃引诱瞎了。之后,喜娃就隔三岔五骑上摩托,饭点时赶到店头镇,圪蹴在学校外边的柿子树下等娃。有一天,他遇上自己初中的同学,那个同学和他一样,也是为娃念书的事,成天跑到店头镇去监督娃。那个同学给喜娃说,他娃已经好几回叫那几个瞎尻娃挡住要钱了。他为这事还去找过校长,他问校长,学校外边有瞎尻娃把念书娃挡住要钱,学校知道不?校长红着脸说他知道,说那几个瞎尻娃都没念书,都在社会上胡乱跑呢。喜娃他同学说,你是校长,你有责任管。校长说学校管过,学校还找到那伙瞎尻娃他大他妈跟前去了,他大他妈也管不下。喜娃他同学说,他大他妈管不下还有派出所呢,咋不给派出所说?校长说已经给派出所说过,派出所把那伙瞎尻娃还逮过一回。

喜娃听了那个同学的话,也不知道该咋办。那个同学哭丧着脸说,现在不仅是那伙瞎尻娃挡着给娃要钱,十字路口那头还开了一个网吧,有的娃不好好念书,拿着他大他妈给的生活费,钻到网吧里头打游戏,你看街边柿子树下圪蹴的这些人,都是把地里活撂下,租了房子住到这里监督娃念书呢。

# 24

王益娃说，喜娃听了那个同学的话更是放心不下，害怕自己的娃也钻到网吧里去。有一天他从店头镇回来，坐到我家里唉声叹气，说地里活要紧，娃念书也要紧。又隔了两天，他去店头镇租了一间房子，买了锅案米面和蜂窝煤炉子，叫媳妇住到店头镇去经管娃念书。可过了半个来月，他就坚持不下去了，不是喜娃怕累，是因为地里有的活一个人就干不成。没有办法，他跑到店头镇和媳妇商量，说把地里活撂下，天天住在店头镇也不是个办法。接下来，杏花就来回跑，天黑前去店头镇和娃睡上一晚，第二天天没亮给娃把饭做好，自己再回到家里干活。喜娃说，杏花为了节约时间，还怕熟人看见笑话，经常不走大路走小路，走到没人的地方，为了赶时间到地里干活，就一路小跑，跑着跑着把自己都跑哭了，她一边抹眼泪一边安慰自己，只要娃能把书念成，自己再累都不嫌。她以为这事没人知道，可地里有干活的人呢，他们看见了就在村里风一股雨一股传开了，把喜娃弄得很尴尬。

从这以后，如果地里活不紧张，喜娃就骑着摩托车来回接媳妇。为了节省时间，方便联系，喜娃给杏花也买了一个手机。这样，杏花来回跑，喜娃骑着摩托车来回接送，两个人辛辛苦苦坚持到冬天。一到冬天，地里的活就少了，杏花又一个人住到店头镇经管娃念书。快到放寒假的时候，杏花给喜娃打电话说，她头疼得厉害。喜娃赶紧骑摩托去店头镇，把杏花送到店头镇医院，一检查，医生说是煤气中毒了。冬天天冷，杏花把蜂窝煤炉子在房子里边放着，她虽然把窗子开了一个缝，可还是出事了。幸好，两个娃住在另一个房间。这事把喜娃提灵醒了，他赶紧把蜂窝煤炉子换成了电磁炉。过完年，春天就来了，地里的活多了，杏花又开始来回跑，喜娃又抽时间骑着摩托车来回接。要是遇上下雨天，喜娃身上披着雨衣，杏花身上披着雨衣，两个人风风雨雨相互鼓劲，可到了学期考试，两个娃的考试成绩还是不行。喜娃说，他看见两个娃通知书上的分数，身上连走路的劲儿都没有了。

店头镇街边柿子树下，经常坐着为娃念书发愁的人，这些人都是害了同一个病。他们坐到一块就你一句我一句，有人说是娃不争气，有人说是街上那伙瞎种把娃害的，有人说是网吧把娃害的，有人说是学校里风气不好管得不严，有人说想把娃转到县城去念书。

喜娃这次从店头镇回来，都没有回家就直接来到我家里。他知道我有一个亲戚在县城教书。第二天他就骑着摩托车带着我，去找我亲戚，我亲戚不是学校的啥领导，就是一个教书的老师，他办不成大事，说是把劲儿搂圆把娃转进学校，还要交借读费。喜娃说，只要把娃能转进来，交借读费他都高兴。再到开学的时候，喜娃开着三轮车拉着娃和铺盖，把娃转到了县城的北关中学。北关中学里边娃多，转去的娃都没有睡觉的地方，喜娃就在学校外边给娃租了两间房子。两个娃到县城念书，不仅花费比店头镇大，学校外边的情况比店头镇还复杂，喜娃更是放心不下，就又开始隔三岔五骑着摩托车去县城看娃，风里来雨里去，看娃有没有好好念书，看娃有没有钻到网吧里去，把大人累扎了，折腾扎了，两个娃都没考上高中。你想，娃基础没打好，自己还不努力，大人有啥办法。

喜娃和媳妇一样，都是要强的人。娃不争气，喜娃和媳妇好几天都没出门。我去看喜娃时，他红了眼给我说，他都没心劲儿过日子了。他话虽然是这么说的，可心里明白着呢，暑假还没有结束，他就把劲缓了过来，给我说社会往前发展呢，娃还小小的，把娃留在家里咋办呀。

又过了十天半月，喜娃坐在皂角树底下给我说，咱娃不是念书的料，他想叫娃出去学一门技术。正好，他去店头镇跟集的时候，学校门口有人在散发招生传单，他要过传单一看，上边有学理发的，有学修车的，有学电焊的，有学做饭的，有学电脑的，还有学开吊车挖掘机的。当时他就动了心，问学校里啥情况，发传单的人把那学校说得比上大学还要好，还给喜娃留了电话，说你和娃想来学校了解情况，到了省城车站就给我打电话，我叫专车过来接。喜娃回到家里和杏花商量了好几天，随后就把两个娃送到了省城，叫一个娃学理发，一个娃学电脑。他送完娃回来，一见到我就说，现在的西安城大得没边没沿，他一走出城西客运站，半天连方向都辨不清，要不是有学校的车来接，他连学校的大门都找不见。

# 25

王益娃说着话，来了其他交申请的人，他就不说话了。等别人走了以后他才说，这都是说人的短处，村里的人只知道个大概，我在这里一说，要是传到喜娃耳朵里，我以后都不好意思和喜娃见面了。

益娃接着说，有一段时间，喜娃就像被霜打了的草，提不起一点精神，走路老低着头，头上也开始熬出了白头发。我给他说，你不如人，有人还不如你，你有儿有女，从早到晚还有事愁，我和你比，从早到晚只能和自己的影子说话。

到了第二年，有一天天刚黑，我到街上去转，见喜娃坐在他家门口抽烟，他把我叫住说，这几天他心里老觉得惶惶不安，不知道啥原因。我说，啥都好好的，是你胡思乱想呢。喜娃不说话，愁眉苦脸地看着街上的路灯。

到了冬天，有一天吃过晌午饭，我和喜娃、五老汉还有下窑村的几个人，坐在老皂角树下的石头上说闲话，一辆面包车从坡下边开了上来，开到皂角树跟前，从车上下来几个小伙，一看就是瞎尻。他们一下车就问，王喜娃家在哪里？我们不知道是啥事，就不敢接话。五老汉问，你找他有啥事？一个瞎尻说，他娃借了我们公司的钱，我们要钱来了。喜娃猛听到这话，就装不住了，立即梗着脖子说，我娃在省城，咋认得你？咋借的你们公司的钱？有个瞎尻说，你娃是在网上借的我们公司的钱。

在网上借钱，我听都没有听说过。喜娃说，娃在网上借，你到网上要去。瞎尻说，你娃给我们留了你的电话。瞎尻说着话拿出手机一打，喜娃身上手机就响了，喜娃脸唰的一下红了。瞎尻说，你要是不信，你现在就给你娃打电话。喜娃当时没有打电话，手抖得手机都拿不住了。

邻家出了事，我也不好意思在街上乱转，就一直坐在院子。喜娃是关了窑门给娃打的电话，我听不见他说啥话，可声音大得很，我能听出他的愤怒和无奈。第二天吃晌午饭的时候，娃从省城回来了，那几个瞎尻已经开车到喜娃家门口等着了。他们在喜娃家说了啥话，我不知道。过了很久，喜娃就和娃坐着人家的车去了店头镇，天快黑的时候，我正在皂角树下坐着，那车把喜娃和娃送到村口就走了。喜娃往回走，脸黑得像锅底，眼盯着地上谁都不看。过了一时，就从喜娃家传来吼骂声，他可能是拿棍打娃，要不然娃就不会那样哭。那也是把人气极了，气得没有办法。

我实在坐不住，就去敲喜娃家的院门，可院门从里边关着。窑里边，喜娃的骂声，杏花的哭声，娃的哭声，叫人听着心里都发抖。邻居来了，站在院门外边听着却没有办法。五老汉说，人在气头上，手底下没轻重。几个人帮着有学从墙上翻过去把院门打开。我们跑到窑里，喜娃红着眼，手里拿着棍，娃躺在地上，杏花鼻涕一把泪一把地护着娃喊，你把娃打死咋办呀！有了大家的劝说，喜娃自己圪蹴在地上哀哀地哭出了声。

喜娃一家人在家里睡了两天没出门，到了第三天晚上，喜娃来找我。我知道他会来，这几天那破门就没关过。喜娃一见我就落泪了。我把烟包递给他，他半天把烟都装不到烟锅里去。他抽了一口烟哭着说，八万多块钱……八万多块钱……这么厚一沓子……眼睁睁给了人家手里……眼一眨……就像空气一样没了……咱都不敢说一个不字……到现在，我还在做噩梦，总觉得是把咱的钱哄走了，是把咱的钱讹走了……人家在手机上一拨拉，我又看不懂……我给人家钱的时候，手都在发抖……那是我和杏花一分一分攒下的，一镢头一镢头从地里刨出来的……人家在手机上一拨拉……钱就装到人家口袋里去了……

# 26

益娃说，这件事过后，喜娃头发白了一半，不再留从前那样的偏分头，每次推头都把自己推成了秃子。我问他咋把头推成秃子？他说，火大得不行，头上像箍了个锅，吃不好睡不好。

我以为事情就这样结束了，谁知又过了多半年，有一天早上刚吃过饭，又有人给喜娃打电话，说娃欠他们的钱。你想前边的事差点把两口子气疯了，现在咋又出了这事？你想喜娃心里的那个仇恨劲儿。喜娃后来才给我说，他听到人家那样说，在家里就坐不住了，就往兜里装了几个冷馍和一瓶水，到公路上坐班车去了省城。

　　喜娃说，他到省城时天已经黑尽了，城里边一片灯火，他连东南西北都弄不清。他站在街边给娃打电话，老是打不通。他稀里糊涂往前走，走一会儿给娃打一次电话，走着走着心里难过得都走不动了，腿一软坐在了路边。他看着街上来来往往的人和车，听着轰轰隆隆的声音，连杀人放火的心都有了。想自己这辈子连害人的心都没有，娃咋就这么不争气，他如果不是想到杏花这一辈子跟着他吃了那么多苦，当时就想钻到车轱辘底下。

　　我没想到喜娃背后有这样的故事，一边听一边猜想他坐在街边那种悲愤凄凉的心情。

　　益娃继续说，夜深了，街上的车越来越少，喜娃走到哪里自己都弄不清楚。他站在街边一边落泪一边又给娃打电话，这一回终于打通了。喜娃给娃说，他已经到了省城，想和娃见一面。他当时都没敢给娃说钱的事，害怕娃躲着不见他。娃问他在省城哪里，喜娃说自己也说不清。娃叫喜娃坐出租车，他舍不得花钱。他走到一个十字路口，看见高楼上写的字再给娃打电话，娃说他知道那个地方，叫喜娃在十字路口等他。喜娃说他坐在路边，看着空荡荡的街道，看着高楼上红红绿绿闪动的灯火，眼泪又唰唰地往下落。他等得心里发慌，终于看到娃的身影。这时，天已经慢慢亮起来，街上的车辆行人又慢慢多了起来。

　　喜娃说，在省城人生地不熟的地方，猛然看见娃，鼻子就发酸，就控制不住自己，眼泪又哗哗往下淌。喜娃说，他看着没边没沿的省城，看着街上像水一样流动的车，再想这城里边千千万万的人，和自己一毛钱关系都没有，只有娃和自己是亲人。他想站起来，两腿发软不听使唤，这时才觉得自己饿了。他坐在街边，打开手里提的馍兜，从里边拿出从家里带的水和馍。他问娃喝水吃馍不，娃说不吃。他坐在街边吃了一个干馍喝了几口水，才把精神缓了过来。

　　喜娃说以他在家里的那种恨法，见了娃非把娃的腿打断不可，可他见了娃不但没有骂娃，反倒想起在家里拿棍打娃，杏花扑下身子护娃的情景，心里就难受得不行。猛然觉得，只要娃好着他就安心了，娃要是因为这事再有个三长两短，他这一辈子把肠子都能后悔断。

益娃说，喜娃之所以有这种想法，主要还是在省城，如果是在家里，就不见得是这个样子。喜娃把娃叫着坐在身边，也不怕过来过去的人笑话，一边哭一边给娃说，又有人给他打电话，说你在网上借了几万块钱……你咋这么傻呀……你以为咱家的钱是鸡刨出来的……那是我和你妈没黑没明用镬头从地里挖出来的，在大太阳底下用血汗换来的……

当天，喜娃就带着娃回到家里，第三天一大早，那几个瞎㞗就开车来到喜娃家。喜娃和娃连饭都没顾上吃，拿了在亲戚跟前借的钱，又坐着人家的车去了县城，在银行的机子里把自己存的钱取出来，全都给了人家。以前，喜娃怕把钱都存到店头镇银行不放心，又在县城的银行办了一个卡。喜娃说，人家拿着钱眉开眼笑地开车走了，他难过得和娃坐在街边的台阶上，哭到流不出眼泪……

# 27

晚上，我开车和马书记、老书记去了喜娃家。

农村天空的月亮特别亮，戴帽山好像是用墨画出来的，寂静的街上只有路灯在闪闪发亮。喜娃家的院门已经关了，老书记敲开院门，喜娃惊奇地喊了一声老书记，说，天都黑了你和马书记咋来了？

老书记说，白天你忙地里活，只有晚上来，咱坐到窑里说话。

院子里洒满月光，地上落的一枝一叶都看得分明，我们踏着月光走进窑里，杏花正用一块抹布盖着什么东西。窑里边不是很大，一边是一面土炕，占去窑洞的多半边，土炕的对面放着一张桌子，桌子上放着一台老式电视机。正应该是窝在家里看电视的时候，电视机却关着。挨着放电视的桌子，是锅灶案板和两个水缸。这边挨着土炕放着一张破旧的双人沙发，沙发的前边放着一张低矮的方桌。再往里去，窑洞中间横绷着一根铁丝，上边挂着一块很大的浅棕色帘子，把窑洞的里边和外边隔了开来。

喜娃从电视机底下的桌子抽屉里拿出一盒烟，发给马书记，马书记接过烟放在方桌上。老书记接过烟点着说，今晚来找你，就是为了申请的事。

喜娃不说话，坐在一个矮凳上一边抽烟一边低头看着地面。

老书记抽着烟说，这是国家大政策，你家里情况明明白白在这里摆着，你又装不到袖子里去。

喜娃低着的光头上又长出一茬白苍苍的短发，粗壮的脖子和坚实的肩膀，显示出平日的辛劳。

从隔帘后边传来了一声响动，一只花猫从里边跑了出来，卧在帘子边的一个草垫上。杏花弯腰拿起地上一块石头放到水缸的盖子上，再一低头拿起另一块石头，放在另一个水缸上。

马书记问，缸子里放的啥？

杏花说是水和面。

老书记说，你看你家里，都是土墙，要是水泥砖墙，面袋子放在外边都不怕。

杏花说，前年有天晚上把水缸没盖严，老鼠跑到里头去了，把人恶心得好几天吃不下饭，从那以后，家里再没敢离过猫。

喜娃没说话，看了杏花一眼。杏花本来还想说啥话，却把话咽了下去。

老书记说，我知道你心里有委屈，对社会有意见，把那么多钱不明不白叫人诓走了，这事到谁跟前都一样。可咱反过来想，咱一个小家才几口人，能有几样事按心上来？这么大一个国家，事情又那么多，凡事都要有一个过程，像娃在网上贷款这事，国家肯定要管，不可能叫这事继续害娃。

喜娃偏过头看了老书记一眼说，国家为啥一开始就让那些人胡作非为？为啥一开始不管？不知道那是害娃的事？不知道娃还瓜（傻）呢管不住自己？国家说扫黑除恶，难道这不是恶？

老书记抽完纸烟，从口袋里拿出自己的烟锅，一边给烟锅里装旱烟一边说，你有怨言，我知道，扫黑除恶才刚刚开始，国家后边肯定还有大动作。可眼下咱先借国家的好政策把房盖了。

喜娃脖子一拧，看着老书记说，咱弄的啥事嘛，咋生下那样的瓜娃！好好的日子，偏偏要背一个贫困户的名声！

马书记说，网上给年轻娃消费贷款，的确成了一个社会问题，我也听到许多家庭因为这事弄得负债累累。

喜娃说，那和土匪有啥区别？咱又不懂，人家说多少就是多少。

马书记说，事情已经发生了，咱不能因为气恨，就不再往前过日子了。你一孔窑洞里放着三轮车、摩托车和农具，一家人就挤在这一孔窑洞里，两个娃回来都没有地方住，那两间土房子的山墙上裂开那么宽的口子，娃住到里边你能放心吗？

我走出窑洞，院子里黑魆魆的，一片安静，月光已到院门前椿树的背后，椿树上的喜鹊窝在月光下模模糊糊，让人感受到农村生活中诗意的美。突然，从院子一角传来了一声鸡叫。我向前走了几步，看见在南边那孔窑洞的拐角处，还有一孔很小的窑洞，鸡叫声就是从那里边传出来的。

# 28

早晨起来我还像以往那样去街上散步，发现家家院门的门环或是门框上，都插着或拴着一把草，有人还在门上挂着几个香包。我心里有点奇怪，却没有往深处去想。转回来，老书记和欢庆已经在办公室，我问，院门上插那些草干啥？

老书记说那是艾蒿，今天是端午嘛，每年这一天，家家户户都要给门上插一把艾蒿，用来驱毒辟邪。

我问，为啥还挂香包？

老书记抽着烟笑道，在农村，端午节不但要给门上插艾蒿，还要给小娃戴香包，给手腕上缠五花绳绳，都是用来吓妖魔鬼怪的，有人除了给小娃戴，还给门上挂。

马书记扶了一下眼镜感慨道，城里人生活节奏快，都住在楼房里，把许多节日都淡化了。

欢庆说，像二月二炒豆豆，腊八吃腊八粥，二十三祭灶，正月十五打灯笼，正月三十燎荒荒，端午吃粽子、给门上插艾蒿，七月七乞巧，十月一送寒衣，住在农村的人年年都当节日一样过。

王党信从镇上来了，走进门说，多亏欢庆给我打电话，我都站在粽子摊摊跟前了。

这话我没有听明白，正想问，下窑村的九先生、王秉银老汉、王景明老汉和北窑村的王骡子老汉来了。入户走访时，我已经见过这几位老人。王骡子老汉带着孙女欢欢，手里还提着一篮子黄杏。九先生留着稀疏的胡子，身体看上去还硬朗，手里连拐棍都没有拄。

秉银老汉手里提了一个篮子，篮子盛满了粽子。我明白了王党信刚才说的话的意思。这时，南窑村的王茂娃老汉和五老汉也来了，茂娃老汉手里也提着一竹篮黄杏。

今天，村里请来几位老人，就山洼里村申请建档立卡的贫困户进行评议。我吃着黄杏想，骡子老汉和茂娃老汉叫大家吃杏，这是人之常情，而秉银老汉从家里提来粽子，让我觉得有点惊奇。后来，我才知道，秉银老汉只要遇上村里开会的机会，就要从家里带一点醪糟叫大家吃上几口，因为今天是端午节，就把醪糟换成了粽子。

第二天，我开车和骡子老汉去县残联（县残疾人联合会），半路上又想起秉银老汉，就问骡子老汉。骡子老汉说，人有钱了，日子过得好，就显得大方了，也有情有义了。

我问他，为啥这样说？

他说秉银老汉一家人，凭借祖上传下来的"王十三醪糟"，把日子过得红红火火。

我又问，为啥叫"王十三醪糟"？

骡子老汉说，他家的"王十三醪糟"是从他高祖手里传下来的，因为他高祖在兄弟里排行十三。听秉银老汉说，他高祖从年轻时就挑着担子卖醪糟，三六九跟店头镇的集，二五八跟留镇的集。到现在，他高祖用过的那根榆木扁担，还在家里留着，被秉银老汉供奉在神台上。

用担子挑着咋卖醪糟？

把两个瓦罐用麻绳捆住，用扁担挑着去卖嘛。

你咋知道他高祖的事？

都是听上辈人说的。村里人说，秉银他高祖是个大个子，有一年冬天，他高祖担着担子去留镇卖醪糟，由于雪天路滑，下坡时老汉脚底下打滑摔倒了，把两个瓦罐摔打了，醪糟淌了一地，从那以后，就把担子换成了木辘轳独轮车。

他家的醪糟还有啥故事？

骡子老汉说，经过秉银他高祖半辈子努力，到秉银他曾祖手里，他家的醪糟已经卖出了名气，有了口碑。等传到他祖父，就是他爷手里，他爷已经在木辘轳独轮车的前边插了一个竹竿，上头挂起了旗旗（幡），正式竖起了"王十三醪糟"的牌子。临到解放跟前，他爷已经把人推的独轮车换成了驴拉车。后来解放了，村里实行互助组、初级社和高级社，直到生产队的那些年，他家的醪糟生意一直都没有停过。

生产队的时候他爷还卖醪糟？

生产队的时候，生意已经交到了秉银老汉手里，秉银老汉之所以能继续卖，是因为月底要给生产队缴提成。还有一个原因，就是他家的醪糟好吃，公社院子里的大小干部，店头镇的国营商店、医院、粮店、邮局，还有食堂里的人，都喜欢吃他家的"王十三醪糟"，各村的干部到公社去开会，也想吃几口他家的醪糟。秉银老汉自己说，有时候，公社还用他家的醪糟招待上边来的领导呢。

骡子老汉接着说，生产队解散以后，秉银老汉家的醪糟生意才真正开始借风扬场，名气越来越响。他家是全镇最早的万元户，是山洼里村第一个把土地转包给别人去种的人。今年，他们家在醴泉县城最大的批发市场开了自家的店面。每天早上五点，两个娃大田和小田，各开各的小车（微型小货车），一个拉着醪糟去县城批发市场卖，一个拉着醪糟到店头镇和留镇周边集镇上去卖。如今，大田和小田都买了小车，都在村里盖了两进两出的四合院，都在县城买了房，大田和小田的媳妇，都住到县城里去了，专门做饭和管娃念书。

骡子老汉羡慕地说，这几年，秉银老汉一大家子人，凭借着祖上传下来的"王十三醪糟"，辛辛苦苦，不仅给自己赢得了好日子，还赢得了十里八乡人的羡慕和尊敬。

# 29

众人围坐在一起高高兴兴吃着黄杏和粽子。老书记说了开会的内容，叫会计王三娃念申请人的名字，念建档立卡扶贫工作的政策文件。三娃刚念完，王欢庆眼一闪就急急火火地说，像王平地和王振鹏，就不应该享受扶贫政策。

老书记生气地看了一眼欢庆说，你这人就是个急性子，先听听大家咋说，听听马书记的意见嘛。

王三娃说，全村生活贫困的人都写了申请，只有王平地还没写。

王党信说，要给王平地建档立卡，我的意见是必须先叫他把耍狗这事停了，这事影响太坏。

老书记说，昨天晚上我还找过他大哥，叫平安把平地叫回来，再把他舅接过来，我就不相信他不听他舅的话。

马书记说，咱要严格遵守国家政策，够条件的都要给建档立卡，不能漏掉一个人。

九先生说，娃四十了还没个家，一个人出出进进，顿顿饭都要自己动手，就不爱在家里守了。

欢庆说，咱村里我就佩服三个人，一个是喜娃，一个是茂娃叔，一个是我骡子叔。我骡子叔的孙女欢欢虽说是这个样子，一家人到现在还住着土窑洞，可从来没找过村上，更没有跑到镇上和县上，建设和他媳妇两口子出门打工，老叔一个人领着孙女还要经务几亩葡萄园。

骡子老汉疼爱地看着欢欢，抚摸着欢欢的头说，佩服我的啥？别人娃都上幼儿园了，我欢欢就是这个样子，到医院去医生说要赶早给娃装耳蜗，听说装个好的耳蜗要二十万，建设和媳妇两口子都急着攒钱，想早一天给娃把耳蜗装上，盖房的事就没有想过。

欢庆给大家发着烟说，我就敬佩你和建设这种精神。

骡子老汉说，我打不起精神有啥办法，打不起精神，日子咋往前过呀？我孙女的病咋办呀？

九先生说，欢庆说的这几个人，没有人不佩服。骡子要看娃要做饭，还要经务葡萄园，太不容易了。喜娃给头上戴个"鸡勾勾"灯，晚上跑到地里去干活，这要有多大的心劲儿。茂娃整个晚上跑着逮蝎子，高一脚低一脚爬沟过坎，一晚上要跑多少路，腿上没劲儿咋跑得动呢！

茂娃老汉嘿嘿笑出了声，眼睛眯得都看不见了。

秉银老汉说，人就是要自己给自己加油鼓劲，天佑的都是勤快人。

景明老汉说，话都在理，问题是有人能听进去，有人你趴到耳朵跟前说他都听不进去。就像平地这种人，你有啥办法？

老书记说，这一回一定要叫他把耍狗这事停了，就像党信说的，这事影响太坏了，全镇人都知道山洼里村有耍狗的人。

听着大家言来语去，我也忍不住想说几句，就插言道，现在都到了互联网时代，咱不能老开着柴油三轮车拉着葡萄到市场上去卖，咱还要另想办法，还应该给咱的葡萄起一个响亮的名字，要唱出咱自己的牌子，如果以后把咱的葡萄能注册成绿色安全农产品，那咱的葡萄不但值钱了，还更好卖了。

老书记问，咋样才能把咱的葡萄注册成绿色安全农产品？

我买了几本书，才开始学习，通过学习我才明白咱的葡萄，到现在还属于低端产品，还是粗放式管理，随意喷洒农药，随意打膨大剂、催红剂，这都不符合绿色安全农产品的要求。

马书记说，现在人都对食品安全要求越来越高，吃水果都讲究吃绿色无公害水果。

我接住马书记的话说，咱在这方面已经落后了，后边咱不仅要请人来给咱讲生态农业、无公害农产品、绿色食品方面的知识，还要讲网络销售方面的知识。

欢庆说，这两年，村里许多人就是通过娃在微信上往出卖葡萄。我去年接近一半葡萄，就是娃用微信朋友圈卖出去的，有几百箱葡萄都卖到北京去了，有接近一千箱葡萄卖到西安去了。我刚才听到小米的话，正在想咱建一个村民微信群，把所有人都拉进来。

我说，咱要组织起来呢，不能单打独斗，找人设计一个自己专用的快递箱子，再给咱的葡萄起一个响亮的名字，把这个名字就印在纸箱上。从今年开始，村里所有人在网上卖葡萄，都用咱设计的纸箱，这样，一年接着一年，咱葡萄就卖出名声了。

马书记说，现在城里人都爱吃高山上产的水果，咱就把咱村的葡萄叫高山葡萄。

我说，要不给前边加上戴帽山，就叫戴帽山高山葡萄，这样，把地理位置就说明白了，人一看也容易记住，可信度会更高。

欢庆接连说了三个好，又说，我晚上就给娃打电话，他就是专门搞设计的。去年秋天娃到西安开会，回来住了两天，在我的葡萄园照了好多照片，我还用它做了我的微信头像。欢庆说着打开手机里的相册，里边存了好多张葡萄园照片，大家凑到跟前一张一张往过看。比较了许久，认为其中有张最好，上边有戴帽山，有层层的葡萄园，山上和葡萄园里雾气缭绕。

欢庆说，这是雨后拍的，我嫌葡萄红得慢，把袋子撕开了。

老书记说，娃拍得好，你看这些葡萄，每一串都有四五斤，红得像血一样，人看着嘴里就流口水。

那我给娃说，设计的时候就把这张照片用上。

马书记说，村民微信群的头像也用这张，微信群的名字就叫戴帽山高山葡萄群。等娃设计好了，咱就联系纸箱厂，先定制一批箱子。

三娃说，一个群加不下全村人。

王党信说，那就建两个微信群，就叫戴帽山高山葡萄1群、戴帽山高山葡萄2群。

三娃说，我现在就给咱建群，自己村里的人，多半都知道。

欢庆看着老书记笑道，老书记，你咋办呀？你的老人机怕不能再用了。

老书记哈哈笑道，娃给我买了一个新手机，在家里撂着。

欢庆说，你是咱的老书记，微信群里没有你咋行？你用了智能手机，就知道它的好处了。

景明老汉说，没想到，种庄稼还和微信联系起来了。

秉银老汉笑道，今天一来，我心里猛然也开窍了。

我说，有了村民微信群，外边的人谁想吃老叔家的醪糟，就在群里说一声。

三娃说，咱以前咋就没重视这个？

骡子老汉说，咱地里产的葡萄，多半都是在家门口卖，下窑村的胜利和北窑村的开放，自己有小货车，这几年多半都是拉到西安去卖，年年比别人多收入一两万。

五老汉说，喜娃去年就是把葡萄拉到西安他妹子的工作单位门口卖，一斤卖五块钱，虽然量不大，可比在家门口多赚了一万多块钱。这一万多对咱农民来说，可不是个小数目。

王党信笑道，你两个娃都在外边打工，葡萄园都撂荒了，你不用操这个心。

五老汉说，一个村里住着，咋能不操心？葡萄值钱好卖了，说不定我娃还要回来呢。

茂娃老汉说，卖是一个方面，关键还要地里产下，咱村里年年到浇地的时候水就跟不上。

老书记说，咱今年无论如何要争取建一个蓄水池，在别人还没浇地的时候，咱先给蓄水池里放满水，浇地时就不发愁了。

九先生说，建蓄水池是个好办法，还要提倡节水灌溉，水再多，还是要掏钱买。

五老汉说，去年，喜娃就在南坡那片地里给薄膜底下压了管子，我还专门去看过，那办法就是省水。

# 30

大家还在讨论，我想起骡子老汉想给孙女装耳蜗的事，就在手机上查看相关信息，无意间查询到这样一则消息：记者从省残联（省残疾人联合会）了解到，今年全国爱耳日活动，省残疾人补助资金项目，为听力残疾人安排免费验配助听器、植入人工耳蜗、人工耳蜗调机、听力语言康复训练。我高兴地给骡子老汉说，国家对人工耳蜗植入有免费政策。

骡子老汉说，咱没人，争不上。

老书记问我，你咋知道？

我给大家念了手机上的那则消息，念完，继续在网上搜寻，又找到国家相关政策，把主要内容念给大家：国家通过专项救助方式，每年给不同地区提供免费植入人工耳蜗名额。听障儿童家长可以通过"人工耳蜗国家项目""听力重建 启聪行动"两个项目，争取免费植入人工耳蜗的机会。听障儿童家长可以登录中国听障儿童服务网申请，或到户籍所在的市、区、县残联申请，由残联协助家长上网申请。

特别是下边这几句话，说是在同等条件下，优先救助贫困家庭聋儿。资助标准，一个是人工耳蜗产品，一个是手术费用及调机费，还有一个是康复训练费用……

骡子老汉还是说，咱没有人，争不上。

我说，咱没有去，咋知道申请不上？

骡子老汉叹息道，不说国家给我孙女免费，就是免一半，我这日子就好过了，不知道咱省是个啥政策？

我一边在网上查询一边说，网上查询的不一定可靠，咱要亲自到县残联去问一下，国家政策也可能每年都在变化。

马书记高兴地说，国家有好政策，咱就要赶紧给娃办。小米，你明天就开车把娃拉到县残联去问情况。

九先生说，国家的好政策越来越多，有的事你坐在家里想都想不到。前几天我到上坡头村给谁看病，在人家村口看见挖掘机挖以前的涝池，人家说这是国家掏钱叫挖呢。

我没有见过涝池，听九先生这样一说，又在手机上查寻，竟然搜索到这样一篇文章：《关于做好涝池建设工作的指导意见》。

我又把其中一段念给大家听：涝池自古以来就是群众人畜饮水、洗衣做饭、养殖灌溉的重要设施，是农村自然生态与传统民俗文化的重要组成部分……为了持续改善农村生态，当地政府提出对全县农村涝池进行全面恢复重建，不断深化美丽农村建设水平，努力把农村建成有水有景、绿色生态、和谐幸福的美丽家园……建设涝池应遵循"聚集水、留住水、涵养水、利用水"的要求，把涝池建成集改善生态、美化环境、村民休闲于一体的农村湿地公园……总之，要通过建设涝池，促进生态农业、生态旅游业发展……

欢庆"呀"了一声说，要不是小米在网上看，咱还不知道还有这样的事。

不知道咱县上是啥政策，看来，坐在家里不行，要主动出去联系呢。

没想到，国家这么重视涝池，还把涝池看成是美丽农村建设的一部分。

欢庆说，咱能想出来，涝池能蓄水，能解决灌溉，能改善环境，给它周边栽上树就更好看了。依我看，咱就没必要像手机上说的那样，用石头水泥做防渗处理，咱只要把进水、排水做好，给涝池周围栽上树种上草就行了。

老书记说，就是嘛，用石头水泥砌了底，到时候，连个青蛙的叫声都听不见，那多难受。过去，咱天黑坐在麦场边的碾盘上歇凉，就是晚上睡在炕上，都能听见青蛙呱呱的叫声。

大家都笑了起来。

九先生笑道，要是听不见青蛙叫声，要那涝池干啥呀？

听大家这样一说，我脑海里就出现了从前那种蛙鸣声声，庄稼人晚上坐在麦场里歇凉的情景。

马书记笑道，戴帽山、水泥路、葡萄园、蓄水池、涝池、各种各样的花草树木，想起来都是美的。

王党信笑道，要是把农村处处都建成花园，一到星期天城里人心慌了没地方去，肯定就往咱农村跑。

秉银老汉笑道，到时候，城里人来了，买咱的葡萄，还买我家的醪糟。

五老汉说，还有咱的柿子，你看咱村里这么多柿子树，年年没人摘，挂在树上风吹日晒都变成了黑蛋子。

老书记深情地说，以前，这些柿子树是咱一村人的救命树，六十岁往上的人，谁没拉着架子车出门卖过柿子？有一年，我和茂娃拉着架子车，都把柿子卖到西安城去了。

茂娃老汉嘿嘿地笑道，天擦黑在家里吃上几口饭，给兜里装上几个馍，不停不歇要走一晚上。走累了，就坐在路边，吃上一个蒸馍就柿子，抽上一袋烟，又急急忙忙赶路。

景明老汉说，咱村里村外这么多柿子，年年风干在树上，实在可惜了，咱宣传葡萄的时候，把咱的柿子再宣传上。城里的人，特别是小娃来了，叫他们上树摘柿子，娃肯定都高兴。

我情不自禁地说，来山洼里村这段时间，我一直在困惑，农村到底要向哪里发展？对农村发展怎样来定位？现在我好像突然想明白了，以后的农村，不仅是产粮产果的地方，更像是城市的后花园，是城里人休闲度假的好地方。

骡子老汉笑道，从前，咱农村人老是说逛城里，现在，越来越多的城里人说来逛乡下。

老书记听得高兴，红了脸高声笑道，大家这样一说，我都觉得生活在农村比城里好，就像我孙子回来说的，坐在院子里都能看见蓝天白云，都能听见鸹鸹叫。

五老汉笑道，看把你说得高兴的，那你把你孙子叫回来？

老书记笑道，叫他们回来住上两三天还行，时间一长就喊着要走呢。

马书记说，城市和农村，各有各的好。

我也说，城里有城里的热闹，城里也有城里的烦恼，就像农村有农村的清闲，农村也有农村的心慌。但有一点，越来越多的城里人，喜欢在星期天到农村来逛逛，想体验一下农村的生活。

三娃笑道，那给你在咱山洼里村找个媳妇，再盖上两间房子。

我笑道，我真的羡慕在农村有一个院落，星期天回来住上两天，顺便再买些水果、青菜和鸡蛋。

景明老汉笑道，看咱村谁家女子没有对象，给娃介绍一下。

三娃说，这事包在我身上，不但女子要长得漂亮，还要有院子。

王党信笑道，现在的娃没有难看的，漂亮这一点我相信，但有没有一院庄子，你给小米说的这话怕保证不住。现在宅基地管理越来越严，眼下东庄水库修得热火朝天，咱这里土地肯定越来越金贵，宅基地越来越难划了。

老书记说，等把东庄水库修好了，来观光旅游的人肯定很多，咱村要不在路边栽一个大牌子，把咱的葡萄往出宣传？

马书记说，这个办法好，咱就在公路的十字路口竖立一个大牌子，把咱的戴帽山高山葡萄和戴帽山高山柿子都画到上边。

# 31

我开车带着骡子老汉和欢欢去县残联，咨询了相关政策。县残联同志帮助欢欢在网上填写了相关信息，提交了申请。同时，给我们出具了证明，建议我们先到省城指定医院，给娃做一个初步诊断。

隔天，马书记又叫我带着骡子老汉去省城给欢欢做初步检查。我是那种心里装了事喜欢赶早的人，去迟了怕当天做不完检查。对于骡子老汉来说，他的心比我更急。可能就是城里街上安静下来不久，农村人刚睡过一个小觉的时候，我开车到骡子老汉家门口，骡子老汉和欢欢已经在院门口等着。

我把车掉好头，欢欢拿出两个鸡蛋走到我跟前。

骡子老汉说，娃知道去省城给她看病，叫我煮了家里鸡蛋给你吃。

我看着孩子，眼睛湿润起来，接过一个鸡蛋说，咱一人吃一个。

我忘了欢欢是聋哑人，孩子拿着一个鸡蛋剥了皮递给我。我没有推托，微笑地看着欢欢，几口就吃完了。

早上七点多，我们就赶到了指定的医院。医生初步了解后，知道我是驻村干部，骡子老汉是孩子的爷爷，医生建议说，先给孩子做一个初步检查，如果要装耳蜗，就要带孩子住到医院进行检查评估，每个孩子的病情不一样，至于说植入怎样的耳蜗，等检查评估以后再说。爷爷毕竟不是父母，植入人工耳蜗是一个复杂的过程，手术前的检查是个很重要的环节，要进行多种评估，要进行常规检查，特别是听力检查和精神检查，这样植入耳蜗后才可能达到最佳效果。就是植入了人工耳蜗，也不是万事大吉，它装的是一个机器，后边还要进行语言康复训练，康复训练有专门的训练机构，有条件的家长每天带着孩子到康复机构去训练，如果条件不允许，家长学会了可以自己教孩子。另外，过一段时间还要调机，把各种参数调到最合适的状态，这样来来去去的，你一个当爷爷的咋样完成？

这可咋办呀？骡子老汉坐在楼道里说。

这有啥考虑的，叫欢欢的父母回来。

那我给建设打电话。

下了楼来到花园，老汉坐在树下的凳子上拨通了电话，我接过手机说，我是村里的驻村干部万小米，昨天在县残联给娃把申请提交了，今天来省城医院给娃做了一个简单诊断，医生说孩子现在是装耳蜗的最佳年龄段，这事不能再拖。

建设说，谢谢，谢谢小米，我以前带娃去过医院，医生说国家对残疾娃有帮扶政策，我听说那手续很麻烦，咱又没有人。

我说，国家政策在同等条件下，优先救助贫困家庭聋儿，老汉叔年纪大了，来回带孩子实在不方便。

建设说，感谢小米，我听明白了，我这两天就和媳妇往回走，回来了再感谢你。

我说，不要说感谢，这是我的工作，老人拿的还是老人机，这样，你在戴帽山高山葡萄群里把我微信加一下。欢欢就在我身边站着，你给孩子说上几句话。

建设和我加了微信，微信打开后，欢欢看见父亲，高兴地喊了一声，我猜她喊的是爸爸。建设给孩子摇着手，这时，建设媳妇赵麦穗也出现在手机里，欢欢又喊了一声，眼泪哗哗往下淌。建设媳妇在那边哭着，一边比画一边说，我和你大明天就往回走，带你去看病。


# 32


我从省城回来的第二天，王平地他大哥平安给老书记打电话，说平地回来了，他已经叫老二开车去接他舅。

原来，王平地弟兄三个，老二在县城开了一家水果店。王平安知道自己说的话平地听不进去，就依照老书记说的办法，先和老二开车去了一趟舅家，叫老舅过来好好管教一下老三。

老书记和马书记到平地家里去的时候，平安已经圪蹴在院门前等着，说老二拉着他舅正在路上走着，他表弟也跟着来了。

平地平时开的那辆面包车停在院门外边的石榴树跟前。

欢庆隔着院门喊了一声平地，院子里传来了汪汪的狗吠声。稍许，平地开了院门，看见马书记和老书记，问道，找我干啥？

一只土灰色细狗看样子想叫几声，但看见这么多人，呜呜了两下，胆怯地转身跑回窑里去了。

这么多人来你家里，你说来干啥？

王党信说，咱俩年龄差不多，你身强力壮，不缺胳膊不缺腿，为啥不把劲儿往过日子上用？

王平地斜眼看了王党信一眼。

你和王军是同学，你看人家从早到晚在干啥，人家娃都念书上学了，你还是一个光杆杆。欢庆故意用这话刺激王平地。

王平地想生气，到底还是底气不足，软绵绵地说，他过他的日子，我过我的日子，就不想比。

老书记高声说，你为啥不想和人家比？你就是想比拿啥和人家比呀？

王平安语气柔和地说，说你年龄大，也就四十，说你年龄小，已经不是碎娃了，啥道理都知道，这么多人，不吃咱的不穿咱的，来咱家里到底为了谁？这个道理你为啥不想一想？耍狗本来就不是啥正经事。

马书记走进窑里看了一下，出来说，你已经是成年人，看你过的这是啥日子，就不是一个正常人过的日子。前几天我们去高高家，高高说的那些话真的应该叫你听一下。

驴日的就是不争气！

大家回头一看，是一位老人在说话。平安叫了一声舅，让老人坐到板凳上，接着把马书记、老书记和王党信给老人介绍了一下。老人说，我都没脸见你们。随之看着平地问，你认得我不？

王平安低着头不说话。

一个四十多岁的人突然起脚，把平地一脚蹬得趴在地上，说，亲戚朋友成天劝你，你就是不听不改，要脸不要脸？我大都八十了，天下哪有老舅来给外甥回话的道理？

王平地身上沾满土，红着脸圪蹴在地上。

老二也发火了，说，年轻轻的，为啥就不能争一口气？你咋想得起到王军跟前借钱，咱有胳膊有腿，干啥不行？在劳务市场上给人下一天苦，吃了喝了还发一包烟，还挣一百八十块钱！你和王军一样大，人家有老婆有娃，还养家糊口，娃都上学念书了，咱自己都养活不起自己吗？

他表哥红着脸大声说，你不要脸了先人都不要脸了？说着话，又一脚把平地踏得趴在地上。接住又大声说，把车钥匙给我！

王平地有点犹豫。

他舅说，叫国强把车开走，你啥时候不要狗了，再把车还给你。

王平地站起来，从口袋里把车钥匙拿了出来。

老书记说，耍狗就不是啥好门道，你要是不改，传出去说山洼里村给耍狗的人建档立卡扶贫，咱给人咋说呀？

老舅用颤抖的手指着平地说，不要叫一村人跟着你一个挨骂了，不要叫众人在背后指着脊背骂你大你妈了，你不要脸，一村人还要脸，我还要脸，死了的人还要脸呢。

老舅接住说，你的地你大哥栽了葡萄树，你大哥说他把葡萄园子给你，往后你啥时候把日子过好了，把今年你大哥上到地里的肥料钱还给你大哥。

王平安说，肥料钱我不要了，只要平地不耍狗，把葡萄园照顾好，叫村里村外的人不笑话咱就行了。


# 33


黎明的鸡叫声把我从睡梦中唤醒，窗外还黑乎乎的，一阵唰唰的雨跟着湿润的冷风吹了进来。我正准备起身，马书记站在窗外喊了我一声，说，雨下得大得很，地里干不成活，你起来在广播里通知一下，叫申请建档立卡的贫困户早上来开会，把身份证和户口簿都带上，咱今天要把建档立卡的工作做完。随后，他又给镇上的王党信打电话，说他把钱通过微信转了过去，过来时买上一袋米、一袋面和几样菜。

我起身趴在桌子上写了一个通知。我怕自己说不好，想写好了拿着稿子念，这样就不会出差错，我是这样写的：

村民同志们：正当我们葡萄园急需要水的时候，天就下雨了。我在手机上看了一下，明天还要下一天，这就叫天遂人愿、风调雨顺。今天下着雨，地里干不成活，凡是要建档立卡的户主，早早吃过早饭，就到村里的大棚底下来，再仔细了解一下国家的扶贫政策，再完善一下资料。来的时候把身份证和户口簿都带上。咱利用下雨天，把这事赶快做完，等天放晴了，扶贫工作就要全面展开。我是咱村的驻村干部万小米，我在大棚底下等着大家。

写完稿子，我在大喇叭里放了一首小号独奏《我爱你中国》，然后把稿子念了两遍。架在大棚外边老柿子树上的大喇叭，在雨天里声音分外响亮。我念完稿子给马书记说了一声，就打着雨伞顺着广场外边的水泥路向村南边的田野走去，想感受一下农村的雨天。

我刚走出广场，遇见王好仁穿着塑料雨衣，脸上淌着雨水，开着带花塑料篷子的柴油三轮车从我面前过去了。我转身望着在风雨中摇摇晃晃的雨篷，望着坐在雨篷里怀抱书包的门娃，孩子神情木讷，眼珠子一动不动地朝后看着。

我站在雨中，望着走远的柴油三轮车，想象着门娃一个人坐在柴油三轮车上，是怎样的心情？

我继续向村外走去，一辆面包车又迎面开了过来，王军隔着车窗玻璃朝我摇了一下手，车的后座上坐着强强。

水泥路面被雨水冲洗得一尘不染，戴帽山上云来雾去，田野里雨雾茫茫，连片的葡萄园里唰唰的雨声，让清晨雨中的田野显得格外的寂静安宁。路边地坎上一棵又一棵高大的老柿子树，在雨中却另有一种安静的姿态。我问过村里的老人，这些柿子树是谁栽的？他们谁也说不上来。无论你是否接着问，他们一定会给你讲起他们过去卖柿子的故事，从他们说话的语气里，你能感受到他们对过去生活的深切怀念。

走了不远，看见村里王勤勤老汉和王景明老汉，打着雨伞站在地塄头（地头）说话。我走到跟前喊了声"王叔"，说，这么早你们到地里看啥？

王景明老汉笑道，高兴得在家里待不住嘛，天麻麻亮我就跑到地里来了，站在地塄头听葡萄园里的雨声呢。

你看这雨下得好，下到人的心坎上了。这几天，我正愁得睡不着觉，想天再不下雨，我就打算开着三轮车到机井上拉水浇地呢！王勤勤老汉高兴地说。

我说，我刚看见好仁叔送孙子上学，你咋没送孙子去上学？

王勤勤老汉说，遇到下雨天，孙子就到他姑家里歇歇，他姑就住在西塬村里。我昨天去接孙子的时候，女子就在学校门口等我，她说在手机上看了天气预报，晚上就要下雨呢。

王勤勤老汉是个老实人，日子也不好过，年过四十才娶了个哑巴媳妇，给他生了一儿一女。前些日子，我们去他家里，一家人到现在还住在半地坑窑里，只在院子的一边盖了间半土坯房子，虽然是土墙土炕，里边却收拾得干干净净。老汉说那是娃和媳妇住的地方。娃叫王保成，精明能干，在城里打工的时候自己给自己谈了对象，孩子王喜龙在西塬村中心小学念书，每天由王勤勤老汉推着自行车来回接送。

我想起老汉刚说过的话，就问他，开着柴油三轮车咋样浇地？

老汉说，把水罐抬到柴油三轮车上，到店头镇机井装上一罐水拉回来，给地里浇。

那要浇到啥时候去呀？

有啥办法，地里旱着，拉一车算一车，总比叫树旱着要强。

王景明老汉笑道，有了这场雨，就不用拉水了。

天空阴云密布，地上绿树连片，耳边除了唰唰的雨声，再没有一丝杂音。站在我身边的王勤勤老汉，突然咯咯笑出了声。

# 34

我和村会计王三娃把以前学生娃念书的十几条板凳和几张桌子搬到大棚底下，村里的贫困户陆陆续续来了。平时，大家在葡萄园里忙活，很少有空闲坐在一起。今天一见面，每个人脸上都笑得像开了花。他们站在大棚底下，听着雨落在彩钢瓦上的滴答声，望着广场水泥地上积水里溅起的水花，一个个声高气喘说着话。有人说这雨下得太好了，人不高兴都不行。有人说这雨下得值钱，人走在路上腿上都是带劲的。有人说天没亮我就起来，跑到葡萄园跟前逛去了。有人却说现在高兴还有点早，等把葡萄卖了把钱装进口袋里才算真高兴。有人说等天一放晴就要赶紧修葡萄穗子呢，天时不等人。有人说咱现在的作务（耕作、管理农作物）办法还有些粗放，去年县农技站老师来村里讲的那一套，好是好，但有些麻烦，还要多投资。有人说去年地里的野鸡和貛把人害扎了，隔着纸袋子都能看见哪串葡萄好，哪串葡萄不好，专挑串子大的红得好的葡萄吃。有人说今年村里又是喜娃家的葡萄挂得多，串子大，还好看。有人说，那是下苦得来的。有人说，光下苦也不行，还要多上肥呢。有人说，庄稼没诀窍，凭的是屎尿。有人说，这话是老皇历了，你屎尿再多，葡萄长得再好，也卖不过县南乡农业示范园里的葡萄，咱去年一斤葡萄卖不到四块钱，人家一斤要卖二三十块钱。有人说，咱陕西这地方就是邪，刚说喜娃，喜娃就来了。

雨地里，王益娃穿着雨衣开着他的"宝驴"，车厢里坐着打伞的喜娃。

王益娃把"宝驴"开到大棚跟前，下了车拄着弯弯扭扭的酸枣木拐棍走到台阶跟前停住了。有人看着王益娃笑道，往上走嘛，站在那里等啥呢？

有人笑道，修台阶的时候，咋就没考虑我益娃哥。

益娃嘿嘿地笑着不说话。喜娃下了车走过来，从身后把王益娃抱着上了台阶。

王猴子笑道，来屎的好福气，不愁吃不愁穿，上个台台还有人抱呢。

多多没好气地说，你看益娃福大就和益娃换一下。

王来娃老汉笑着问，那换不换老婆？

多多说，要换都换，不换老婆还换了个啥？

大嘴说，益娃往后晚上就不心慌了，就有了说话的人。

猴子半笑不笑地说，这日子把我过得烦得很，换就换，叫我一个人过上几天清闲日子，不用种地，不愁天下雨不下雨，国家月月把钱给我往卡上一打，我想花了就到店头镇信用社机子里一取。

勤勤老汉笑道，你快把那害人的麻将桌子收拾了，等把房盖了，就把你大接回去，可不敢学王狗娃。

益娃高声笑道，把房盖了也不接，猴子他大说他住在果树房里头空气好，眼界宽。虽说没通电，可省心得很，睡到半夜睡不着了还能圪蹴到果树房外边看星星。

猴子听着跑过来，在益娃尻子上踢了一脚，顺手夺过益娃手里的烟锅，自己拿着抽了起来。他一边抽着烟一边说，我那麻将桌子咋能是害人的？那是给大家解心慌呢。

王劳动笑道，不是你那麻将桌子，有学老婆能跑了吗？

有学嘿嘿地笑着说，我老婆是出门打工去了。

益娃笑道，再不羞你先人了，你老婆是因啥原因跑的，村里谁不知道？

我一边听着雨棚上轰轰的雨声，一边听着大家说笑。他们多半接近耳顺之年，有的已经上七十了。特别像王益娃、王来娃、王高高、王多多和王恩娃几个五保户，他们要么是肢体残疾，要么是智力有缺陷，都是生活中的弱者，都是生活有些困难的人。今天，他们难得表现出了高兴，难得有了欢声笑语。还有盼盼他妈、王勤勤老汉、王大嘴、王振鹏和王喜娃，如果没有国家的帮助，不知道他们还要在土窑洞或是土坯房子里住多少年。

王三娃从雨中跑过来高声说，把身份证和户口簿都交给我，我给咱复印去。我缓过神来，和王党信给大家发《扶贫攻坚政策明白卡》《扶贫攻坚问答手册》《民政惠民资金发放明白卡》《现代葡萄栽培技术》等资料。

说话声低了下去，多数人拿着资料着急地看了起来。有人却说，急着看啥呢，回去了慢慢看。

有人说，现在看，有啥不懂的地方问小米。

有人说，我斗大的字不识一升，叫我拿回去咋看呀？

有人说，给咱先说一下盖房的事，我最关心这个。

有人说，我刚看了，按照明白卡上说的，把房盖了，人是有地方住，那灶房咋办？土窑里老鼠多得把人都能吃了，我还想盖一间灶房呢。

欢庆说，那就要你自己掏钱。

自己掏钱匠人给盖不？

匠人就是盖房的，你把工钱给加上，卖面的还怕你吃八碗？

那我就放心了。

我和王党信一人趴在一张桌子上，帮大家填写资料。等把资料填写完，马书记坐在桌子前边，就扶贫明白卡，产业扶贫、危房改造、健康扶贫、教育扶贫、贴息贷款等逐个给大家一边念一边解释。突然有人喊，大善人叔，你住着大瓦房，还冒雨跑来挤啥热闹？

　　我抬头一看，九先生打着雨伞拄着拐棍来了。我赶忙起身，跑下去搀扶着老人上了台阶，坐到老书记身边。

　　有人笑道，善人叔，今天还把拐拐拄上了。

　　九先生笑道，雨天路滑嘛。

　　有人笑道，老叔，现在晚上看书用的是电灯还是煤油灯？

　　九先生嘿嘿地笑道，现在用电灯。

　　有人笑道，善人爷，那你的煤油灯卖不卖？

　　九先生问，你要煤油灯干啥？

　　我晚上也想看书呢。

　　羞你先人的脚，你是看书的人？小时候你大拿棍把你往学校里撵，你在学校门口转圈圈，就是不进学校的大门，这时候想起点煤油灯看书了？

　　众人哈哈大笑，笑声里有人说，好我的善人爷，来这里的人都是日子过得稀巴烂的，你还想叫国家帮助不成？

　　九先生看着马书记和老书记一本正经地说，坐在家里没事，看雨小了，就出来转转，凑一凑你们的热闹。从古到今，从来没有见过这样好的世事，下这么大力气帮助底下老百姓过日子。

　　有人笑道，善人爷，你心里亮堂得很嘛。

　　九先生说，国家一心一意给人民办事，带全国人民奔小康，这就叫一梦走中国。

　　马书记情不自禁给老人鼓起掌来，一边鼓掌一边说，一梦走中国，老叔，您这话说得好！

# 35

在我心里，九先生不像是个九十岁的人。这么大年纪，还关心国家大事，特别是发生在他身上的那些故事，叫我很好奇。第二天，我就利用下雨天去了九先生家。

先生家临街是一个门楼，门楼走进去几步就是一间大瓦房，穿过大瓦房，里边还有一个庭院，地面全用青砖铺就。迎门是一小片竹林，竹林的背面是一个小小的照壁。院落的一侧是三间厢房，其中一间是先生的药房，门上挂着竹帘，两边还贴着过年时的对联，内容果然如王益娃说的，"但愿世上人无病　宁可架上药积尘"，横额是"方济百家"。

先生可能是隔着竹帘看见我了，掀开竹帘走到外边惊奇地说，小米，你来了！

我一边欣赏着对联一边笑道，爷爷，听村里人说，这副对联您贴了一辈子。

是师傅传下来的。师傅说，要当好医生，就不能忘记这两句话。

字是谁写的？

自己写的。

爷爷，您字写得真好。

不好，就是写给自己看。

我不懂书法，可爷爷写的字，越看越舒服，越看越有味道。

先生呵呵笑道，过去，没有钢笔，开药方子用的都是毛笔。

后来不是有钢笔了？

习惯了，就不想改了，就像你刚才说的，用毛笔开方子，心里才感到舒服。

我转过身，再环视院落，没有一点繁华。一阵清风吹过，竹叶飒飒作响，竹叶上的雨滴跟着风唰唰地落到地上。院落的另一侧，长着一棵杏树。院落的最里边，是两孔窑洞，窑面全用青砖砌过了。

先生家里虽然朴素，却干干净净，让人感到很安静温馨。

先生笑道，快到屋里坐。

走进药房，我把从多多商店里买的一箱牛奶放到迎面大方桌子旁边的椅子上，说头一次来爷爷家，没有啥好带的。先生连声说见外了。

药房里中药的味道特别浓厚，依着山墙立着一整面既高又宽的药柜，药柜上面有一百多个小抽屉。在挨门这边的墙上，还有一个五层高的木架，上边摞着大大小小用纸包着的中药。在屋子的正面，挨着药柜的是一个高高的书架，上边放着许多医学杂志，如《中医杂志》《中国中医急症》等。挨着书架的是一张油漆的黑红色大方桌，方桌上边放着七八摞书和那盏纯铜做的煤油灯。煤油灯被老人擦得油光锃亮。它圆圆的底座跟手掌一样大，灯杆有两拃多高，原来盛油的盘子里放了一把深红色茶壶。

爷爷，这油灯上放的是一把茶壶？

说起油灯，老人很开心，说油灯是他幼年跟师傅当学徒站药铺时用过的，一直留到了现在。起初，煤油就倒在上边的盘子里，后来嫌那盘子小，就在店头镇买了这把茶壶，茶壶的嘴子正好用来穿灯眼子。

我笑道，听村里人说，您把商店里剩下的煤油都买了回来。

老人笑道，用上电以后，我去村里的商店灌煤油，人家说没有了，我又跑到店头镇，商店的人说，他们把剩下的煤油卖完就不卖了，我有些着急，就用架子车把剩下的煤油带桶子拉了回来。

通电了，为啥不用电灯？

老人呵呵笑道，积习难改了，总觉得在煤油灯底下看书心里才安静。

我再去看方桌上的那些书，全部用牛皮纸包着，有的书边角已经翻烂，有的书的书脊上写的毛笔字已经模糊不清，能看清书名的有《医学三字经》《中药药性歌诀》《中医启蒙》《中医验方》《伤寒杂病论》《医宗金鉴》等。在医学书的一边，还放了两摞书，有老版本的《毛泽东选集》和《邓小平文选》，有多本《红旗》杂志和《求是》杂志，有《习近平谈治国理政》，还有四大名著和唐诗宋词等文学作品。

爷爷，这《红旗》杂志您也有呀？

很早了，还留着，喜欢看这方面书。我给娃和孙子经常说，人这一辈子，要做个明白人，你不但要看你的医药书，还要看政治书，你不看政治书，就不了解国家天下大事，就要当糊涂人。

我听村里人说，您到现在给人抓药，一服药没有超过十块钱的，如果超过了，就要想办法给人换药方子。

老人满足地笑道，也有例外，有的药方就没有办法调换。

您为啥要这样做？

没有啥特殊原因，社会这样好，娃和孙子都吃着国家饭，都衣食无忧，我也天天享着国家和社会的福，我和老伴都是高寿，都还健康，你说，我要那么多钱干啥？行医就是积德行善普济众生，我也在享受其中的快乐呢。

叔叔和孙子都跟您一样学医吗？

老人满足地笑道，娃和孙子都受了我的影响，上的都是咱省里同一个中医大学。

院子里传来了说话声。

有人问，九先生在吗？

先生的老伴九婆在院子说，在药房呢。

先生起身，揭开竹帘，迎进一个老年人和一个中年人。

中年人说，我大哪里都不去，就相信你。

先生笑着让看病的老人坐在自己跟前的长凳上，先问饮食起居，再问症状，后观气色舌苔，然后眯眼沉思把脉。许久，先生问，去过大医院没有？

站在一边的中年人说去过。

有没有病历报告？

中年人拿出来，九先生看过笑道，都活到这把年纪了还有啥想不开的？把心放大，哪怕油瓮倒了都不要管。

这句话把几个人都惹笑了。

先生接着说，儿女自有儿女的路要走，你操心的日子已经过去了，大医院看得再好，你把自己从早到晚气得肚子老鼓鼓的，气不顺，血不通，你不病才怪。

看病的老人笑道，你咋知道我和娃淘气（生闲气，吵架）？

先生拿过毛笔一边开处方一边说，在你和娃脸上写着呢。

# 36

建档立卡户名单在镇上还公示着，镇上的赵书记和县上包抓部门的领导来到村里。老书记和马书记汇报近期扶贫工作后，说目前亟须解决的就是蓄水池修建问题。经过商量，村里打一个修建蓄水池及输水管线所需资金的报告，明天由老书记、赵书记和包抓部门领导一起去找县扶贫办和有关部门。赵书记他们走后，欢庆说，如果蓄水池批下来，咱建哪里呀？老书记说，要建就往高处建，这样水就能自己流到地里。于是，大家决定先去半山腰实际查看一下。跑了半天，把地址选在南窑村与北窑村之间一块撂荒地里。这块地叫老坟里，已经有好几年没人耕种，地里的"扎扎草"长得密不透风，像荆棘似的细枝相互缠绕，脚都踩不进去。但这块地的位置好，如果在这里建蓄水池，村里的地都可以实现自流灌溉。

王党信问，这是谁家的地？欢庆说，南窑村德怀家的。马书记问，他家里是个啥情况？欢庆说有两个女子，都在市上工作，大女子已经嫁人有了娃，老两口去城里就是给大女子看（照顾）娃。老书记说，我记得南窑村的老坟就在这块地里。

埋的是哪一辈老先人？

早了，说不清。

都说不清了，还计较个啥？

老书记说，再早也是先人，这事要和南窑村的人商量好。

欢庆说，现在南窑村年纪最大的就是王三老汉，咱去问问他。

大家顺着地坎边的生产路往下走，来到南窑村的村口，刚巧碰见王三老汉。老书记喊了声老哥，说，正有事想问你，你干啥去呀？

刚才茂娃的娃来叫我，说世运回来了，在他家里呢。

老书记说，那好，咱一块走。

茂娃老汉家门前，停着一辆黑色越野车。大家走到院门口，拴在院子墙角的狗先叫了起来，随之院墙外边也传来了两声狗叫。茂娃老汉和一个老汉还有一个中年人正坐在院子的杏树底下说话。茂娃老汉看见我们，笑着站起身。

另一个老人也跟着站了起来，老远把手伸过来喊着三哥和春山。

他就是王世运老汉，一个精瘦的老头，和茂娃老汉长得有点像，穿着一件灰色长袖衫。

茂娃老汉给世运老汉介绍了马书记和王党信。王世运老汉看着大家说，老了，娃不放心，开车把我送了回来。

世运老汉的娃王山娃五十出头，正笑呵呵地给大家发着纸烟。

大家寒暄坐定，老书记说了蓄水池选址的事。三老汉说，那块地就是南窑村的祖坟，要不为啥叫老坟？至于说埋的是哪个老先人，我爷活着时我就问过，他也说不上来。

那咋办呀？

把老先人迁到公墓里去。

那么大一片地，谁知道老坟的具体位置？

都说在地的东北角。

要把德怀叫回来呢，毕竟是他家的地，只要你三哥不反对，我估计德怀没有啥问题。

这是为了村里大家的事，我咋能反对？我还没有老糊涂。再说，迁坟从过去就有呢。

欢庆说，把蓄水池建好了，就解决了葡萄产业发展的大问题，再给周边栽上树，还改变了村里的环境。就像小米说的，把咱山洼里村不但要变成产粮产果的地方，还要变成城市的后花园。

老书记说，要把村里建成花园，咱还有好多事要做，咱还要制订老树保护办法，就像村里的那些老柿子树，像下窑村老庙跟前的老槐树，南窑村口的皂角树，北窑村半坡十字的老槐树，还有庙头上的那三棵老槐树，往后谁给的钱再多都不能卖。

欢庆说，就是就是，特别是上边有喜鹊窝的树，更不能损坏。前几年，村里的老柿子树已经叫外边买走了好多，光是去年开春，村里的柿子树就叫外边人买走了十几棵。

三老汉说，我就反对这事，咱好不容易长大的树，叫别人挖走看风景去了。

茂娃老汉说，村里老树多了，人心里就像有了啥依靠。

世运说，我回来的路上还在想，村里的那些老树还在不在。那些老树和戴帽山一样，就像现在大家经常说的那句话，都是我的乡愁。我这次回来，有两个事要办，一个是想给村里建祠堂，一个是把我妈的骨灰和我大埋在一起。

　　马书记说，咱中国人的故土观念都深得很，叶落归根是每一个老人的心愿。

　　世运老汉说，我妈去世前的那年冬天，一心想回老家转一转，我当时想等过罢年到春天暖和了再回来，没想到天还没暖和我妈就走了，由于路远不方便往回搬灵，就把我妈火化了。说着话世运老汉落了泪。他接着说，到现在，我都后悔没有满足我妈的心愿，再不把我妈安葬到老家，我就没办法给我妈交代。这几年，我自己也老了，不断想起老家的人和事。人就是这么怪，无论在外边待多长时间，老了想的还是小时候生活的地方。

　　世运老汉一边抹着眼角一边说，我给山娃说，等我老了，把我的骨灰也埋回来，埋到我大我妈跟前。

　　我想起在电视上看过的一个故事，说有一只猴子，成年后离开了原来生活的猴群，形单影只翻山越岭，来到一个陌生地方，组建了自己的猴群。许多年过去了，这只猴子老了，感觉自己将要离开这个世界。有一天，它坐在树杈上，默默地注视着自己生活多年的山林和自己的子孙，随后，它谁也没有惊动，悄悄地离开了自己的猴群，像来时一样，再一次翻山越岭，原路返回，回到它出生的那个山洞，然后孤单地死去了。

　　世运老人说，猴子都这样，更何况是人。

　　欢庆笑道，猴和人是一样的。

　　山娃笑道，这次给村里修建祠堂，我大叫我找人设计了一个样板。

　　山娃说着话，从提包里拿出一台平板电脑。

　　世运说，一是咱钱不是很多，二是在我的记忆里，咱村里还没有出过做大官的人，像县老爷这样的官都没出过。我记得我姥爷以前说过，在他大那一辈，出了一个县尉。三哥，这事你还记得不？

　　咋不记得，咱姥爷一说起这事，嘴角就冒唾沫星子呢。

　　都多少辈人了，后边再没出过一个能行人，最多就是一个科长。

　　我六爷还当过连长，上过朝鲜战场。

　　团长相当于县长，连长和科长差不多。

世运老汉抽着纸烟说，咱村和许多村子一样，都是普普通通的村子，住的都是普普通通的人，我想咱不追求多奢华，就盖一个朴朴素素的祠堂。咱有了祠堂，不但能祭祀祖宗，还能团结村里人，更能教育咱的后人，对于像我这样在外边的人，就有了念想，有了回家的路。

山娃手指着电脑屏幕说，这是大门前边的两尊石狮子，这是门楼，这是门楼上悬挂的匾额。在门楼的两边，书写上一副对联，在门楼的里边，左右两边各盖上一间厢房。走进门楼，建一座照壁。转过照壁，就是院子，院子分前院和后院，前院的两边咱建上廊房，廊房前边是红漆立柱，廊房的里边咱竖上祠堂碑和功德碑，平时咱就坐在廊房底下说事聊天。再往里边走就是祖庙，祖庙咱要高筑基座，踏步设计为十二个台阶，寓意就是一年四季步步高升。走上基座，就是祖庙前的门廊，门廊下建四个朱红石柱，石柱下是圆形的鼓石礅座。

世运老汉插话说，前边院子基本就是这个样子。

山娃继续滑动着电脑的页面说，这是祖庙里边的设置，正中央是两根红漆立柱，在立柱的后边设置香案，香案后边就是咱祖宗的神位。在前边的两根红柱上咱写上对联，我大的意思是字不要多，就写"慎终追远 奕代流芳"。在神位的上方，咱高悬"世泽绵长"的牌匾，在香案前对着大门的上方高悬"宗源千秋"的牌匾。转过厅堂，就是后院，我大的想法是后院除了栽柏树还要栽青槐。

欢庆说，咱都是普通百姓，这已经很讲究很复杂了。随之又问，这需要多少钱呀？

山娃说，建这样的祠堂，钱够用，我大把一辈子攒的钱都用到建祠堂。

老书记高兴地说，世运老哥，你做了件功德无量的事呀。

山娃说，我支持我大建祠堂的原因，就像我爸说的，有了祠堂就有了牵念的地方，就有了回家的路。

世运老汉说，咱在哪里建祠堂？我看就建在庙头吧。

老书记说，你给我打电话的时候，我想过，就建在庙头那三棵槐树的位置，那里以前是建祖庙的地方。据说那三棵老槐树，比咱村北老庙旁边的老槐树还要早。过去我还是小娃的时候，老一辈人祭祀祖宗，就是在庙头的老槐树底下烧香化纸的。

三老汉说，听老人说，庙头就是咱村里的穴口，庙头的位置就是咱三个自然村脉气相通的地方，你往土疙瘩上一站，再看咱三个村子，与站在别的地方就是不一样。

欢庆说，那拱起的大土疙瘩，就是建祠堂最好的地方，这次咱把它再扩展一下，给周围的土坡上栽满柏树。

我心里有些疑惑，便问道，村里不是有个老庙，为啥还要把这个地方叫庙头？

老书记说，村北边那个庙，是供奉天神的地方。庙头这个地方，是供奉老先人的地方。老人去世以后，过了三年就升天了，就变成神了。老人们都说，人过了三年祭日，就进祖庙了。

# 37

我正坐在月月红旁边看《电子商务基础与应用》，听见一阵汽车声，隔着月月红的枝叶，看见一辆白色的小汽车停在广场。从车上走下一位姑娘，她秀发披肩，穿着贴身浅黄色连衣短裙，婀娜多姿，青春的姿态让人眼前一亮。她一甩秀发，拉开侧门，搀扶一位老人下车。老书记正站在门口，喊了一声老哥，你回来了。

老人被女子搀扶着，一边走一边说，我接了欢庆的电话，还听说我世运哥回来了。

老书记说，她是你二女子？都不认得了。

是我二女子新媛。老汉说着话看着女子说，他是你春山叔，是咱村的老书记。

新媛说，春山叔好。

老人和女子走进办公室，老书记给马书记介绍说，他就是我德怀大哥，几年没见面，到城里享福去了。那片撂荒地就是他家的。

享啥福呀，哪有住在咱村里畅快，空气好、眼又宽，平出平进。住在楼上，上下都是电梯，十几层高，上去了就不想下去，下去了就懒得上去，抽一口烟都找不到个地方，老婆嫌、女子嫌，孙子看见就抢我的烟锅，逛也没个地方，人从早到晚就像圈在铁笼子里，活受罪呢。去年我就喊着要回来，是大女子不准，不是这，我早就回来了。

老人一边说着话一边给大家发烟。转眼，屋里就"云山雾罩"了。新媛本来站在屋里，见屋里烟雾缭绕，就转身走了出来。

我站在门口，与她打了一声招呼。

她嫣然一笑说，你不是山洼里村人？

我说，我是来你们村驻村扶贫的。

她惊讶地说，我以为扶贫干部都是上点年纪的人。

我实话实说，我从小在城里生活，对农村生活一点都不了解，就想借这次扶贫，熟悉一下农村的生活。

新媛轻声笑道，你是一个有理想的人。

谈不上理想，就是想体验一下农村的生活。

她盯了一眼我手里的书说，你在看电子商务方面的书？

电子商务方面我是个门外汉，就买了这本书，学习了解一下这方面的知识。

她走过去坐在我刚坐过的椅子上说，很惬意呀，坐在花前看书。说着话顺手拿起我放在桌子上的另一本书，自言自语道，一个扶贫干部，手里拿着电子商务方面的书，桌上放了一本陶渊明的诗文选集！

喜欢陶渊明，这次来驻村扶贫就特意带来了。

她嫣然一笑说，想明白了没有？陶渊明老人家是怎样把田园生活里的那种朴素美凝结成诗的？

她这一问让我惊讶，听这话你也喜欢陶渊明？

她竟然自顾自地吟诵起来：


种豆南山下，
草盛豆苗稀。
晨兴理荒秽，
带月荷锄归。

我也情不自禁跟着吟诵起来：

> 道狭草木长，
> 夕露沾我衣。
> 衣沾不足惜，
> 但使愿无违。

吟诵结束，两人不约而同笑出了声。

我说，虽然来山洼里村时间不长，但我已经喜欢上农村的生活。

喜欢上"方宅十余亩，草屋八九间""狗吠深巷中，鸡鸣桑树颠"？

我说，我很羡慕在村子里有一处院落，星期天回来，在村子和田野里走一走，享受一下寥寥乡人、早出晚归、炊烟树影、偶有鹊鸣的生活。

这话说得有点诗意，不过，陶渊明可是"种豆南山下，带月荷锄归"，你能做到吗？

能呀，咋做不到？

都到了信息时代，在这样的地方你能静下心来？

把网线通到屋子里嘛。

这倒是个好办法。接着她话锋一转说，我虽然学的是电子商务，但也喜欢中国诗，陶渊明的诗就是我在大学时背下的。

听着她的话，我着急地问，电子商务都学哪些课程？

计算机基础与应用、网络与数据通信技术、电子商务原理、网站设计、商务智能、人工智能、物联网和应用等课程。

我高兴地说，那我对你就要有想法了。

对我有想法？新媛惊讶地说。

还没等我解释，新媛他大从办公室里走出来喊新媛，说回去把院子里外的草收拾一下，草长得怕和人一样高了。

新媛搀扶他大向台阶下走去，坐到车里摇下车窗，微笑着给大家摇了一下手，缓慢开车驶离了广场。

# 38

吃过饭我突然想，我应该去找新媛把话说明白。我给马书记说明了情况，开车去了南窑村。

新媛家住在南窑村上边那条街道拐弯的第一家。新媛和她大正在铲院门前的杂草。我把车停在街边，理直气壮走了过去。我和新媛打了声招呼，要过她手里的锄头，一边锄草一边对新媛她大说，大叔，我是村里的驻村干部，中午和新媛说话时，知道她在大学学的是电子商务，想请她帮忙。

新媛她大问，她能帮你啥忙？

我说，咱村里目前主要产业是葡萄种植，可大家无论是在种植还是在营销方面，还都是传统的老办法。农业要发展，再不能走老路，必须走现代化、科学化、智慧农业发展路子。

新媛她大说，再智慧，人总不能躺下不动弹。

我看着新媛说，你给你大说一下。

新媛笑道，智慧农业，就是需要把大数据和人工智能，应用到农业生产和销售当中去。在这个方面，我们国家许多地方还处于起步阶段，但在农业生产发达的地方，特别是大农场，已经开始广泛应用。表现出来的主要特征，就是生产的每一个环节，用的都是现代智能化手段，也就是说，人和土地，不再像从前那样直接地发生关系，人要么坐在操控室里，要么站在田间地头，要么坐在现代化机械上。

新媛接着说，可以这样说，如果没有大数据平台，就没有现代化、智慧化农业。农业智慧化，就是利用大数据平台，对农作物的生长发育、土壤环境、病虫害情况、天气和水肥状况，进行实时动态的监测，并通过计算这些数据信息，从而达到合理利用农业资源，降低生产成本，改善生态环境，提高农作物产品的质量和产量的目的。就像我们公司，现在就有建造农业智慧大棚的业务，可以说，它就是智慧农业的一个缩影。

我说，我在《智慧农业》一书里看过，都是一些概念上的东西。

新媛说，我们村的葡萄种植，目前只能说是半机械化，还属于传统农业，与现代化农业、绿色农业还有很大差距。

新媛她大说，我种了一辈子庄稼，这时候你给我说这些，我就听不懂嘛。

新媛笑道，这些东西，对于我们村的人来说，还有很长一段路要走。可话又说回来，这也不是我们想象的那么遥远，也可能就是三两年或三五年的事情。就像前几年，谁能想到今天种麦，从种到收用的全是机器，还用上了无人机。

大叔说，这个我相信，过去，种麦用的楼，除草用的锄，收麦用的木镰。

我接着说，你这样一说，我更相信往后的农业生产要走机械化，走现代化，走绿色发展的路子。要不，村里的葡萄产业也会像以前的苹果一样，会遭遇被淘汰的结局。

新媛她大说，那是因为苹果树老化了。

新媛说，不仅有树老化的原因，也有品种落后和与市场脱节的原因，还有地理位置和经营管理方面的原因。

老人停住手里的活说，有一年葡萄快熟的时候，连阴雨下个不停，家家户户用三轮车拉着霉烂的葡萄往沟里倒，大老远都能闻见霉烂味。你说，遇到这种情况，你有啥办法？

我说，我在《智慧农业》一书里看到过，温室大棚和智慧大棚可以改变农作物的成熟时间，就不怕遇上连阴雨。

那么大一片地，建大棚容易吗？钱从哪里来？

我回答不上来了。

新媛说，在整片地里建大棚已经相当普遍，这两年，国家在大力推广温室大棚和智慧大棚。就像我们村，可以从建雨棚开始做起。

老人说，凡事都要有一个过程，把钱投进去收不回来咋办？

新媛说，你这才说了一句关键话，不是钱投进去收不回来，主要原因是我们没有认识并掌握技术，因为没有技术，我们就没有勇气和胆量了。

我看着新媛高兴地说，就是就是，我今天来找你，就是想请你给咱村里人把这方面的知识讲一讲，把智慧农业和在网上卖葡萄的事讲一讲。我已经有了一个想法，还没有给老书记和马书记说，今年，就在村里建一个网店，咱村里人往出卖葡萄寄快件的时候，就不用再往店头镇跑了。网上销售这是个大潮流。

新媛笑道，你这是想长期驻我们村里？

我说，你说的这句话，很可能要变成谶语。因为，现在是乡村扶贫，后边还有乡村振兴。说老实话，不是我觉悟高，我是希望自己能从头到尾参与其中，能享受其中的光荣。这么大一个国家，城市要发展，农村也要发展，如果只有城市的发展，而没有广大农村的发展，是不可想象的。我对农村以后发展的理解是，农村不仅是产粮产果的地方，更是城市的后花园，是城市的湿地和心肺。

# 39

新媛家里和别人家有点不一样，院落虽然和邻家一样坐东朝西，但院子前边并没有盖弓脊大瓦房，只盖了一个高高的青砖门楼。门楼一边栽着石榴树，一边栽着青槐树。走进门楼，是一个宽敞的院子。在院子的北边，坐北朝南顺着院墙盖了六间砖木结构的厢房。紧挨厢房这边的半个院子，全用水泥铺了地面；另外半个院子，仍然是土地，紧靠着南墙，分别长了一棵杏树、一棵柿子树和一棵石榴树。院子的最里边，不像别人家有窑洞，而是一面几米高的黄土崖面。

新媛说，她们家原来也有窑洞，是那种半明半暗的地坑窑。因为窑背低，打窑洞时，先要在窑背跟前往下挖几米深，然后才在底下打窑洞，这样一来，人进出窑洞就要走一截坡路。前几年盖房时，她姐叫她大把以前的半地坑窑挖了，用土把原来的地坑与地面填平。这样，她家的院子和别人家虽然一样宽，可比别人家长出了近十米，这长出来的位置就是原来窑洞的位置。在挖窑洞时，她大不愿意，说好好的窑洞挖了干啥。她姐说，窑洞好是好，里边老鼠多，夏天又湿又潮，把窑洞挖了，把院子填平，顺墙盖上六间厢房。她大听后笑着说，这样也好，以后，新媛成了家，你们回来都有地方住了。

我笑道，你大想得远。

新媛说，大事上我大都听我姐的。最初，我大也想盖弓脊大瓦房，我姐这样一说，他就改变主意了。当时，村里人盖房还习惯用楼板，我姐却要像城里人盖楼房那样用钢筋水泥现浇，上边再搭上椽和瓦。我姐说，这样的话，房子不但结实牢固，而且冬天向阳，夏天房子里边照样凉快。

我坐在杏树底下的凳子上问，咋不见你家的劳动工具？

在土崖下边那个石棉瓦房里。

我走过去看，里边除了各种农具，还有柴油三轮车、旋耕机。

我喊了一声大叔，说，你回来还想经务葡萄园吗？

大叔说，葡萄园已经荒得不像样子，我想把树挖了种麦呢。

我说，我能理解乡下老人去到城里为啥不习惯。

大叔笑道，你说为啥？

我说，楼房里面积再大，都没有生活在这样的院子里舒服！

大叔哈哈一笑说，在村里散漫惯了，去城里处处受约束。

大叔手里拿着一块瓦片，圪蹴在院子擦铁锨上的铁锈。

我望着戴帽山说，我也希望能在农村有这样一座小院，到了星期天，带着一家人一起回来住上两天。

新媛笑道，你结婚了？

我不好意思笑道，我是想象呢。

新媛说，这话你今天已经说过两次，第一次说希望在村子里有自己的一处院落，等星期天回来，在村子和田野里走一走，享受一下寥寥乡人、早出晚归、炊烟树影、偶有鹊鸣的生活。这一次说到了星期天，带着一家人一起回来住上两天。你还真喜欢上农村生活了？

我呀了一声说，随便说的话，你咋就记住了？

说者有心，听者也有心嘛！

我说，在单位，我就羡慕那些老家在农村的人，羡慕他们在节假日开车回农村时那种喜悦的心情。

新媛说，这几年，很多根基在农村的人，虽然在城里买了房，却越来越重视农村的院子，就像我大，村上想用集体的地和他置换，他都不愿意。

为啥？

我姐和我都不可能回来种地，我大和我妈年龄也大了，家里的地除过老坟里，还有白杨树壕壕。老坟里的地撂荒着，白杨树壕壕是葡萄园，也荒了几年。

白杨树壕壕，为啥给地起这样一个名字？

壕壕，就是四周高中间低的地方，就是能收住雨水的堰地。那块地的地坎上原来长着一棵又粗又高的白杨树，村里人就把那块地叫白杨树壕壕。

你们村的地还有叫啥名字的？

辘轳把、勺把堰、拐把堰、马蹄窝、瓜窑、六亩堰、亩半壕壕、二亩台台、三亩坡、牛鼻窟窿、马槽槽、皂角树嘴、牛轭子、狼窝里……老多老多，每一块地都有名字，我记不全。

你大为啥不同意村上用集体的地和他置换？

他想叫村上再划一院宅基地。

你家不是有这一座院落？

我大说，再划上一院，我和我姐一人一个院子。

村上答应没有？

老书记说这事村上没有啥意见，怕镇上批不下来，说先以村上名义和镇政府协调一下，看能不能把手续办回来，如果有困难，村上就没有办法了。

新媛一笑接着说，在农村，男娃成家，都要给划一院宅基地。我大竟然想出这样一个主意，叫老书记给镇上说，他要给我招上门女婿，这是哪里和哪里呀，都啥时代了！


# 40


村上虽然与镇政府协调，新媛她大还是没有如愿以偿。最后，经老书记和新媛她大在电话里再次商量，村上把集体二亩堰那块地置换给了新媛她大。

事情就这样解决了。关于迁老坟的事，老书记、马书记来到南窑村，把南窑村的王三老汉、王金胜老汉、王五老汉等叫到王茂娃老汉家的彩钢瓦大棚底下，用了抽两袋烟的工夫就把事情说好了。因为是给村上修蓄水池，依照乡俗，村里买了两条烟给了下窑村的王老虎，让他叫上两三个兄弟，来老坟里吹一下。王老虎是方圆有名的民间艺人，尤其唢呐吹得好。

棺木是村上在棺材铺定做的，是那种小小的一个人都能抱起来的棺木。迁坟的前一天，南窑村在家的男人，在公墓里选了一块墓地，叫来挖掘机挖好了墓穴。这一天，马书记和王党信本来可以不去，我猜想是想去看一下人下世许多年后会变成一个啥样子。

我开车和马书记、王党信来到老坟地边，下了车老远看见一群人，走近了分辨出有南窑村七八个汉子、北窑村五六个汉子，以及茂娃老汉的老伴樱桃、喜娃的媳妇高杏花、有学他妈，还有下窑村的九婆、七婆、秉银老汉的老伴、盼盼他妈、王保民老汉的老伴等，正跪在铲过草的一片空地里焚香化纸。

马书记和大家打着招呼，王党信看着北窑村的王大宝说，大宝你咋也来了？

大宝说，水池建好，我也要浇地嘛。

金胜老汉笑道，娃今天才说了一句人话。

骡子老汉笑道，娃以前说的不是人话？

金胜老汉仰起头哈哈大笑起来。

五老汉说，大宝这娃就是不爱劳动，集体的事从来没有落后过。

三老汉真心喊了一声大宝，说，你听三爷一句话，今年把蓄水池修好，咱浇地就不发愁，你再包上几亩葡萄园，少出去逛上几回，发个狠劲，和媳妇干几年活就把日子过好了，当农民不下贱。

大宝不好意思地笑道，三爷，您说的话我记下了。

王好仁笑道，可不敢尻子一拧就忘了。

大宝笑道，话看谁说的，我三爷说的话我就不敢忘。

茂娃老汉要过王军手里的洛阳铲，往下试了几下说，三大，我咋感觉地方没选对，下边的土越铲越瓷实。

王三老汉从茂娃老汉手里接过洛阳铲，试了几下说，要不往北边再走几步？

世运老汉说，我想起来了，我大说过，老坟和戴帽山南边这个山嘴对端着呢。

三老汉和世运老汉在过膝的"扎扎草"里来回走着，一边向戴帽山南嘴上观看。另选了地方，喜娃接过洛阳铲掏了起来。

下窑村的王老虎带着民间艺人出现在地埝头，不是原来说的两三个人，而是七八个人，还有一个女的。他们或背或抱着锣鼓家伙和塑料凳子，一个人肩上还扛着一把铁杈，杈把上挑着一面大锣，沿着地坎走了过来，同来的还有老书记和村主任王欢庆。欢庆走到地的半中腰高声问，找到地方没有？

王好仁高声笑道，你看咱这些后人咋样？老先人的坟都找不准！

年代早了，都是听老人说的。

王喜娃正往下掏着，突然喊了一声，透了！没想到窑顶这样薄。

大家一阵紧张。

老书记说，埋人的时候，都选地势稍高的地方。生产队的时候，把这块地平整过一次。

世运老汉说，就从喜娃掏的这洞朝下挖。

金胜老汉喊，老虎，快给老先人吹上一曲。

王老虎身材魁梧，和喜娃一样留着光头，他拿起唢呐，站在荒草地里说，给老先人吹上一曲《祭灵曲》吧。

他眼睛一闭，收腹运气，一串长长的低音长调，立即在空旷的田野上奏响，唢呐声回旋着一步一步向高处走去，到达了极高处，在那里稍做停留，紧跟着一阵轻锣慢鼓与梆子声，又徐徐地降落下来，在墓地里婉转回旋。另外几支唢呐随即跟着吹奏起来，与锣鼓、梆子、丝弦声，时轻时重，时急时缓，始终以伴奏者的姿态跟随其后。王老虎的唢呐犹如领头的雁、雨前的风，或粗或细，或紧或慢，或高或低，弯弯转转绵绵不断，似在深情抚慰逝者的灵魂，似在诉说着生命的真谛。它让人想起了风来雨去，想起了春暖花开，想起了青山绿水，想起了生生不息，想起了日月轮回以及遥远的星空……

我站在荒草里，看着吹奏的王老虎，听着起起伏伏的唢呐声，眼前变得恍惚起来，感觉王老虎不再是一个人，而是变成一个虚幻的影子，用唢呐向大地以及生活在大地上所有的生灵，诉说着生命的喜怒哀乐，吟唱着生命从出生到终结这个过程所可能拥有的那种深邃复杂的感觉与情怀，特别是当生命结束以后，灵魂挣脱尘世之后在那个永恒世界里的无我之境……

老虎吹奏完毕，田地里安静了下来。稍许，等大家缓过神，王老虎说，接下来由李秀华给咱老先人唱一段《挂衣戏》。所谓《挂衣戏》，就是在当地流行的一种怀念祖先的秦腔独唱，与《祭灵曲》的意味有相似之处，不过唱戏的人要穿着孝衣，以后人的身份颂唱老先人生前含辛茹苦养儿育女的恩情，唱后人泪珠滚滚日夜思念亲人的心情，唱老人的灵魂驾鹤仙游永享极乐之情状。但今天秀华不用穿孝衣。

李秀华站在天高风野的荒草地里，一声长长哀婉的叫板，使听众立即跟随着锣鼓、梆子板胡声走进了戏里。她不再是李秀华，摇身一变成了逝者的后人，唱得无比动情哀婉，使人泣声难抑、泪珠儿滚滚！

王好仁一边听戏一边挖土，突然一镢头挖下去，轰咂一声，一大块土陷了下去，把王好仁闪得趴在了地上。洞口不到一米深，大家围着洞口朝下看，下边啥也看不见。王三老汉叫把洞口里塌陷下去的土掏上来。在洞口下面的东北方向，出现了一个半塌陷的墓穴。站在墓穴口，能感受到从地里边冒出的丝丝凉气，还带着一种说不出来的气味。茂娃老汉弯腰趴在墓穴口，拿着逮蝎子用的"鸡勾勾"灯往里边照，里边照样啥也看不见，同样只有塌陷的黄土。

这个塌陷的洞穴，是否就是他们要找的很久以前安葬老先人的地方？喜娃下去站在墓穴边，拿着铁锨往担笼里铲土，装满后由大宝提着递给站在墓穴边的王军。王军提着担笼再把土倒在铲过草的空地上。许久，王三老汉下到墓穴口，往里边看了看。喜娃说，土湿得沾锨呢。

王三老汉说，山上石缝里的水流进去了。

喜娃问，咋不见老先人的遗骨？

王三老汉说，往上走。

王三老汉走到土堆跟前，抓起一个土疙瘩说，捡些土疙瘩装到棺材里。

骡子老汉又问，咋不见先人的遗骨？

老书记说，这块地就是老祖宗安息的地方，每一块土里都有祖先的灵魂。

王三老汉说，祖祖辈辈都说，天是蓝的，地是黄的，人是土捏的。

几位老人没有谁再说话，跪在那堆土跟前捡拾着土疙瘩往棺木里装。我望着天上，耳边又响起王三老汉刚说过的话：

天是蓝的，

地是黄的，

人是土捏的……

# 41

村里已经联系好店头镇的推土机，说早上来庙头平整地基。

在广场的后边，从架着三个高音喇叭的老柿子树底下向北一拐，有一条生产路，沿着这条生产路向北不远，另分出一条路向东向上拐去，这条坡路的上边，就是庙头。站在坡底下往上看，这是一个高高凸起的大土疙瘩，也是戴帽山延伸下来的一个小山包。小山的上边，独独地长着三棵老槐树。

村里的善人老婆来了，她们说说笑笑从坡路爬上大土疙瘩，走到三棵老槐树底下。老槐树枝叶繁茂，鸟叫声不绝于耳，像三把巨大的雨伞，遮蔽着下边的土地。其中那棵最高最大的槐树顶上，有一个喜鹊窝，站在地上往上看，喜鹊窝就像建在云朵上一样。老人们在树下摆上祭酒、水果和点心，点着了香火，一边烧化纸钱一边敲着法器轻声祈福颂唱。我听着奶奶、婶婶犹如天籁一般的诵经声，突然觉得，这婉转的颂唱就是乡愁，也是乡土文化不可缺少的一部分。

我站在土疙瘩上环顾四周，山洼里三个自然村安静地坐落在戴帽山半山腰一个浅浅的洼地里。村子里树木繁茂，青枝绿叶间红顶大瓦房时隐时现。在村子的周围，是层层的葡萄园。一条"Y"字形水泥路，把三个自然村连接起来。我又想起王三老汉说过的话，庙头是村里的穴口，是三个自然村脉气相通的地方。这样想着，还真有一种别样的感觉，再抬头看三棵老槐树，更有一种神安气静、根深叶茂和福荫子孙的感觉。

店头镇的师傅用平板车拉着挖掘机停在了路边，他把挖掘机从平板车上开下来，沿着长满荒草的土路爬上了土疙瘩。老书记和欢庆给师傅说了相关要求，师傅开着挖掘机开始干活。村里的老人们都远远地站着，一边看挖掘机干活一边说着老先人的故事，赞扬着世运老人的善行美德。世运老人说，能给村里做一件善事，是我这辈子最大的福气，回来的这几天，我好像都年轻了十几岁，还是故土亲呀。

山娃说，我爸这次回来，每天高兴得就像个孩子，我婆临去世时，给我爸一再说，她百年以后回来了，一定要叫她在老院子里歇上两天。今天挖掘机来了，顺便把我家老院子收拾一下，给里边盖上两间房，给我婆在老院子里举办一个简单的安葬仪式，后边我爸我妈回来也有地方住了。

世运老人红了眼圈连说了几声好。

山娃看着大家又说，在城里，从早到晚忙自己的事，也只能偶尔想一想老家，想过了就忘记了。这次回来，受了我爸的影响，我也有了浓浓的乡愁，小时候的事都回想起来了。

机械化就是厉害，只用了多半个早上就完工了，挖掘机把大土疙瘩上边铲得平展展，还把土疙瘩西坡的路铲宽铲平了。师傅把挖掘机装上平板车，山娃给师傅说，再去推一下南窑村他家的老宅院。

我对农村不了解的事情太多了，无论是有意义或是没有意义，我觉得它们都是生活的一部分。我给马书记说了一下，也开车跟着去了南窑村。

开挖掘机的师傅打电话叫来了三辆四轮自卸车。

山娃家荒芜得不像样子的门楼、土墙和乱草杂树，被挖掘机铲了后，一下一下装到四轮自卸车里，拉着倒到院门前的土沟里去了。

南窑村的三老汉、五老汉、金胜老汉和王好仁也跟着来看热闹。他们和世运老人、山娃远远地站着说闲话。

山娃说，他在城里，虽然也想过老家，却没有回来的想法，这几天回来，他的想法不知不觉发生了改变，不但理解了他爸他妈想回来的心情，也明白了国家为啥要花这么大力气搞乡村扶贫和乡村振兴。

听着这话，我急不可待地问，我管你叫叔还是叫大哥？

叫啥都一样。

我叫了一声大哥，说，你说国家为啥要搞乡村扶贫和乡村振兴？

山娃大哥说，农村离不开城市，城市离不开农村，没有农村的美丽，就没有城市的美丽，城市美不美，源头在农村。

我呀了一声问，大哥你是干啥工作的？

山娃大哥哈哈一笑，要说我的工作，文明地讲，就是自主创业，开了一家小公司。

怪不得，你也是当领导的人。

是自己给自己当领导。

我说，大哥说的话有水平。

有水平谈不上，是回到老家的这几天想到的，就是觉得城市再发展，背靠的还是广大农村，广大农村就是整个城市的大后方，就像青藏高原是中国的大后方一样。你不敢想象，没有青藏高原的中国。同样不敢想象，没有众多美丽农村的中国城市！农村就是城市的湿地，就是城市的肺。

我一边给山娃大哥鼓掌一边说，马书记以前也把农村比作城市的大后方，今天你再这么一说，我听得更明白了。

这次回来，我是受到我爸影响，这可能也和自己的年龄有关。就在今天，我猛然觉得不把老宅子收拾一下，就对不起我爷我婆，对不起我爸我妈。

吃午饭的时间到了，我准备回去。茂娃老汉拉着我的胳膊说，走，到家里吃搅团和搅团鱼鱼走。我不去，他就生气，说现在又不是缺吃少穿的时候，明明到了吃饭时间，在家门口你要走，这不是给我难看吗？你放心，我不会因为你吃了我一顿搅团鱼鱼，就给村里出难题。

这话把我说得很不好意思。

山娃大哥听着就说话了，他说这么多年，我和我茂娃哥在一起还没有待过这么长时间，我茂娃哥家里的事我包了，我借给我茂娃哥十万，叫王军扩建猪场。

走走走，吃搅团鱼鱼去。世运老人拉着我的胳膊说。

# 42

修建祠堂的匠人来了，他与世运老人、山娃、马书记、老书记、欢庆、王党信和村会计王三娃，坐在会议室就建祠堂的各个环节进行商量。比如买怎样的石狮，用什么材料制匾额，用什么材料做大厅和廊房的立柱，立柱砌瓷片还是漆喷，买啥牌子的水泥，拉怎样的石子，盖什么样式的门楼，盖什么样式的廊房，大厅前边的十二级踏步怎样做，院子前的照壁建什么样式，正面砌啥图案背面砌啥图案，大厅的底圈梁和上圈梁有什么要求，用什么的钢筋，重建祠堂碑和功德碑往哪里立，等等，这一个个都需要细细往过说。匠人拿着本子，从前到后一边说一边记。

转眼，半天时间就过去了。匠人说，咱加个紧，现在就去现场画线，线一画出来，宽窄高低都有了，我回去准备一下，咱把合同一签就能动工了。你们要早早准备碑文、匾额、楹联的内容，写好了，就可以去刻字制作。

撰写碑文的事落到我头上。

老书记说，小米，你先给咱写一个募捐倡议书，先在大喇叭里念一下，然后发到咱的戴帽山高山葡萄群里。

世运老人说，就不要叫大家捐钱了。

老书记说，九先生和秉银一再告诉我，无论出多少，捐款的事一定要做，这是凝结村里人心，转变村风、积德修福的机会。

世运老人说，你这样说，我就赞成。

随后，在世运老人、老书记、马书记和欢庆的帮助下，我反复修改，到了第二天晚上，把《重建王家祠堂募捐倡议书》，发到了戴帽山高山葡萄群里：

## 重建王家祠堂募捐倡议书

各位父老乡亲：

水有源，树有根，人有祖。山洼里村王氏家族，自唐大历年间，于戴帽山安家落户，距今已一千二百余年。据老人口口相传，先祖曾几修祖庙，然因年深月久，风云变故，不复存焉。今欣逢盛世，风调雨顺，国泰民安。幸有乡贤世运老人，秉先祖遗风，怀桑梓之念，千里迢迢回到家乡。为追祭先祖，承恩祖德，凝结亲情，福荫乡里，积德裕后，捐献巨资再建祖庙。本资金充裕，经村重建王家祠堂理事会协商，为团结族亲，凝聚人心，育化村风，弘扬爱国爱家情怀，自今日起，向全体族人筹集重建王家祠堂资金。期望广大村民，捐钱出力，量力而为，重在参与，共享荣誉。所盈资金，皆用以营建美丽家园。所有开支，笔笔张榜公示，事事接受村民监督。亦经理事会协商，为颂扬美德，承先启后，勒石立碑，以昭后人。

山洼里村重建王家祠堂理事会

二〇××年×月×日

我刚发出去几分钟，群里就热闹起来。有人发文字，有人发表情包，有人发语音。

有微信群就是好，有事在群里一说，多省事呀。

建祠堂是大好事，大善事，为世运老人点一百个赞，这是咱王门祖先的福气。

世运老人是谁呀？我咋没听说过？咱村还有这么有钱的人？

不光是有钱，还要有德，还要舍得。

你敢喊名字，叫爷都不行。

谁写的倡议书？咱村里还有这样的秀才？

王三娃在群里说话了，是驻村干部万小米写的。

有人说，这个名字有意思。

有人问，小米是哪里人？是男人还是女人？是老汉还是小伙？

你是查人家娃户口？

三娃说，小米是年轻娃，大学生，还没结婚。你们说话可要文明，不要像站在野地里说话，叫小米笑话。

小米能理解咱农村人文化低，说话口粗。后边跟了几个表情包。

三娃说，开开玩笑可以，可不敢胡说冒撂。

我躺在床上，默默地看着，心里喜滋滋的。

新媛突然给我发来几句话，说这倡议书写得朴素，文采还行，给你点个赞。

我说，新媛，让你见笑了，多多指教。

新媛发来一串表情包。

# 43

没想到捐款的人这样多，住在村里的人都亲自拿着现金，外边的人通过微信发红包或转账。捐款最多的是王秉银老汉一家，王秉银老汉自己捐了两万，他的两个娃大田和小田各捐了一万。九先生捐了一万，儿子和孙子各捐了三千。老书记、欢庆和三娃各捐了三千。像老书记的娃、欢庆的娃和新媛姐妹等许多在外边干事的年轻人，也捐了三千。景明老汉、德怀老汉各捐了一千。茂娃老汉、骡子老汉、王三老汉、王喜娃还有王大宝，都捐了三百，几个五保户益娃、多多、高高、恩娃、王来娃各捐了一百，王好仁和王保民也捐了一百。盼盼他妈专门找到村办公室说，娃给她打电话，说他拿手机把钱捐了，叫我不用管，不知道他捐了没有。

三娃拿出登记簿查看之后说，盼盼已经捐了，捐了三百。

盼盼他妈说，娃只要捐了就好，娃给我打电话说，等国家给我家盖房的时候，他就回来。盼盼他妈说着话用手抹起了眼角。

王狗娃也来捐款，手里拿了一百块钱。

老书记拿着烟锅抽着烟，头也没有抬。

三娃问，是不是捐款？

王狗娃说，给我写上一百元。

王欢庆到底是个急眼人，像和人吵架一样说，村里不缺你这一百块钱，你把钱拿走。

我不是村里人？

收你的钱，我害怕老先人骂我！

我这钱是偷下的？

你这钱比偷下还臭！

你说这话是啥意思？

欢庆高了声说，啥意思还要我给你解释？孝敬父母，天经地义，你和老婆睡在弓脊大瓦房里，叫你大一个人睡在果树房，连个水电都没通，晚上黑灯瞎火，自己还抓锅抓灶，更不要说看电视。冬天的时候，你插的电褥子，抱的老婆，你就没想过你大一个人睡在果树房里是咋样过的？老书记骂了你几句，你老婆还找到老书记家里去。那是你亲大，不是我亲大！

狗娃红了脸，圪蹴在地上不说话。

老书记在板凳上使劲磕了两下烟锅，粗声粗气说，你知道村里人在背后咋说你？早知道你是这个屄样子，还不如你刚生下来就把你掐死！一个大男人，活成这样子，还有啥资格在村里走来走去！不要你的钱，你快回去。

王党信说，人都有老的时候，你就给娃好好做"榜样"。

欢庆大声说，连亲大都不孝敬，你还能孝敬祖先？

马书记说，这样吧，等你把你大接回去了，再来说捐款的事。

老书记高声说，你走你走，我们还要开会。

狗娃谁也不看，低着头走了。

太阳还没落山，王党信回镇上去了。马书记对我说，咱去果树房看一下老汉。

马书记拿了一包茶叶，我到多多商店买了一盒饼干和几包烟。多多家还是他大那会儿临街盖的土坯厢房，多多在临街土墙上开了一个窗子做柜台，我就站在这买了东西。

我和马书记沿着下窑村一条生产路出了村子，大老远看见在葡萄园的地坎边，有一座简陋得不能再简陋的土坯小房子，小房子旁边，堆放着一垛柴火。王春怀老汉正坐在门前的石头上抽着旱烟，本来干瘦的腰身蜷曲着，更显得孤单寂寞。

我把茶叶、饼干和烟放在门口的一块石头上。马书记说，老哥你好，咱在庙头平地基的时候见过一面。

老汉嘴皮嚅动着问，你俩来干啥？

我拿过一包烟拆开，取出一根递到老汉手里说，马书记来看看你。

老汉布满皱纹的脸突然抽动起来，想笑又想哭地说，我一个死老汉有啥看的？

马书记说，本来，我们应该早早来，刚到村里，还不是很了解情况。

我给老人点烟，老汉拿烟的手颤抖着。老人抽了一口烟说，我知道你们到村里扶贫来了，共产党好，共产党比娃好。

马书记笑道，共产党为啥比娃好？

娃看不见我可怜，一分钱不给，共产党每月还给我二百块钱。共产党还知道高高、多多、益娃他们没把日子过好，管他们吃穿，管他们看病，还要帮他们盖房。

房还没盖，你咋知道？

前几天，益娃路过我这里，就坐在你坐的这块石头上，和我说了半天话。

益娃都给你说啥了？

还能说啥，说的都是村上的事。以前，村里人还愁益娃、高高和多多，说他们无儿无女，以后老了咋办呀。我有娃还不如没有娃，你看益娃，没儿没女，从早到晚还听着"桄桄戏"。

马书记说，听欢庆说，狗娃不管你，你的吃穿都靠女子吗？

女子乖，我吃的穿的都是女子给的，瓮里的水都是女子来给我担的。

你为啥不住到女子家里去？

逛两天能行，住不成。

为啥？

咱有娃呢，为啥要住到女子家里去？

娃不好好管你嘛。

不管也不能住，女子是别人家一口人，咱住到女子家像啥话？没有这理。

马书记说，男娃和女娃都一样嘛。

在你们城里一样，农村不行，农村人笑话呢。

马书记说，我们要管狗娃，不能叫你一个人住在这果树房里。

习惯了，不想回去了。老人说着向戴帽山看了一眼说，你们不要费心了，我不想回去。

为啥呀？

不想看狗娃媳妇的脸色，我这里虽说没水没电，可心里畅快。我有共产党给我的钱，有女子给我的钱，还有孙子给我的钱，够花了，我想吃啥自己做啥。人老了，吃不动饭，早上喝点稀饭，中午擀点面，有时懒得擀了就下点干面，你看我的柜子里，还有女子给我买的几把干面。

我起身走进老汉住的土坯房，里边一面小土炕，一个小土锅台。锅台旁边放了一堆柴草。一张破旧的桌子上放着一个小案板。一个半人高的小木柜，隔着玻璃能看见里边放着的碗筷、面粉、两把干面和几样青菜。木柜旁边是一个小水缸，水缸上放着一块木板，木板上头放着一箱牛奶、一条烟和几样糕点。脚地剩下的空间只能站一两个人，中间还绷了一根铁丝，上边挂着衣物、毛巾。

我走出来对马书记说，这里没水没电，生活条件太简陋。

你们不要给狗娃下话，昨个世运和娃来看我，还给我提了好吃的。世运说祠堂盖好了，里边房子多，有水有电，叫我住到祠堂里去。我想等祠堂盖好了就住过去，平常还能把祠堂里打扫一下。

马书记说，你就是以后住到祠堂里，狗娃的事我们也要管。

# 44

晚上，我辗转反侧，起身写起了驻村日记——

今天，太阳还没有落山，西边彩霞漫天，我和马书记到村子外边的葡萄园去，看望住在果树房的一位老人。老人有儿子，儿子和媳妇就住在村里一座院子里，院子前边盖有弓脊大瓦房，后边还盖有三间厢房，院子里全用青砖铺了地面，和老人住的果树房比起来，就是天上和地下。

我和马书记走出村子，大老远就看见老人蜷曲着身体坐在果树房外边一块石头上，一边抽烟一边望着落山的太阳。那间土坯房子，房顶是用茅草搭建的，在夕阳照耀下更显得破烂简陋。就在马书记和老人说话时，我走进土坯茅草房里看了一下，里边是土炕土锅台，墙根因为潮湿，都长出了发黄的草叶。我难以置信，作为亲生儿子，让老人孤零零生活在村外边水电不通的果树房于心何忍？那个当儿子的是否想过，到了晚上夜深人静的时候，老人一个人睡在野地黑洞洞潮湿的茅草房里，内心是何等的凄凉？如果遇上了刮风下雨落雪天，儿子又是否会想到睡在果树房里的老父亲？是否会想到哪一天晚上老人想不开了，或是身体突然出了意外情况咋办？

我在想，这个儿子也老大不小了，也有儿子，儿子都参加工作了，难道就没有将心比心？难道忘了做人的基本底线？忘记了古人说的"鸦有反哺之义，羊有跪乳之恩"？忘记了老人说的"忘恩负义，××不如"这句话？我们中国人，是最讲孝道的民族，祖祖辈辈流传下来的《二十四孝》故事里，就有王祥卧冰求鲤、老莱子戏彩娱亲的故事。难道他就没有听说过？前几天，北窑村的十婆下世，作为驻村干部，我和马书记、老书记前去吊唁时，就看见十婆的棺木上一边雕刻着"王祥卧冰求鲤""孟宗哭竹生笋"，另一边雕刻着"老莱戏彩娱亲""黄香扇枕温衾"的故事。老人虽然走了，她的儿孙们仍然以这样的方式，表达着对老人的思念与孝敬……

写完日记，我躺在床上难以入眠。可能因为是晚上，就难以控制心中的愤懑，就缺少考虑，甚至是想故意而为，头一发昏，就把这篇日记发到了戴帽山高山葡萄群里。这一发，自己心里倒是解了几分气，当感觉不妥时，已经撤不回来了，索性一翻身睡觉去了。

第二天一大早，我竟把这事忘了，刚想坐在门前看书，王狗娃和他媳妇来了。狗娃媳妇比她男人走得还快，气冲冲走上平台，站到我跟前说，你就是小米？

我说就是。

就是你在群里发的那些话？

我故作镇静问，咋了？

还咋了？我问你，你写的那两个叉叉是啥意思？你凭啥骂人？你们城里人是不是把农村人当瓜子呢？

我没有防备，狗娃媳妇突然伸手在我脸上抓了一把，我顿时觉得脸上火辣辣的。

马书记从房子里跑出来喊，你咋动起手咪？

狗娃媳妇在地上一跳，你们今天就给我把那两个叉叉解释清楚！

马书记此时也发火了，高声说，一村人，为啥非要给你解释清楚？

狗娃站在一边说，他写我家的事，当然要给我解释清楚。

马书记生气地说，你还知道是写你家的事，你说这话都不知道脸红吗？你看你啥年龄了，咋就不知道羞耻！那些话是我叫小米写的，那两个叉叉就是"表扬"你呢，说你大把你养大了，给你把媳妇娶了，把房盖了，你就应该叫老汉睡到果树房里，就应该给老汉断水、断电、断粮，把老汉饿死，到时候你再叫上一台大戏唱一下！

狗娃媳妇说，谁断水、断电、断粮了？你这是栽赃。

欢庆来了，大声喊，你在这里要啥疯？

狗娃说，小米凭啥在群里骂我？

欢庆看着我的脸问，脸上咋了？

我不知道怎样说。

欢庆看了狗娃媳妇一眼，随之看着狗娃骂，看你的年纪，我都不应该骂你，你真是个瞎种。说着话猛然在狗娃胸膛上打了一拳，狗娃打了一个趔趄。

马书记赶紧上来拉欢庆。

狗娃媳妇喊，你凭啥打我男人？

你个麻迷（不讲道理、不通人情）婆娘，打你男人还是轻的。

狗娃媳妇说，你管村上的事，还管到我家里来？

你是不是山洼里村的村民？

狗娃圪蹴在地上说，他就不应该在群里发。

你还知道要脸？老人住在果树房，村里谁不知道？

就是知道，也不能发。

欢庆没有说话，突然在狗娃身上踏了一脚，把狗娃踏得坐在了地上。狗娃媳妇见状，一屁子坐在地上哇哇大哭起来。

老书记来了，看着眼前的情景说，狗娃，你既然是这态度，村上也没能力管，那就打电话把你娃往回叫，叫你娃回来处理，你娃咋说也算是干国家事的人。说着又对欢庆说，你给海浪打电话。

欢庆拿出手机要打电话，狗娃媳妇突然从地上爬起来，跑到欢庆跟前一边夺手机一边喊，不要给我娃打电话。

欢庆把手举起来拨电话，狗娃过来也要夺手机，老书记黑着脸吼了一声说，既然你有理，就叫你娃听一听。

王党信从镇上来了，跑过来把狗娃拉到了一边。

欢庆拨通了电话，并把免提打开。他叫了一声海浪，说，我是村上你欢庆叔，你大你妈一大早找到村上，还把驻村干部小米的脸抓破了，嫌村上管你爷的事，你给咱评一下理。

海浪在手机里生气地说，欢庆叔，你一打电话，我就知道是这事。今天天还没亮，我兄弟海子就给我打电话，叫我看咱戴帽山高山葡萄群里的消息，我一看就明白是写我家的事，说的是我爷，你把手机给我妈。

欢庆拿着手机走到狗娃媳妇跟前。海浪在电话那头生气地大声说，妈，你能不能消停消停，不要叫村里人看咱家笑话？要是你和我大好好对待我爷，别人拿啥事说咱呀？你和我大咋样对待我爷，你以为我不知道？我一回到家里，你和我大就把我爷叫回来住上两天，我一走，你们就又把我爷撵到果树房住去了，你瓜了我大也瓜了？我爷跟前能有几个钱，那都是我姑和我给我爷的几个零花钱，还有国家每月给我爷卡里打的那一点钱，我爷自己舍不得花省下来又给我姑，你成天为这事和我爷过不去。我大是我爷的娃，我姑就不是我爷的娃？我过年的时候去我姑家里串门，还给了我姑五百块钱，你去给我姑要去！你和我大是我的亲人，我爷也是我的亲人，在我眼里都是一样的。我爷那么大岁数，还能活几年？我爷要是住在果树房里有个三长两短，我这一辈子都不会原谅你和我大。我就不理解，你和我大咋能做出来这样的事。那个小米，我虽不认识，可人家说的那些道理也是我的心里话。好了好了，你既然嫌弃我爷，那我就给我姑打电话，叫我姑把我爷接到她家里，我每月给我姑打上一千块钱。那土房里没水没电，你叫我爷在里边咋生活？你和我大都不怕遭罪吗？都不怕周围的人骂你们吗？你和我大就给我在前边好好做"榜样"，等你们老了，我和媳妇也这样对待你和我大。你成天听外人的话，别人糊涂了，你也糊涂了？你把电话给我欢庆叔。

海浪给欢庆说，我通过微信给村上捐了两千元，以后村上有啥事给我说，不要叫我大管了。早上刚上班，事情多，我正忙着，是躲在外边说话。

老书记说，听娃说的话，咱大人脸红不红？脸烧不烧？

# 45

王狗娃和媳妇走了，我这才想起看村民微信群。微信群里像炸了锅，许多人发各种各样的表情包，有微笑的，有发晕的，有心碎的，有捂脸的，有拍手的，有伸大拇指的，等等。新媛私下也给我发来许多话：

没看出来你还是个胆大的娃！

还是个有孝心的娃！

小伙子，这下在我们村把名扬大了！

你咋知道"孟宗哭竹生笋""老莱子戏彩娱亲"的故事？我听我妈说过"王祥卧冰求鲤"，别的就不知道了。

我姐一大早就给我打电话，问写这文章的娃是谁？多大了？哪里人？人长得咋样？你和大回去见过没有？

我也没有想到，一段文字会引来这么多事。到了晚上，新媛又发来短信，问我这个周末回城不。

我说回去，已经和单位工会的同志联系过，回单位拉募捐的东西。

到了星期六下午，新媛通过微信留言，问我家在哪个小区，给她发一个定位，说她和她姐过来，一块出去吃个饭。

我妈好奇地问，和谁说话？

我实话实说。

我妈高兴地说，快去快去。

我背起挎包走出家门，在路边等了一会儿，一辆车停在了路边。新媛从车上走下来，穿着白底碎蓝花的连衣短裙，长长的黑发加上高跟鞋，姿态愈显妩媚婀娜。开车的是新媛她姐夫，他是个敞快人。我刚上车他就给我说，我叫陈大路，是新媛她姐新慧的老公，你就喊我路大哥。这是我儿子，名叫欣欣。随即叫欣欣喊我小米叔叔。接着又问我，小米，你是哪里人？多大了？以前在哪个大学念书？有没有对象？他一问我一答。他随后哈哈一笑说，这我就放心了。

我明知故问，路大哥，你放心啥了？

他呵呵一笑说，你要是有了对象，我今天不是白忙活了？你把那个倡议书往群里一发，我老婆就夸你，说你那文章写得好。就连新慧他大也夸你，说现在的年轻娃，都娇生惯养，光知道吃喝玩乐，像你这样懂事明理的娃都少见。那个"老莱子"的故事，你从哪里知道的？我比你年龄大都不知道。仅凭这一点，说明你小兄弟看的书比我多。

坐在后排的新媛她姐说，我和新媛一句话还没说，好家伙，你咋一个人把话说完了。

路大哥哈哈一笑说，我就是这么个敞快脾气，遇事不喜欢像你们女人那样遮遮掩掩、磨磨叽叽。相信我说的话，小兄弟不错，新媛能认识他，是她的福气，你要是遇上一个好高骛远、华而不实的人，一辈子就有你受的罪。

新媛笑道，你肯定你小兄弟不是一个华而不实的人？

路大哥一边开车一边说，言为心声嘛，如果是个华而不实的人，能说出那样的话？像你们村的王狗娃，他能说出那样的话吗？一个人，能为别人家的老人那样愤愤不平，你还怀疑这个人的品行吗？

新慧姐说，你这话说得倒也在理，不过，你这人也太直截了当了，一点都不藏话，两个娃刚接触，叫你把话给说完了。

路大哥笑道，我是过来人，一眼就能看出来，两个娃是投缘人。

新慧姐笑道，看把你能的，一眼就能看出来？

路大哥笑道，今晚我请大家。

新慧姐笑道，你有钱吗？

路大哥说，发了加班费，本来想给自己留着，一高兴不留了。

新媛笑道，姐夫，你还有小金库？

路大哥笑道，欣欣都有零花钱嘛。

新媛问欣欣，你有零花钱没有？

欣欣高兴地说，有，在钱匣匣里存着呢。

夜幕降临了，街上灯火辉煌、川流不息，我对眼前的景象却似有一种久违的新奇。我望着车窗外边，体会着城市里的喧嚣与文明。我想自己才离开几天，就对城里的繁华有了一种新鲜感，甚至还有了一点不适。

我看着窗外情不自禁地说，看着城里的夜景，我却有一种新鲜、陌生的感觉。

路大哥问，你喜欢上农村生活了？

我说，城市生活和农村生活是两种截然不同的生活方式，现在我更倾向于农村生活。

路大哥又哈哈一笑，你才去乡下生活几天，在这一点上咱兄弟俩投脾气。

我说，有的事，需要时间，有的事，却与时间长短没有多少关系，这可能与一个人的性格，所受的教育，还有追求的事业有关吧。

车开出城，沿着湿地公园边的道路继续向前行驶。

新慧姐问，你把车往哪里开？

路大哥笑道，到城外边去，那里有一家临河酒店，我已经预约下了一个名叫花好月圆的包间。

车行驶过湿地公园广场，灯火稀疏了下来，没有了城市的喧嚣，也没有了城里的繁华。宽阔的渭河水在清风明月和点点灯火下，一闪一闪，幽暗深邃。

# 46

星期天吃过早饭，我和工会同志联系了一下。还没有出发，新媛打电话问我在哪里，说和我一块去。新媛没有开车，是坐出租车来的。她穿着浅黄色的连衣短裙，一双白色的高跟凉鞋，加上披肩的秀发、微笑的眼睛和青春洋溢的神采，着实令我心跳加速。也是因为昨天晚上路大哥把话说明了，现在又单独相处，我开着车不知不觉手心就冒汗。到了单位，工会同志把募捐来的东西放在会议室的桌子上。有好几大箱衣服，两大箱小孩子用的书籍和各种玩具，现金是三万六千九百元整。

我与新媛把衣服大概翻看了一下，其中还有几件雨衣，这让我想起王好仁雨天穿着塑料雨衣开着柴油三轮车送孙子上学的情景，还有王勤勤老汉披着塑料布推着自行车接送孙子上学的情景。

我把衣服一件件仔细翻看，有的并不适合农村人穿，只挑选了两大箱。

玩具我也选择着拿，村里毕竟就几个孩子。由于车里的空间有限，我连箱子也没有要。挑选的衣服、书籍、玩具，把车的后座和后备厢装得满满的。

新媛笑道，你咋知道哪些衣服适合农村人穿？哪些不适合？

天天和大家在一起，能不知道吗？

你比我还熟悉农村人？

像你穿的这连衣短裙，城里可以穿，在农村就不能当日常衣服穿。

为啥？

太扎眼！

啥叫扎眼？

就是太招眼，太惹眼。

上次回去不是穿着同样的款式吗？

一时半刻可以，你要是住到村里试试？都是父老乡亲，叫爷的，叫叔的，叫婶婶奶奶的。

我自小在村里生活，咋能不知道。

我由衷地说，农村空气好，山水好，人心质朴，衣着朴素，一切都呈现出返璞归真的样子。

你是一个喜欢大自然的人。

我去了山洼里村，又重新理解了陶渊明，他写的那么多诗文，最充满诗意、最感动人的还是写田园生活的那一部分。他田园诗歌里那种天然朴素，特别是他对待生活的态度，不知道影响了多少中国人，林语堂还赞叹说，陶渊明是中国文学传统上最和谐最完美的人。

我接着说，扶贫工作与建设新农村，可能与陶渊明的思想有不谋而合的地方，我甚至认为，中国正在用国家的力量，实现陶渊明向往的那种理想生活。中国的农村经过扶贫工作，经过乡村振兴，一定会有许许多多的地方，会像陶渊明笔下的桃花源一样美丽。

你驻村扶贫，不仅是人去了，心也去了。

感谢你的理解，你是第一个说这话的人。

新媛打开车上的音响，也许是天意，或者说是碰巧，喇叭里传出《在那遥远的地方》。歌手沙哑、舒缓、绵长的嗓音，把这首歌唱得缠缠悱恻。我不由自主地放慢车速，恰好，街道边就有车位。

喜欢听情歌？

平常更喜欢听纯音乐，下载了好多钢琴、萨克斯、大提琴、唢呐、二胡类的乐曲，歌曲不多。

沙哑的歌声在车里回旋，等这首歌结束我又说，许多人把这首歌唱得像一张皮，但这个歌手把这首歌里深邃苍茫的情境唱出来了。

还喜欢什么歌？

我没有说，转动起按钮，先是一曲古筝曲《渔舟唱晚》，再是唢呐曲《沸腾的黄土地》，再转动了几下，是一首歌曲《三百六十五里路》。

还是老歌。

是经过时间沉淀的歌。

青年人，喜欢这首歌的不多。

这首歌传达出的那种精神，那种坚定、忧伤、风尘仆仆的人生情怀，很适合我的心境。

新媛笑道，你风雨沧桑了？

我喜欢《在那遥远的地方》，不仅是当情歌听，主要听的是歌声里传达出的那种情绪，这首歌也一样。

从你说话的口气里，能感受到你骨子里的那份忧愁。

我喜欢生命里那种忧愁的感觉，我以为生命里如果没有忧愁，就如流水没有了源头一样，可以说，我是在享受生命里的那种忧愁。

这话说得我脑子有点转不过弯，是一种境界吧。

我说，中午请你吃老王家饺子。

吃过饺子，我们都没有想回家的意思，打算去渭河老渡口公园转一转。那里紧邻渭水，有湖，有船，有小山包，山包上长满了松树。但是，还没有走到公园门口，我妈打电话说，你娟丽姨到家里来了，想见你一面。

# 47

娟丽姨已经发福，穿着一件宽松的驼色连衣裙，留着齐肩波浪形卷发。见我回来，她抱歉地说，听你妈说，你正和女朋友在一起。

我说没事，她正好也有事要忙。

娟丽姨说，年轻好呀，看你们生活多幸福。

我叫了一声姨，说，你现在仍然是仪态万方。

米米呀，我是看着你长大的，啥时候学会说奉承话了？我听着这话咋就觉得满肚子的忧伤呀。

我妈笑道，风吹走了我们的青春年华，孩子已经长大成人，就像他爸经常说我那话，如花的日子一去不复返了。我们已经退居后台，前边的舞台属于孩子，朴素优雅是我们最好的生活态度。

娟丽姨笑道，这才几天，就西风落叶，就朴素优雅，还叫人活不活？

我妈笑着拿起自己的手机说，我在手机上看到这样几句话，网上说是翻译过来的一首外国短诗，到底是谁写的我也说不准，但这话说得太好了，我给你念念：

一天很短，短得来不及拥抱清晨，就已经手握黄昏；

一年很短，短得来不及享受春光，就已经秋霜满地；

一生很短，短得来不及享受青春年华，就已经身处迟暮……

娟丽姨却说，什么短得来不及，要我说，一天很长，一天有一千四百四十分钟；一年很长，一年有三百六十五个日日夜夜；一生很长，一生有无数个春夏秋冬，无数个春暖花开！

我对我妈说，我姨说得好，你要向我姨学习。

娟丽姨笑道，听你妈说你在醴涤县山洼里村驻村扶贫？

我说，是呀。

你见过王振鹏没有？他现在情况咋样？

他高考回家后第三年就结婚了，但没过几年又离婚了，有一个女儿，跟她母亲走了。

这几十年他一个人过？

起初和他母亲在一起过日子，他母亲过世后就剩下他一个人。

他是村里的贫困户？

到现在还住着土窑洞，一孔窑洞里住人，另一孔窑洞里放着杂物。我第一次去他家，院子里长满野草，人都不好往里进。

他咋能是这个样子？他年轻时很聪明。

我也可怜他。

村里人给他起了个啥外号？

老瞌睡。

他高中念书时，就爱睡觉，到现在还没改？

我第一次见他时，他就坐在石头上打瞌睡。

这么多年，我以为时过境迁，故事早该结束了，没想到老了还要藕断丝连，我就是想问问，了解下他的情况。

我妈说，心里还是放不下？

娟丽姨长声叹息道，几十年了，想起来好像是昨天发生的事情，还让人难以释怀。

我妈说，他的人生叫人扼腕。

娟丽姨说，一生最美好的年华过去了，仿佛没有印象深刻的事。

我妈说，我们都是平常人，又没有轰轰烈烈的过往，就是把工作干好，把平淡的日子过得充实。

回想起来，最怀念的还是高中念书的那段生活和读大学的那几年，别的都好像想不起来。

娟丽姨说着从沙发上站起来，在屋里转了一圈后又说，不知道我想的对不对，他可能一辈子都在怀念青春年少的日子，一直都在懊悔自己青春年少时懵懂天真的初恋，他可能用自己的一生，舔尝着自己的那份苦酒。

我妈说，他心里一定有过不去的坎。小米，你这次回去，买点东西替你娟丽姨看看你叔，看有没有能帮到他的地方。

# 48

回到村里，马书记叫我在大喇叭里通知一下，叫村里需要衣服的人到村办公室来领。钱款的分配以建档立卡户和村里的贫困户为主，但根据情况，还给五老汉、金胜老汉、王三老汉、春怀老汉、猴子他大、狗娃他大，以及像王好仁和王保民这样的贫困户，都照顾了六百元。

由于村里留守的孩子就几个，我先把那些书籍、玩具进行了分配，有书包、《看图识字》、铅笔盒、溜冰鞋、花皮球、机器人、滑板车和小骑车等。骡子老汉的孙女王欢欢，虽然还没念书，也得到了一样的东西，我不想让孩子觉得自己和别的娃娃不一样。

我在大喇叭里通知了一下，然后就坐在广场等着。王益娃最先开着自己的"宝驴"来了，我叫他签过字领了六百元，又帮他挑选了两件衣服。他试着穿了一下，放到车厢里没有急着走，掏出他的"短炮"，一边抽烟一边等着和大家说话。

随后，茂娃老汉的娃王军开着面包车来了，王好仁开着他的带花塑料篷布的柴油三轮车来了，王勤勤老汉推着自行车来了，骡子老汉开着柴油三轮车也来了。王喜龙、王强强、王门娃和王欢欢几个孩子，高兴地抱走属于自己的那些东西，拿着花皮球在广场里玩耍。看着孩子脸上欢喜的表情，我心里却高兴不起来。

可能因为大喇叭里通知了，在地里干活的人就比平时回来得稍早一点。他们一边挑选着衣服一边说笑着。

有人说，城里人真是把日子过腻了，这么好的衣服也不要了？

有人说，现在城里人穿衣服，就不是用来挡风遮寒的，人家是穿样子，是穿得好看，再好的衣服只要不喜欢，顺手就撂了。

有人说，现在城里人买衣服，就是舍得花钱，咱一件衣服几十块，你看这件棉袄，洋气不洋气，没有几百块钱怕都买不回来。说着把衣服往身上一穿，笑道，你看，这衣服把我整个人都变得洋气了。

城里的女娃穿衣服，咱就理解不了，故意给好好的衣服上弄了几个洞，咱说难看，人家说好看。

社会变化呢，咱想不通的事越来越多了。

暮色降临了，我核对登记表上签字领钱的人，还有两个人没有领，一个是王振鹏，一个是王喜娃。

第二天利用吃早饭的时间，我拿着登记表开车先去了喜娃家。喜娃和媳妇杏花正坐在院子吃饭。小桌上放着一碟切碎的葱，一碟我说不上名字的野菜。两个人见我来，把手里的碗放下，碗里是玉米糁子稀饭。杏花问我吃过饭没有，我说吃了，随之给喜娃发了一根纸烟说，我把照顾款给你送来了。

我虽然不抽烟，却买了一盒烟装在身上。我觉得这不仅是人情世故，也便于与人拉近关系进行交流。

喜娃接过烟说，实在对不住，你看我刚过五十，不少胳膊不少腿，咋好意思领这钱嘛。

解决不了啥大问题，就是单位人的一点心意。

我听见大喇叭里通知了，心想我不去的话事情就过去了，结果害得你亲自来。你还是个娃，比我娃大不了几岁，我在你手里领这钱脸上都发烧呢。

你不是没有能力的人，村里人都知道。

你越是这样说我脸上越发烧。

喜娃签了字，我没有停留，接着去了北窑村。王振鹏也正在吃饭，他坐在窑门口的矮凳上，地上同样放着一碗玉米糁子稀饭，一手拿着一个蒸馍，一手拿着一根葱。我喊了一声老叔，吃饭呢。他问，你咋来了？

好我的老叔，叫你领补助款，不见你人，我不来有啥办法？

他嘿嘿一笑说，几百块钱，够啥用嘛。

有总比没有强嘛。

他咬了一口馍又咬了一口葱说，给五千、一万还值得跑一趟，几百块钱是哄小孩呢？

还给你留了一件蓝夹克，你穿上试一下，看合适不。

老叔笑道，要衣服顶啥用？咋不给老叔想办法介绍个老婆？你没看老叔一天到晚抓锅抓灶！

我笑出了声，说，看你这院子，草长得和人一样高，墙头上还有一个大豁豁，

113

就是给你介绍老婆，人家一看你这院子，扭头就跑了。

我觉得这话说得有点过头，接着又说，好我的老叔，你也是考过大学的人，只差了几分。

他突然高声叹息着说道，好我的娃，人人都给我讲道理，以为我真是瓜尻？就像你刚才说的，我也是考过大学的人，老汉叔是看见你高兴，就和你娃说了几句玩笑话。

你啥都知道，为啥还要……

我把后边半句话咽了下去。

他好像没有听见我的话，继续自言自语道，人呀，一步没跟上，就步步跟不上。

我实话实说，一步错了，为啥后边就不改呢？

我有时也想，年轻时为啥就没有转过这个弯儿呢？

就是呀，为啥没有？

我给他发了一根烟，他点着吸了一口说，过去了，就回不去了，要是放到现在，我打死都不会闷在家里，早就跑到外边去了。我就不相信，我还不如那些比我笨的人！

这才像老叔你说的话。

村里人都以为我是扶不起的豆芽菜，都以为我是念书念瓜了。老叔嘿嘿一笑接着说，我也是有过理想的人，可能就是太自以为是，自己没认清自己，太高估自己，总觉得那几本书不够自己学，认为自己考大学那是袜子穿腿的事，结果，问题就出在这上头。头一年高考答卷子，语文历史卷子上都出现了同样的错误，只拿眼把题扫了一下，就没认真看，急急火火答题了，结果把"牛笼嘴"戴到驴嘴上去了。唉，我咋就能犯那么低级的错误？不是这，我眼挤着都考上了。第二年高考，心事重重是事实，但又是自信把自己害了，其中有一道题，问的是×××精神是什么？这道题我背得滚瓜烂熟，到现在都记着，可当时脑子就叫驴踢了，心想这么熟的题有啥答的，先答后边难的，结果到最后，后边的难题把时间占完了，下课的铃声响了，没时间去答前边那道题，你说我晕不晕？咋就弄下这二锤子事。有一道历史题，本来也是背得滚瓜烂熟，可就是心里一急，把世纪年代弄错了，那道题要六分呢。唉，我就想不明白，那是啥地方？那是决定人生命运的战场，自己为啥就沉不住气，为啥就静不下心来？我原谅不了自己，几十年来，自己惩罚自己，从早到晚说的那些话，都是故意胡说冒撂呢。

咋能是这个样子？我喃喃自语，又想起娟丽姨说过的话——他可能一辈子都在怀念青春年少的日子，懊悔自己青春年少时懵懂天真的初恋，可能是在用自己的一生，舔尝那份苦酒。

老叔接着说，这就叫聪明反被聪明误，都是不踏实、小聪明把自己害了。说着话，他把碗里剩下的那点稀饭一仰脖子喝完了。

我看老汉叔情绪好，就笑着说，你再见过你那个高中女同学没有？

老汉叔把我瞪了一眼说，你没话说硬想着说呢？

我本来还想接着说，没想到这一句话没说好，落了个大红脸，只好把想说的话咽了下去。

老汉叔见我尴尬的样子，话软了下来，说，没大没小。

我赶紧给老汉叔道歉说，我就是想看能不能帮你，前两天我还给马书记说了，想把你女子叫回来。

不叫，我又没当县长。

你不想你女子？

我是她大，叫我低头去找她？都快二十年了，人家咋没想起要回来？不说这话了，越扯越远。

老汉停了一下又说，我能看出来，你是个好娃，今天当着你的面，我把半辈子的话都说了。

我说，村里把危房改造户已经报到镇上去了，最近这几天镇政府就要派人下来入户走访，对家里住房情况和经济收入，挨家挨户调查核实，你看你这院子，草长成这个样，不怕镇上人看笑话？后边还要拉砖，你把砖拉回来总不能往草窝里放呀。中午我帮你收拾一下。

王振鹏听着这话，神情蔫了下来，说我自己收拾，你给我一铲草，委屈了你不说，全村人都知道了。

我说，这有个啥嘛！

你嫌我在村里名声太好听？

我不说谁知道？

这就不是裤子里装的事，你干活，北窑村人看不见？两天不出去，给我把名扬得全店头镇人都知道了，你走你走，我撂下碗自己干。

# 49

这次盖祠堂，除过牌匾和个别材料，全都采用包工包料的办法，村上只派监工的人。工匠师傅都住在学校的教室，并在广场一角搭建了一个帆布帐篷，叫了两个女人在里边给他们做饭。为了多干活，他们的吃饭时间和城里人一样，早上刚起来就吃早饭，中午干到十二点以后回来再吃中午饭，晚上天黑了才回来吃晚饭。这样，用了不到半个月时间，就把围墙、廊房、祖庙和门楼的地基打好了，还把祖庙底层和廊房的钢筋水泥圈梁打好了。就在等圈梁水泥凝固的时候，他们留下一部分人砌门楼，砌照壁，一部分人开着面包车去南窑村给山娃家打地基、打圈梁去了。等给山娃家把地基圈梁打好、水泥凝固的当儿，又开着两辆面包车到外村干活去了。外村同样是盖房，同样是打地基打圈梁，等把外村的活干到一定程度，再回来建祖庙底层的梁柱和廊房的梁柱，现浇祖庙底层到二层的十二级踏步。接着在等水泥凝固的时候，又去盖山娃家的房子。就这样，工匠师傅在外村、庙头和山娃家来回奔跑，忙得马不停蹄，忙得连个空闲都没有，却越干越来精神。

因为我和工匠师傅早晚见面，也受到了他们的影响。特别是他们吃饭时的样子。叫我感受最深的，不是坐在酒店里吃饭才最香，而是劳动回来以后吃饭才最香，是圪蹴在广场，手里端着大老碗吃着凉调扯面，就着生葱大蒜才最香。

正是他们对待劳动的这种态度，以及圪蹴在广场吃凉调扯面的样子，改变了我对劳动、对吃饭的态度，甚至影响到我的人生态度。

不知多少回，我在广场看见那些工匠师傅圪蹴在地上，手里端着大老碗，地上放着一碗面汤和一头蒜，吃着凉调扯面的情景。我不禁羡慕他们的胃口，也想到了高高，特别是高高说的那些话——他太眼红手脚健全的人，只要他能走路，只要能像大家一样健健康康，叫他干啥都行，哪怕当牛做马，哪怕一年到头累死累活没有收成，他都不嫌……

有一次，我看着一位师傅把筷子插在面碗里，从地上拾起一头蒜，用牙咬着分出一瓣，然后大口地吃起来。我说，看你吃饭香的，我都流口水。

师傅端起地上的面汤喝了一口说，你是没把力出到这份上，你要是像我这样出力干活，还嫌这老碗小得很。

另一个师傅说，想吃了给你挑一碗去，中午扯面本来就做得多，还给晚上留着呢。

我当时还有点奇怪，为啥要给晚上留？

一个师傅笑道，晚上吃面才过瘾，一碗凉调扯面，一碗稀饭，一个辣子夹馍，得劲得很。

还有师傅笑道，你脚底下稍一放慢就吃不上了，为了吃晚上这碗扯面，相互没少拌嘴。

有师傅哈哈笑道，就活这一碗凉调扯面的精神嘛。

因为工程进展顺利，山娃就操心起自己的生意，让他大留下来，自己要开车回去一趟，说过些日子再来。临走的时候，他给老书记说，要赶快准备好碑文和对联，他已经和县城正大标牌制作部和昌盛石业厂的师傅联系过，这事不能再拖了。

大家把山娃送出广场。我突然在想，一个村里还是要出两个能行人，而能行人不仅要有钱，还要有才有德，要有家国情怀。就像王世运老人和王山娃，他们是有钱，可和真正有钱的人比起来，就不见得是有钱人，关键是他们在自己力所能及的范围，还抱着殷殷爱国爱村的情怀。世运老人舍得把一辈子省吃俭用积攒下来的钱，用来给村里盖祠堂，这种善行义举，不仅改变了村容村貌、村风村气，还提升了人心和人的整体精神。

老书记看着世运老人说，这几天我一直想，咱应该给祠堂里再写些啥话，咱建祠堂不光是用来祭祀祖先，还应该用来教育咱的村民和后代。

马书记问，老先人有没有留下啥祖训？

老书记说，老先人都是普通人，能有啥祖训。

世运老人说，要不，咱替老先人想一些话，就当祖训一样刻在祠堂。

欢庆说，咱能想啥话？要不把《村规民约》竖在祠堂里。

马书记说，我觉得这个办法可行。

王党信说，广场宣传栏上不是有现成的《村规民约》嘛？

马书记说，我看过那个内容，感觉不全面，还有点跟不上时代。小米，你结合宣传栏上的内容，在网上找一些新内容添进去，形成《山洼里村村规民约》。

老书记说，等小米写出来咱讨论一下，就把这个《山洼里村村规民约》当成族规祖训一样来看待。

随后，我便搜集材料，并结合实际，反复修改。老书记又叫来村里的几位老者，坐在一块进行讨论，最后便以村上的名义，发到了戴帽山高山葡萄微信群里：

### 山洼里村村规民约（族规祖训）

提倡爱国爱村　　反对蠹国害民

提倡敬祖尚德　　反对忘根遗本

提倡坚守故土　　反对撂荒弃耕

提倡传统文化　　反对否定媚外

提倡诚信守法　　反对胡作非为

提倡孝老爱幼　　反对虐待遗弃

提倡扶贫助残　　反对冷嘲热讽

提倡邻里和睦　　反对拨弄是非

提倡夫妻互爱　　反对家庭暴力

提倡勤俭节约　　反对铺张浪费

提倡劳动致富　　反对游手好闲

提倡智慧农业　　反对泥古守旧

提倡自信有为　　反对身份界定

提倡保护树木　　反对损坏外卖

提倡生态文明　　反对破坏自然

提倡和谐共生　　反对藐视生命

提倡美丽整洁　　反对乱堆乱倒

提倡文明村风　　反对聚众赌博

提倡读书报国　　反对无德无能

日积月累，积习成俗。习以成风，民之大计。乡规民约，束己约人，大也不大、小却非小。体现着国计民生，关系着吾村村民之生产生活、村容村貌、村风民俗、精神生态、喜怒哀乐、家长里短等方方面面。今经村民代表大会讨论通过，予以正式发布：

美不美，故乡水。亲不亲，一家人。望全体村民切实牢记乡规民约，等同族规祖训来践行，郑重其事，自我约束，自我管理，自我监督，自觉践行，风从响应。以期实现吾村之产业兴旺、生态宜居、村风文明、环境整洁、风景如画、生活富裕之社会主义新农村美好目标。

二〇××年×月×日

《山洼里村村规民约》发出去后，群里有许多人当即发表了自己的看法——

族规祖训应该是老先人说的话，现在这样说怕有点不妥。

老先人可以立族规祖训，咱今天也可以立嘛，再过一百年我们就和老先人一样站到神位上去了。

坚决支持把《山洼里村村规民约》当族规祖训一样来看待。

好是好，后边咋样落实是关键。

就怕是聋子耳朵样子货，中看中听不中用，你看咱广场那个宣传栏，到现在上边还贴着以前的《村规民约》，可有几个人走到跟前仔细看过，更不要说记到肚子里。

咋能是中看不中用，中看着，也中用着，就像"提倡坚守故土 反对撂荒弃耕"，就中用得很。问题是你这样说，人家照旧把地撂荒在那里咋办呀？

后边还要有具体办法，就像撂荒弃耕，如果后边还是老样子，村上咋管呀？是罚呀还是把地往回没收呀？

要抓落实，不落实，就等于白说嘛……

# 50

根据微信群里大家的意见，村里又开了一次村民代表会，集体讨论后，我以村委会的名义，把整理的结果发到了戴帽山高山葡萄微信群里：

各位村民：

大家对于《山洼里村村规民约》所发表的意见，经村委会村民代表大会讨论，现就有关情况再次向大家做出说明：

村规民约，毕竟不是法律法规，它只是一种行为准则，是一种具有约束性的条文，有的虽然具有一定的强制性功能，但主要还是靠大家去自觉践行。

比如"提倡扶贫助残"这一条，就需要靠个人的自觉行动。村里鼓励所有在外的成功人士，自己把日子过好的同时，不要忘记家乡，不要忘记故土。希望大家向南窑村的王世运老人和王山娃学习。世运老人拿出毕生积蓄为家乡建祖庙，山娃借给侄子王军十万元扩建猪场，这种情怀令人感动。

比如"反对撂荒弃耕"这一条，就具有一定的强制性功能。依照村里要求，凡是有撂荒土地和撂荒葡萄园的户主，自己尽可能把地种上，自己不种就要转包给村里其他人，假如到了明年春天还有人把地撂荒在那里，村里就要收回，并以集体的名义无偿转包给想种地的人。

比如"提倡保护树木　反对损坏外卖"这一条，更是强制性的。

村里的每一棵树，特别是百年以上的树木，都是祖先留给我们的宝贵遗产。它荫蔽着家乡的土地，美化着我们的家园，承载着祖先的殷殷垂念，连接着我们过往的生产生活，牵动着我们每一个人的神经末梢，更是在外边干事的人最具体、最生动的乡愁存在。尤其是柿子树，它曾经养活过我们的先人，如今不仅仅是一种风景，更是一种精神的存在。村里要求广大村民，以后坚决禁止挖树卖树！

比如"提倡智慧农业 反对泥古守旧"这一条，就居于自觉和强制两者之间。社会已经进入信息时代，进入机械化、现代化和数字化时代。在我们周围，已经出现了各种各样我们以前闻所未闻的农业生产经营模式，比如农业产业园、家庭农场、智慧大棚、数字农业、专业合作社等。可我们村至今还停留在传统的生产方式上，时代要求我们，必须走绿色农业、生态农业、智慧农业，走专业合作化道路。

比如"提倡自信有为 反对身份界定"这一条，在大家看来，也许是一句空话，但恰恰相反，它要求我们转变观念，不要老认为自己是农民，是种地的人。正像前边说过的，时代在发展进步，农业必须走大机械化，走绿色生态化道路。我们虽然现在还是传统农业，但在农业发达的地方，从许多方面已经体现出农民不再是一种身份，而与其他各行各业一样，也是一种职业。

比如邻里和睦与提倡礼仪新风两条，主要针对村民纠纷与红白喜事存在的陈规陋习。村里要成立村民红白喜事理事会和村民纠纷调解理事会，出台具体办法。提倡村民有纠纷找理事会，把所有矛盾化解在村一级。提倡婚丧嫁娶，新事新办，文明从简，反对大操大办，仅对天价彩礼。村干部和理事会成员要带头执行。

另外，还要特别说明，村委会不仅要求把《山洼里村村规民约》当族规祖训一样来看待，还要等祠堂落成时，要求所有家庭的户主，在祖庙院子里签订《自觉践行〈山洼里村村规民约〉（族规祖训）保证书》与《邻里和睦相处及红白喜事承诺书》，保证书与承诺书都一式两份，一份自己保存，一份装在盒子里保存在祠堂。

我写好后发到村民微信群里，群里又热闹了起来，有竖大拇指的，有鼓掌的，有送咖啡的，有送烟花的，新媛竟然在群里发了一个握手和一个笑脸。

村里和新媛同龄的姑娘立即问新媛，你发那是啥意思？

新媛说，看说得好，鼓励一下嘛。

鼓励可以鼓掌呀，你个女娃咋能和人家娃握手？你难道忘了男女"手手"不能碰？我想，这或许有调侃的意味。

新媛说，隔空一下嘛。

隔空也不行，你是不是有了啥想法？

现在的女娃比男娃胆子大。

新媛不再说话，发了几个捂脸的表情包。

一位在外工作的大姐说话了，女娃大了，有想法才正常，除非娃是瓜子。接着又说，新媛，姐给你做这个媒，咋个样？

我赶紧私下给新媛说，以后不敢在群里乱发。新媛给我发了几个哇哇哭的表情包。

等这阵子过去，一些年长的人在群里继续说着撂荒地的事。许久，远在七百多里外的山娃大哥在群里说，《山洼里村村规民约》写得好，我刚才打电话和马书记、老书记商量了一下，我们就把《山洼里村村规民约》和《重建王家祠堂募捐倡议书》《重建王家祠堂记事》《重建王家祠堂功德簿》一起刻碑立石竖立在廊房下。我非常赞同把村规民约当族规祖训一样来对待。

## 51

山娃大哥回到村里的第二天，老书记叫我在大喇叭里通知一下，说祠堂盖得差不多了，叫村里人把家里的活放下，一块去祠堂看一看。

上午，村里几乎所有的男人都来了，就连高高、多多、猴子他大、春怀老汉也来了。老书记说，盖祠堂是村里大家的事，匠人从早到晚忙着干活，我世运老哥从早到晚守在那里，村里买了几条烟和两箱啤酒，秉银兄弟叫大田拉了一盆醪糟和一袋子麻花,咱一块过去把匠人和我世运老哥看一下。于是,大田开着微型汽车走在前边,大家跟在后头说说笑笑地走出广场。

来到土圪瘩底下往上看,门楼大框架已经建好,它高高在上,宽敞的大门使老式的木轱辘大车进出自如。门楼的两边,是面向院子里边盖的厢房的后背墙,相对于门楼而言,远远看着就有点低矮,越发衬托出门楼的高大。走进门楼,照壁的初坯已经立在前院。转过照壁,两边廊房的主体,包括立柱和房顶现浇已经完工。院子中间三棵高大的古槐枝繁叶茂,营造出幽静肃穆的氛围。抬头向祖庙看去,整体框架已经建好,高大雄伟得就像身后的戴帽山,十二级宽阔的台阶步步登高,直通到祖庙的二层。二层前边的四根水泥立柱粗壮得成年人一搂都抱不住。工匠们正在二层房顶上架设椽檩。世运老人头戴着安全帽站在二层,看见大家后赶紧从上边走下来,热情地和大家打着招呼。

老书记对着房顶喊,师傅都下来歇一会儿,吃几口醪糟和麻花,这是我秉银兄弟特意叫娃拉来的。

大田把微型车停在古槐树底下,给世运老人和匠人师傅舀醪糟。欢庆给匠人发烟。世运老人说他等一会儿再吃,先领着大家转一下。他领着大家走进一层,现浇屋顶时用的钢管支架已经拆除,大厅里空荡荡的,人的说话声就有了回音。世运老人说,下边这层和二层的结构基本一样,前边一排四根立柱,后边一排四根立柱,左右山墙各有两根立柱,屋子中间是两个立柱,每个立柱下都有高高的石礅柱。在大厅的东西各留了一道门,里边能住人还能放东西。

老书记一再说着感谢世运老人的话,世运老人也一再说着谦逊的话。大家一边观看一边高声感叹,感叹柱子的粗实,感叹房梁的坚固,感叹世运老人的善心。甚至有人说,世运老人给村里盖了祖庙,比村里出个县长都光彩。

大家转过一层,沿着台阶向二层走。益娃腿短上不了台阶,说他不上去了。喜娃走过来,还像以前一样,从身后把益娃一抱,走了上去。

二层房子里边和一层的结构几乎一样,相同的位置同样有水泥钢筋立柱。不一样的就是,大厅外边不仅有宽敞的门廊,门廊下边还建了四个立柱。世运老人站在大厅中间的两根立柱间,说着祖庙建好后的布置设想,说牌匾、香案、祖宗牌位和"老影"悬挂的位置。

大家又一次议论开了：

这么高大结实的祖庙，方圆几百里都没有见过。

有了这祖庙，人心里就好像踏实起来，就好像树有了根一样。

祖庙就是咱的根，就是咱老先人居住的地方。

有了祖庙，往后咱村里肯定要出能行人。

要出能行人，就要给祖庙里挂"耕读传家"的牌匾。

现在人都往城里跑，种地的人越来越少，耕读传家这话怕过时了。

耕田种地永远要有人做，只是一个时代和一个时代的种法不一样。

种法再不一样，天上不下雨你有啥办法？

人工下雨嘛。

这几天地里就急着要雨，那你给咱人工下雨。

天上没云，拿啥下呀。

说了半天，人再能行还是犟不过天嘛。

咱村里没有机井，要是有了机井，天不下雨咱也不怕。

欢庆说，建蓄水池的报告，还有通到各家地头的输水管线的报告已经送到县上去了。

有人说，报告交上去，还要想办法叫往下批呢。

欢庆说，这一回有国家大政策，很快就会批下来。

有人站在屋檐下看着外边说，要是给这山坡上栽满柏树，庙头肯定就变成风水宝地了。

这里本来就是风水宝地！

我看着耸立在祠堂背后高高的戴帽山，又想起南窑村王三老汉说过的话。因为是站在祖庙之上，王三老汉说的那种感觉尤为突出。

老书记站在大厅门廊下边大声说，大家都安静一下，我给咱说上几句。大家看到了，要盖这样的祖庙，可不是花一点钱，不是三五十万就能盖起来的，咱叫我世运老哥说上几句话，大家欢迎。

世运老人嘿嘿地笑着说，叫我说啥呀，要说，还是要感谢国家，感谢社会，要是社会不好，我拿啥攒钱呀。说心里话，我都这把年纪了，能给村里做一点善事，这是我的福气。有了祖庙，咱就有了根，就有了给咱老先人烧香磕头的地方。你想，咱过年的时候给老先人上坟，有几个人给曾祖、高祖烧过纸钱？你就是有这心，连个地方都找不准了，就像咱南窑村的老坟地，埋的是哪个老先人咱都说不上来。有了这祖庙，咱把老先人都请到祖庙里来，咱就在祖庙里祭祀咱所有的老先人。一句话，我修建祠堂，就是盼着咱村好，盼咱的后辈人都有出息，盼咱的子子孙孙都能做对社会、对国家有用的人。

马书记带头鼓起掌来。

工地上的师傅吃过醪糟喝过啤酒，又上到顶层干活去了。

我、三娃和大田在水罐里接水洗碗，叫大家接着吃醪糟。

老书记一边吃着醪糟一边说，我世运老哥刚才说到给老先人挂"老影"的事，咱都不知道老先人长的是个啥样子，这个"老影"咋挂呢？

王三老人说，祖庙里不挂"老影"就说不过去。

欢庆说，要不把大光叫回来，他不是个画家嘛，就叫他回来给咱老先人画个"影"。

王大光是景明老汉的二娃。

# 52

好多天不下雨，许多人还在等待，王喜娃、王勤勤老汉和王保民老汉等六七家人等不及了，已经把水灌装到柴油三轮车上，从店头镇机井上往回拉水浇地。我想不出来，那一罐水到底能浇多少地。一大早，我本想再去王振鹏家走走，我妈和娟丽姨给我说的事，我没有办好，心里老是有个疙瘩。当我开车到老庙那里转弯的时候，迎面遇见喜娃开着柴油三轮车从店头镇拉了一罐水回来，就临时改变了主意，想先跟着喜娃到葡萄园去，看他是咋样拉水浇地的。

我掉转车头，跟在喜娃的车后边。柴油三轮车的车声特别大，水罐又高，我跟了一路，喜娃竟然一点都没有察觉。跟到南窑村南坡的生产路上，由于路变得又窄又陡，我不敢再往前开，把车停在了路边。

我感觉喜娃是用一挡开着车，如果是用二挡，车就有可能控制不住。我跟在车后边慢慢往下走，好不容易走到地堎头。喜娃把车倒到一个土圪瘩上停了下来，他一下车惊奇地问，你咋来了？

我说，看你咋样浇地呢！

这有啥好看的？

说着话，喜娃把水罐后边的一节水管拿下来，和葡萄树根下一个水管连接到一块，然后走到水罐跟前，拧了一下开关说，好了。

这就好了？咋不见水淌呢？

在薄膜底下，你看不见。

我跟着喜娃走到葡萄园跟前，果然看到在黑色薄膜底下，有一条比大拇指稍粗的黑管子，在地面顺着葡萄树的树根，从地堎头一直延伸了过去。水管上每隔一段，就有一个出水眼。我到已经浇过的树行子跟前看，每棵葡萄树的树根周围都被水浇湿了一大片。

他说，过去用大水漫灌，把水罐里的水直接放到薄膜上，再用树枝给薄膜上戳许多窟窿，叫水往地里头渗呢。那样太浪费水，一罐水浇不了几棵树。

你到机井上拉水掏钱不？

咋能不掏钱？这几天拉水的人不多，一罐水八块钱，水要是一紧张，一罐水要十块钱呢。

像这样浇地，要浇到啥时候？

肯定慢嘛，那么细一个水管，这一罐水，肯定要淌些时间。

说着话，喜娃从车座位后边的布口袋里拿出一个剪子说，水才慢慢淌，叫我把没浇水的那几行树的闲枝打一下，地本来就旱着，那些乱枝还要吸地里的水分呢。

# 53

王振鹏破旧的木院门上挂着锁子，门前的杂草已经收拾过，原来坑洼不平的地方用土垫得平平展展。我走到院墙的那个豁口处，踮起脚往院子里看，院子里边也收拾过了。

我知道他家葡萄园在哪里，就在车上取了自己在店头镇买的一顶草帽，沿着地坎边一条小路往前走。太阳快升到树梢上，照在人身上感到火辣辣的。穿过几片葡萄园，再走过一段坡路，就到了王振鹏家葡萄园上边的地坎上。站在高高的地坎上向四周望去，层层的葡萄园里，能看见村里人劳动的身影，王振鹏头戴一顶竹网帽，正坐在地坎上一棵柿子树底下抽烟发呆。我走到他跟前叫了声老叔，说，你坐在这里想啥呢？

他一脸沮丧地说，能想啥，这天不下雨，能把人急死。

我说，我刚看到喜娃开着三轮车拉水浇地呢。

那是没办法的办法，你来干啥？

想帮你干活。

这葡萄园里又热又闷，你又穿得干干净净，不怕把身上弄脏了？

弄脏了一洗就干净了。

我知道你是来监督我，看我把院子收拾干净了没有，我已经把草收拾完了。

你在地里干啥活？

剪闲枝、掐"胡子"。

啥是"胡子"？

就是长在叶杈中间的细枝枝。

他把烟锅在地坎上磕了磕，往口袋里一装，起身走进了葡萄园。

啥是闲枝？

你看这些枝，胡乱长着，和葡萄争水肥，不把它剪掉，葡萄就没劲儿往大的长。这"胡子"长在叶子后头，你看它细细的，可长得快得很，在树上像线一样胡绕乱缠，留着没用，也和葡萄争水争肥呢。

我跟在他身边看了一会儿问，你有剪子没有？

没有。

那我用手掐。

葡萄园里没有一丝风，我脸上流着汗跟在老汉叔后边干起活来。他没有再叫我走，从口袋掏出一把剪子说，你拿这个剪。

把剪子装在口袋咋说没有？

就这一把，是我用的，就不想叫你在我身边待。他用手指掐着闲枝和"胡子"说。

我看他变得畸形的手指头，已经被枝叶的汁液染成了绿色，手上的老茧像柿树皮一样。

我笑道，你劳动把手弄成这样子，益娃还给你起了那样一个外号？

人家起得没错，我不打牌，不想和人说话，没事就喜欢坐在门口石头上看风景，看着看着就打起瞌睡。但再懒，我得吃饭呀，这几亩葡萄园，总不能给地上画个鳖，叫鳖给我干活。他说着话自己笑了起来，随后又接住说，我不像人家买了旋耕机、割草机，我地里的草都是我用锄头锄的，用手拔的，每年我卖了葡萄，就要拿圆头锨把地齐齐往过踏着翻一遍。

他叹息了一声接着又说，我这辈子，谁都不抱怨，唯一对不起的就是我妈，我妈跟着我没过几天好日子。好在我妹子人能行，日子过得好，一年四季天冷天热了，就把我妈接过去享几天福，可我妈在我妹子家里总待不住，她老操心没有人给我做饭。唉，不说了，就我这尿样子，一步没弄好，就落下眼前这样的光景。

我笑道，你如今刚过六十，要是再活三五十年，都这样过吗？

你咋不说我再活一百年？

见老汉的情绪好转，我就想说我娟丽姨的事，就问他，你知道那个高中女同学的情况不？

老汉叔说，你咋又提这话，你是啥意思吗？往回走，不干了。

说着话他向葡萄园外边走去。

走到半路上他却给我说，我为啥要知道人家的情况？我还嫌自己把自己这辈子没作践够吗？人再低贱，也不能低贱到像狗一样。

说着话他叹息了一声自言自语道，年轻时不懂事，现在都活老了，再想

128

不明白世事，就真的活成狗了。

听他如此说，我心想，我还能再说啥吗？

走到院门跟前，他没有拿钥匙，用手把锁子一拽就开了。

我笑道，老叔，你这锁子咋是个聋人耳朵样子货？

你咋还不回去？

今天和你一块吃饭。

你快回去。

我想和你再说说话。

都说了半早上，该说的都说了。说着他就推我走。

我坚持没走，自己推开院门走了进去。老汉叔再没有说啥，走进窑洞里揭开水瓮说，我昨天下午干活回来，给自己做了两碗扯面，吃了一碗，给今早上还留了这一碗，在水瓮里放着，你来了，就这一碗面，你吃呀还是我吃呀？

我走到水瓮跟前一看，水瓮里有多半瓮水，水面上漂着一个铝盆，里边盛了一点扯面。

我鼻子有些发酸，说你从地里干活回来是个热人，吃这凉面不怕激着了？

不怕，我㩼上一碗热糊糊（水和面粉做的一种稀饭），就着吃呢。

# 54

我问欢庆，王振鹏以前的女人到哪里去了？

欢庆说，不知道。

我问，你知道女人娘家是哪个村的吗？

欢庆说，一个村的人，咋能不知道。

于是，我把自己的想法告诉了他，然后给马书记和老书记说了一下，就和欢庆开着车去了一个叫孙家嘴的地方。这是一个濒临泾河的小山村，坐落在一道山梁延伸到河湾里的一个山嘴上，村里住了二十来户人。唯一连接外头的就是顺着山梁延伸的这条窄窄的柏油路。车行驶到村外边的一个岔路口，欢庆叫我停车。

我们站在路边的荒草里，欢庆指着山沟的对岸说，在生产队的时候，隔沟对岸山梁那边，有山洼里村三个小队以前的"吊庄地"。

我问，啥是"吊庄地"？

就是距离村子远，捎带着种的意思。因为远，这里的地一年只种一料庄稼，种玉米或是高粱。一年种地的时候，村里人来住上几天，把地种完后就回去，中间再来上一两次，把地里的草锄一下，最后到了收秋的时候再来。你看沟里这条弯来绕去的架子车路，就是通到山那边去的。在那边，有我们村里人打的窑洞、水窖和碾麦场。

那里的地现在还有人种没有？

山大沟深的，都撂荒几十年了。

王振鹏到这里找老婆和到这里种地有关？

以前来这里种地，村里人都吆着牲口，从家里走到孙家嘴一百多里路，走到这里，人和牲口都分兮（乏困至极）得走不动了，就要在村口歇歇脚，人喝几口水，牲口吃些草料，然后才翻沟到那边去。一年一年两个村的人就熟悉了。不是这，他咋能到这里来娶老婆。

我向村里看去，树木不少，枝繁叶茂，却感觉不到烟火气。

欢庆说，多年没来了，咱到村里去问一下。

街上冷冷清清看不见一个人，家家户户一派落败的景象，有的院子里原来盖的房子还在，窑面还算齐整；有的院子里原来盖的房子被拆了，只剩下断壁残垣。我们在街上转了一圈，终于碰见一个老人。欢庆给老人发了一根烟问，村里咋看不见人？

都搬到新村去了。

一个村都搬过去了？

国家不叫在这里住，嫌这里条件差。

你为啥没走？

我走了，谁回来干活？舍不得地嘛。老人接着笑道，人搬走了，地搬不走嘛。

老人正说着话，突然问，你是不是山洼里村的欢庆？

欢庆高兴地说就是，再仔细看老汉，也突然冒出了一句，你是石头老哥？

老人仰起头哈哈笑出了声，说那时候你还是个小娃，这才几年嘛。你喝水不？坐到屋里喝水走。

欢庆说不了，车里带着水。

欢庆问，村里人还回来种地不？

老人说，有的人回来，有的人不回来，回来都是开着柴油三轮车来回跑着种地，早上在家里吃一顿，来干上一大晌活。我不想来回跑，就歇在过去的老屋里。你今天来有啥事？

我想问花花的情况。

老人哦了一声说，花花不是原先嫁给你村里的振鹏了嘛，两个人没过到一块花花就回来了，后来就嫁到外县去了，嫁到外县哪个村我记不起来了。

花花她大现在还活着没有？

没有，都走了好几年。

花花娘家还有谁？

有她个哥，在新村住着。

新村在哪里？

你往回走，翻过这个山梁再走个三四里路就到了，你打听她有啥事？

花花嫁到我们村生了一个女娃。

这我知道。

我想叫女子回去和她大见上一面。

哦，哦，这是好事嘛。

我们往回走，翻上山梁，下了坡再走几里路就到了移民新村。移民新村又叫幸福新村，它是山后边好几个村子移民过来的，有四五十户人。我们找到花花他哥家，家里却没人，到城里打工去了。恰好邻家主人和王振鹏是同龄人。他听了来意，叫我们坐在他家里等着。他出去不仅问清了花花现在生活的村子，还问到了花花女儿的电话。村里有个女子和花花的女儿是同龄人，这个女子她妈通过自己的女儿，把花花女儿的电话要来了，同时还告诉我们，花花的女儿叫春妮。

# 55

当天晚上，我给春妮发了一条短信，说我是山洼里村的扶贫干部万小米，今天，和村主任一起去了孙家嘴，随后又去了幸福新村，在村里打听到你的电话。你还记得山洼里村吗？我们想和你见一面，你能否告诉我们你工作的地方？文字后边还发了几个微笑。

短信发过去，我左等右等不见回信，到了第二天早上，她才回信问，你们有啥事？

我赶紧回信说，就是想和你见一面。

你短信告诉我干啥，我不想见面。

短信里有些话不好说，也说不清。

她没回信，等到天黑，也没回信。晚上我躺在床上又给她发了一条短信说，我虽然和你只说了几句话，却能感受到你的心情，想来想去，还是想再说上几句话。我以前一直在城里生活，自从到了山洼里村驻村扶贫，才慢慢对农村有了了解，知道了那些把日子没过好的人背后的故事。我感谢单位给了我这次到农村扶贫锻炼的机会，因为有了参与，才有了许多的理解与感触。我虽然不知道你对山洼里村是否还有记忆，但我希望你有机会回来转一转，毕竟这里可能有你想忘记却忘记不了的童年，可能有你想忘记却不可能忘记的亲人。你大他已经老了，仍孤身一人，嘴上虽然什么也不说，可我能感觉出来，在这个世界上，你是他唯一牵挂的人。有一次，我到葡萄园里，见你大一个人坐在地坎上，痴痴地看着远方，那样子，除过想你，不可能再想别的。至今，你大并不知道我在联系你，我觉得你和你大如果不见上一面，我在山洼里村的扶贫工作就没有做好，等事情过去，当我离开山洼里村以后，我心里会怀有遗憾的，会觉得对不起老人。

最后，我还问了一句，你是否了解你大的故事？

短信发出去后，我等来等去没有等到回信就睡着了。第二天再看手机，短信回过来，已经是凌晨两点，她告诉了我她的地址，说如果我们要去，就后天去。我回信说，那就后天下午见。

我给马书记和老书记做了汇报。隔天，镇上王党信开车，拉着马书记、老书记和村会计王三娃也要去县城，因为蓄水池和通往各家地头输水管线的报告落实下来了。我们一起出发，在县城分手后我开车继续向省城方向行驶，经导航指引，经过近两个小时的行程，来到省城边的一个新区。因为还有点时间，我带欢庆先去一家饺子馆吃饭，随后来到春妮美容美发室，见到了春妮。她三十岁左右的样子，可能因为要见乡下老家人，她的穿着倒也朴素得体，但过肩的大波浪卷发，让她妩媚动人。美发室里人来人往不方便说话，门前不远处正好有个广场。因为天热，广场上看不到几个人，我们来到广场一角的亭子下，这里正好有长木凳。

我先做了自我介绍，又介绍了欢庆大哥。

欢庆问，你还记得山洼里村不？

春妮说，我不想回去。

我说，我想来见你，就是想对你说，你一点也不了解你大。

我不了解他？我走的时候已经十岁半了。

你知道你大为什么是那个样子吗？

一个人懒得不爱劳动，还需要理由吗？

你大是懒，也有叫人同情的地方。

难道他不明白，自己是有老婆有娃的人？

其实，他心里啥都明白，就是不愿意把事情往开了想，几十年来就是自己在折磨自己。

他就是个没有责任心的人。

我刚到村里，听别人叫你大老瞌睡，也觉得好笑，觉得你大就是那种扶不起的人。后来和你大接触多了，才知道他背后的故事，就不再嘲笑他，只剩下了同情。

接着，我把与王振鹏几次见面的情况给春妮说了。

欢庆说，我和你大在一个村里生活了一辈子，只知道他没有好好学习，没考上大学。

春妮说，他是一个可悲的人，不值得同情。

老人当初没有越过心里的那道坎，可能和年轻气盛有关，和眼界有关，和当时社会的大环境有关。

我大有他自己的悲哀，但作为一个父亲，难道就没有想过自己的责任？村主任问我，我记不记得山洼里村，那会儿我都念三年级了，咋能不记得？我一天去学校三趟，一天三趟经过北窑村半坡十字路口的大槐树，经过老庙旁边的大槐树。自从离开了山洼里村，我就不想记得了。

美容美发店里的小姑娘拿来几瓶水，春妮接过水喝了一口，突然落了泪说，你说我大心里有过不去的坎，这么多年，我心里也有过不去的坎，我给谁说？我在村里念书时，每个学期都拿奖状回家，我大也是考过大学的人，难道他看不见？还有我妈，大字不识几个，到现在我都想不明白，我大就算再懒，日子过得再烂包，她为啥要走？如果不走，我肯定还能继续念书，我这辈子就不可能是现在这个样子。

欢庆问，你后来再没念书？

念到六年级就念不下去了。

为啥？

能为啥？我后爸想拿我卖钱给大娃娶媳妇，像我的性格，能让他的阴谋得逞？我一气之下就离家出走了。

你那么小到外边咋生活？

洗碗端饭，啥事干不成。

我叫了一声大姐，却无话可说。

春妮说，先是洗碗端饭，干了几个月，想给老板要工钱，老板耍赖，我就和他吵，老板都害怕了。我从小就性格硬，不怕事，也受了不少委屈，哭哭闹闹一路走过来，端过饭，卖过衣服卖过鞋，最后学了理发。随着年龄增长，有的事想不明白也慢慢往明白了想，命里一尺，难求一丈，我认命了。

我低声说，我只想大叔年纪一天天大了，从早到晚一个人住在破窑洞里，从地里干一晌活回到家里还要自己洗衣做饭，连一个说话的人都没有。今天我和村主任来，不期望别的，就希望你能回去一下，看一下老人，说几句关心的话。

欢庆说，无论说啥，他是你亲大，抽时间回去一下吧，都快二十年了。

我说，前几天我去找你大，家里没人，就找到葡萄园里。到了吃早饭的时候，我想在你大家吃饭，你大死活不准，我硬跟他走到窑里，他把水瓮揭开说，就这一碗饭，咱俩谁吃呀？原来，这碗面是昨天晚上吃剩下的，怕发霉就放在一个盆子里，在水瓮里漂着。我看你大恓惶的样子，眼圈都发红了。

春妮突然落了泪说，这哪是亲人，就是冤家。

欢庆看我一眼，话说到这个份上，该走了。

春妮说，这么远的路，吃过饭再走。

欢庆说，我们已经吃过了，就在街那头吃的。

春妮继续落着泪说，你们是外人，大热天跑来，也不是为了自己的事，我懂。照我以前的委屈，一辈子都不想见他。

# 56

从春妮那里回来，夜已经深了，街上落个钉子都能听见。我把欢庆送回家后，正向房门口走，马书记隔着窗子问我，去见上人没有？我说见上了。马书记问，情况咋样？我说，她要回来呢。

王党信已经睡着了，又被我吵醒。最近，他嫌回镇上来回跑麻烦，就在我对面支了一张床。他眯着眼问了我事情经过，我说了。他给我竖了一下大拇指。我问他，想吃东西不？他摇摇手。我坐在床边，拿了一包零食吃，想缓解一下疲劳再休息。我一边吃一边拿起手机查看天气预报。自从来到山洼里村，我也像村里人一样，每天都要在手机上看一下天气预报。因为天气变化与农业生产的关系实在太密切了。我一看，明后两天都有雨，后天还是个星期六。我想终于要下雨了，村里人该有多高兴，又想下雨天地里的活没法干，还不如把新媛叫回来，给大家讲一下电子商务方面的知识。

我把想法给王党信说了，他说好得很。

我等不到明天，出去站在窗子外面把事给马书记说了。马书记也说好，你和人家娃联系一下，看有没有时间。

我给新媛发了一条短信：你好，这么晚还打扰你，刚看了一下天气预报，明后两天都有雨,村里想请你星期六回来给大家讲一下电子商务方面的知识,你有没有时间?

我刚发过去,手机还没有放下,她回信过来,几天不露脸,干啥去了?

我说了情况。

好青年,辛苦你了,想吃啥我回来给你带上。

我发了一个谢谢的表情包。

她又问,我回来穿啥衣服?

我说,超短裙、背带衫、高跟鞋。

她发过来几个捂脸和敲打的表情包。

隔天,天还很黑,我起来拿着写好的《通知》去办公室,打开大喇叭又放了小号独奏《我爱你中国》,我很喜欢这首小号独奏,特意存在我的硬盘里。嘹亮绵长舒展的号音,在雨夜里通过柿子树上的高音喇叭传出去,让人听着心里格外温暖。我坐在椅子上,静静地听着。之后,把《通知》念了两遍:

> 村民同志们,天下雨了,这真叫人高兴。本来,这个时候大家最应该休息解乏,可村里已经联系好了,叫咱村王德怀老人的女子新媛今天回来,给大家把电子商务方面的知识说一说,希望大家都来听一听,听一听心里就明白了。大家知道,种葡萄很重要,卖葡萄也很重要,咱不能老用柴油三轮车把葡萄拉到市场上去卖,咱还要在网上卖,咋样在网上卖葡萄,希望大家都来听一听。大家都早早起来,把早饭吃了,九点咱准时开始。

## 57

没想到,村里来了这么多人,连王狗娃和他老婆都来了。自从在村广场海浪给他妈说过那些话以后,后边还发生过啥事,村里没有人知道。村里人看见的是,王狗娃当天就把他大从果树房接回家去住了。

教室里坐满了人，我和三娃又赶紧从别的教室去拿凳子。

九点不到，新媛红着脸坐到讲台上。她今天穿着整齐，土色的休闲长裤，白色短袖外边穿着一件杏黄色休闲长衫。

她拿出几页稿纸放在桌子上，把长长的秀发往肩后一撩说，爷爷伯伯叔叔奶奶婶婶嫂子们，大家好，村里叫我回来给大家说一下网络方面的知识，我是左右为难。回来吧，怕自己说不好；不回来吧，又怕大家说我忘了本。我在大学学的是电子商务，现在在一家科技公司上班，我们公司业务里就有农业智慧大棚的设计和建设。我把自己知道的给大家说一说。

我先给大家说说农业方面的事。咱村的葡萄种植，到现在还是一种单一的传统的耕作方式，还停留在单家独户简单的半机械化阶段，像旋耕、开沟、施肥、打药、除草和铺薄膜，都是半机械化作务；有的甚至全靠人工劳作。就像打药，要么是人背着机子，要么是三轮车拉着药罐，人拿着喷头打药。每打一次药，拿喷头的人就像从雨里走出来，特别是夏天，葡萄园里又热又闷，容易给人身体造成伤害，甚至使人中毒。再加上每年的葡萄价格不稳定，很多人就不愿意在葡萄园里出力流汗，喜欢往城里跑，把好好的葡萄园都撂得荒芜了，就像我大一样。

底下有人笑道，你大是到城里享福，给你姐看娃去了。

新媛笑道，我大给我姐看娃是实情，但在咱方圆，各村都有这样的情况，许多人宁愿去城里一月挣两三千甚至一千多，也不愿在村里经务葡萄园。

有人说，去城里挣钱虽不多，可月月有保障，葡萄园就不一样了，一年只有一次收成，把人累咋了，还天天提心吊胆，弄不好都收不回来本钱。

新媛说，反过来，如果耕地除草、施肥打药全都机械化，机器代替人把地里的出力活都干了，收入还有保障，人就不一定愿意到城里去一个月挣两三千块钱。

就是嘛，像咱这年龄的人去城里，又没有啥技术，不是当保安，就是打扫卫生，要么就是到建筑工地上去搬砖头。吃的是啥？住的是啥？受的是啥罪？

有人笑道，当保安人家都不要，人家都要年轻娃，嫌你老汉站在门口影响人家的环境和心情。

底下一阵笑声。

新媛说，说到底，还是咱的葡萄产业不行，咱的机械化程度不高，现在咱唯一普及的机械就是旋耕机，打草机还是人背手持式的，打一晌草回来，腰酸胳膊疼，人就像从土里走出来的。累先不说，过个十天半月，草又长起来了，人又要背着机子去打草。现在，很多人就嫌麻烦，喜欢打除草剂，除草剂虽说把这种草能除了，可过些天别的草又长上来了，长期使用除草剂还会给土壤里留下隐患，这和生产绿色无公害农产品理念恰好是背道而驰。另外，我们在葡萄作务和销售方面，到现在还是单打独斗，各家种各家的、各家卖各家的，这种落后的作务和销售方式，不仅成本高，质量差，风险大，信誉还低，在市场上没有竞争力，这样发展下去，不是可能，而是我们的葡萄产业肯定会像我们过去的苹果树一样，要被市场淘汰。

已经有人把葡萄树挖了。有人说。

农药化肥年年涨价，成本年年增加，咱农民能有啥办法？

咱是农民，就不怕受苦，这一年葡萄卖不上价，你有啥好办法？

新媛说，这种情况，以前这样说还能说得过去，但到今天还这样说，就是我们自己的问题。我们现在不但要少出力，还要降低成本，还要多卖钱，还要长久发展。

你说这话，谁能相信？

这就是不可能的事嘛。

新媛说，以前没有可能，今天必须有可能，办法就是走机械化、现代化种植路子，走精细化、科学化管理路子，走绿色无公害化路子，走品牌战略路子，走"三品一标"农产品路子。

绿色无公害能听明白，啥是"三品一标"农产品？

新媛说，"三品"就是无公害农产品、绿色食品和有机农产品，"一标"指的是农产品地理标志，合起来就叫"三品一标"。

有人笑道，这好办嘛，咱就把"三品一标"印到箱子上。

新媛说，是不是绿色无公害农产品，不是咱自己说了算，它是由国家专门机构根据相关标准来认证的，这不是大家随便想印就能印的。

有人笑道，那你说，咋样做才能达到这样的要求？

新媛说，当下，我们生产出来的葡萄，还属于低端产品。粗放式管理，随意喷洒农药，随意打膨大剂和催红剂，这都不符合绿色安全农产品的要求。我们首先要解决的是思想上的问题，要把我们的思想转变过来，比如说，坚决不打催红剂，不打膨大剂，不打除草剂，不打国家禁止的农药，要诚实生产。再一个就是要走农业机械化、现代化路子，要加快从传统农业向机械化、现代化农业转型，向绿色健康农业转型，向智慧农业、数字农业转型。

有人说，我都这年龄了，像以前那样种了一辈子地，你这时候叫我咋样转型呀？这转型都要拿钱说话呢。

在大家的笑声中，新媛说，转型不仅是资金的问题，还有技术的问题。

有人笑道，那你说这话，等于没有说嘛。

底下哈哈一片笑声。

新媛说，咱如果是这样的一个认识，这样的一个态度，那咱就不要发展了，人家在发展，咱就等着挖葡萄树。我们要认识到形势发展的严峻性，咱不能说因为没有资金和技术，就老坚持现在这种生产经营办法，咱要借助国家的扶持力量，一步一步来，先建雨棚，再建温室大棚，再向智慧大棚过渡。

有人说，雨棚和温室大棚咱都知道，智慧大棚是啥意思？

新媛说，智慧大棚是智慧农业的一个方面，智慧农业就是未来农业发展的大方向，就是运用互联网技术，或者说大数据平台，对农作物的生长发育、病虫害防治、土壤环境、天气水肥和温度状况，进行实时监测。通过监测，对这些数据信息进行计算分析，我们就能知道什么时候需要灌溉，什么时候需要打药，什么时候需要施肥，什么时候需要通风，而这样的过程从始至终全都是自动化。自动化灌溉，自动化施肥，自动化喷药，自动化升温降温，自动化卷膜。这样一来，就能达到合理利用资源，降低生产成本，提高农作物的质量和产量的目标。我们公司现在就有建造农业智慧大棚的业务，智慧农业的基础就是大数据，没有大数据平台的支持，就实现不了智慧农业。

有人说，我越听越糊涂了。

有人说，我好像听懂了，又好像没听懂。

我就不信，肥料袋子不叫人往进背吗？

就是就是，药自己能喷到树上去吗？

新媛说，人家在建造智慧大棚的时候，已经把管子装到了大棚里，有的在树下边装一道管子，在树上边装一条管子，管子上都有喷药装置，或者叫喷药眼，到时候人家在外边打开开关，整个大棚里转眼就药雾弥漫，人根本就不用进去。说到上肥料，人家采用的是液体肥料，就像渗灌那样上肥。更先进的是一切都由电脑操控。

下边嘘声一片。

建造这样的智慧大棚，需要多少钱呀？

我感觉你说的这个智慧大棚距离我们还远得很，就像天上的星星。

我在电视里看见过，咱这辈子怕等不到那个时候。

我现在关心的是今年和当下，智慧大棚和智慧农业等到我娃和孙子手里慢慢去做。

底下人又是一阵哈哈大笑。

新媛说，大家说它距离我们还很遥远，其实并不遥远，也等不到留给娃和孙子去想。如果是前几年，我给你说，种麦全过程都是机械化和现代化，你相信不？这才过了几年，咱从种麦到收麦已经全部实现了机械化，打药都用上了无人机。

有人说，你这样一说，我就想明白了。去年我种的那几亩麦，从种麦、除草、打药和收麦，都是叫机器干活。

咱不说种麦了，咱说葡萄园。

新媛说，简单说，咱要加快各种现代化农机具的应用，要把葡萄园里许多出力活，叫机器来代替。

有人说，我做梦都想实现你说的这种现代化，可咱一年收入就那么一点，一家人要吃饭，要给地里投入，要供娃念书，娃长大以后还要娶媳妇，还想给娃在县里买房，就没有钱实现现代化嘛。

大家又是笑声一片。

新媛说，老叔你说的是现实情况，但我们不能因为困难，就不去想办法改变，就一年一年原地踏步。那结果就是，人家往前走，我们年年还在老地方站着，我们葡萄树如果继续要走苹果树的老路，给娃在县城买房更是变成了空想。

有人说，你说来说去，都是要用钱解决呢。

新嫒说，这就需要大家一起来想办法。我们有一次下乡调研，见过一种农用机器，配套了几套农具，就是说，只需机器，需要干啥活的时候，就换上需要的农具。还有一种打药机，人坐在车前头，后边是打药机，一点不用出力，就是打药时，因为风向的变化，人身上还是会淋到药，另外，还需要人亲自操作，还没有实现完全自动化，还不是遥控自走式机器。

我就不相信，地里干活，还有遥控自走的机器？

新嫒说，目前市面上的自走式机器，多半还需要人来驾驶，还不像无人机用的是遥控技术。在农业发达地区，人家的整个耕作过程，用的都是遥控技术。随着国家经济持续发展，国力的不断增强，国民经济已经进入到工业反哺农业的时代，国家对农机具的补贴优惠力度会越来越大，各种更先进更智能的农机具会越来越普及，自动化程度也会越来越高，用不了几年，我们一定会从繁重的体力劳动里解放出来。

有人高声笑道，那我千万要活到八十岁，要活到用遥控自走式机器的那一天，活到咱这里实现智慧农业的那一天。

# 58

在大家的笑声里，新嫒说，为了叫大家思想跟上形势的发展，下边有必要把现代化农业再强调一下。现代化农业简单地说，就是有机农业、绿色农业、健康农业、循环农业、再生农业、观光农业的统一。它与传统农业比较，有这样两个显著特点：一个是农业的专业化、智慧化和社会化，一个是农业的规模化。

有人说，你前边说的有机、绿色、健康，还有循环农业，好像能听懂，又好像还糊里糊涂。可农业规模化是啥意思？我咋感觉要回到咱过去的生产队那时候。

底下多数人没有笑，只传来几声稀稀拉拉的笑声。

新嫒说，生产队我没有经历过，什么饲养室、保管室、碾麦场、皮轱辘大车还有羊圈，我都是听我大说的。对于这个问题，我是这样理解，无论是生产队，还是以前更早的互助组和高级社，还是当下已经出现的各种各样的农业生产模式，都是国家根据不同时期农村生产发展的实际情况进行的生产变革，它对于当时的农业生产来说，是合适的，是有利的。但随着农业生产的发展，过去的方式肯定需要改变，天下没有一成不变的事情，不可能用一个办法来管一百年。在这个发展过程中，人和人、人和土地的关系，肯定要发生变化，但无论发生什么样的变化，有一点我们要相信，那就是国家希望大家早一天过上好日子。

我情不自禁地鼓起掌来。

新媛脸上流露出几分羞涩，继续说，至于说农业规模化经营是否就是回到了以前的生产队，对于这个问题，我是这样理解的，可能有一样的地方，也可能有不一样的地方，最不一样的地方，就是人和人的关系，人和土地的关系，特别是在生产经营管理方式方面，会比生产队的时候更多样化，更多元化，更现代化。在我们村里，这些方面表现得还不是很明显，因为我们到现在还是单家独户分散的经营方式，在农业生产发达的地方，我们这样的经营方式已经被新型的集体经济组织，如股份经济合作社、专业合作社、农业产业园、农业龙头企业、家庭农场、果业专业合作社、农业专业大户取代了。而专业大户的主人，当下还有一个新的叫法，就是新型职业农民。

下边有人笑道，农民就是农民，你再咋样叫，还是农民，就像猫，你把它叫成"咪咪"，它还是猫嘛！

底下一片笑声。

新媛说，这里说的这个新型职业农民，和传统意义上说的农民，或者说和咱心里想的那个农民不是一回事。以前说的农民，强调的就是一个身份，就是一个种地的人。而今天给农民前边加上新型职业几个字，它首先强调的是一个新型，而新型就是说以前没有过的，至少和以前是不一样的。给新型两个字后边再加一个职业，这种说法的意义在于，一是说这个职业不一定非要农民来干，是谁都可以来干，无论你以前在哪里，无论你以前是干什么的。二是干这个新型职业的人和干别的行业的人都一样，今天他可能是农业生产专业合作社的经理，明天可能摇身一变去干别的事情。三是最重要的一层意思，也就是说这个新型的职业农民，他不仅是一个生产劳动者，可能还是一个组织者，一个带头人，一个农业生产方面的技术能人。我们可以这样来设想一下，这个新型的职业农民，他可能是一名大学生，也可能是县农业技术推广中心的专家，还可能是某个地方农业生产示范园区的经理，甚至是从城里来的一个打工者。他今天来我们村，来当我们戴帽山高山葡萄生产合作社的经理，来带领大家一起走现代化绿色品牌农业发展之路，如果是这样一个人，我们还能简单地说他的身份是个农民吗？

大家把这话听进去了。

新媛继续说，我们有理由相信，我们村目前这种单打独斗的生产经营方式，很快就会被专业的合作社替代，替代的办法多种多样，一种可能是把大家组织起来，大家把自己的土地或者是葡萄园，以入股的方式，加入到村里这个大的合作社里来，合作社再实行统一经营、统一管理、统一销售、统一分红。另一种办法，就是各家的葡萄园，还是要自己作务，但合作社要把大家组织起来，使葡萄园的管理、作务、宣传、生产、包装、销售等各个环节，都要严格按照合作社的模式来运作，按照合作社统一的管理办法来进行，不是你想咋样做就咋样做。这样一来，才可能把大家组织起来，才可能把我们的葡萄产业做成绿色品牌产品。如果是单家独户，我行我素，就无法实现这样的目标。

新媛说，说了这么多，就是想告诉大家，国家已经开始加大对农业生产投入，已经在全力推动互联网、大数据、云平台，也就是人工智能技术在农业生产上的应用。而我们现在传统的生产经营管理办法，已经跟不上了，这种情况要尽快转变。我们要做的，就是把大家团结组织起来，走专业化、规模化、智能化、数字化生产经营管理的路子。在我们的身边，已经出现了许许多多的日光大棚、温室大棚、生态大棚、智慧大棚。

有人忍不住说，咱连机械化还没有实现，何谈日光大棚？

新媛说，你走出去看，很多地方已经有日光大棚、温室大棚了。我们现在的葡萄园，仅是树形就已经不适应了，我们要分年次、分地块更新升级，赶快向绿色农业、品牌农业方向发展。

有人说，你说得对着呢，我也听明白了，那都是后边的事。我今天来，还是想听一下咋样在网上卖葡萄，咋样叫今年的葡萄能卖个好价钱。

# 59

新媛说，目前在网上卖葡萄，主要有两种办法，大家最熟悉的就是通过微信。微信的特点就是在朋友圈里卖东西，把自己的产品卖给自己的熟人或者说间接的熟人，大家这几年已经通过微信卖了不少葡萄。但目前存在的问题是，大家都是各自行动，各家卖各家的，没有统一的组织，没有统一的标准，没有统一的规划。比如说快递箱子，你用张家的，我用王家的，好坏不一，标准不一，有的人甚至里边装的是葡萄，纸箱外边印的图案却是苹果。

底下传来一阵笑声。

新媛说，从大家的笑声里，我能听出来，很多人就这样做过。这样一种现象，说明了啥呢？说明我们没有长久意识，没有信誉质量意识，没有地域品牌意识。去年之前，咱根本就没有戴帽山高山葡萄这个概念，更不用说把这个品牌叫响，再给这个品牌去注册。而这个问题，是我们想把葡萄产业继续做下去，首先需要解决的问题。

下面很安静。

新媛说，我再说第二种卖葡萄的办法，就是在平台，或者说是在网上开店铺卖东西。这里，我们先要明白，卖葡萄不像卖服装电器，葡萄有保鲜期，容易损坏，质量最为关键。如果你在微信圈里卖葡萄，把葡萄卖出去，可能质量没有你事先给朋友说得那样好，甚至还有发霉烂掉的颗粒，却因为碍于朋友关系，或者说别人怕麻烦，就没有和你计较。但这样的买卖，就像我们土话经常说的，就是一锤子买卖，文明地说就是一次性买卖，人家买了你一回，不会再买你第二回。但在网上的店铺卖东西，如果还是这样，人家一投诉，这个损失就要店铺来承担，可店铺里的钱，却是我们自己的钱。这就是为啥我们到店头镇的快递点寄葡萄，给塑料袋里装葡萄的时候，揽收点的店主要亲自把关，他就是为了保证质量，就是为了快递公司和店铺的声誉。因为买你葡萄的人，他们并不认识你，不存在感情上的照顾，更不像在市场上买卖葡萄，一次性成交。网上的店铺就不一样，如果你装进箱子里的葡萄，没有你承诺得那样好，甚至缺斤少两，人家就要求你赔偿。因为当初开网店在网上注册店铺时，不仅要与平台签合作协议，还要缴保证金，如果出了问题，平台就会从我们的保证金里扣除。如果这样的事情发生多了，或者是你的产品给差评的人多了，投诉的人多了，你的商铺就开不下去，平台就要求你下架。经常在网上买东西的人，都会遇到这样的事情，买回来一件东西，打开包裹，里边经常有一个优惠券，只要你给你买回来的东西评一个优良，说上几句赞扬的话，商家就会给你返几块钱，这样一来，商家店铺下边赞扬评优的人多了，他的生意就会持续向好。因为在网上买东西的人，经常有这样一个习惯，就是下单之前都要借鉴参考店铺下面的评价，看有多少说好话的，看有多少回头客。所以说，你卖出去的产品，有没有好的口碑，这很关键。口碑好了，说明你这个店铺讲信誉，有诚信，质量好，这个店铺自然就运营得好，生意就越做越红火。没有人会给自己不满意的商品评优说好话。

底下有人问，咱质量没有问题，别人还是不买咋办？

新媛说，咱的葡萄不是种一年两年，咱想叫别人来买咱的葡萄，首先要品质好，要有信誉度，但这需要一个过程，需要时间的积累，口碑再好的东西，不可能一开始就能获得社会大众的认可。特别是一个品牌的创立，更是需要持久的努力和多方面的积累。品牌效应很重要，为啥我们许多人喜欢买新疆的棉花？喜欢买东北的大米？最主要的原因，一个是产地，一个就是信誉，还有一个就是品牌效应。我们的葡萄也一样，要争创自己的品牌。如果我们把戴帽山高山葡萄的牌子闯出去了，全国人都知道了，那我们的葡萄就不愁卖了。但是，要闯出品牌影响力，我们必须提高葡萄的品质，走绿色无公害的路子。前边已经说了，产地很重要，质量是关键，信誉是保障，宣传要跟上。我们首先要从包装，就是快递箱子的设计上想办法，出特色，一定要让买的人过目不忘。如果一家人里头有一个人买了咱的葡萄，这一家人肯定都会看见箱子上的戴帽山高山葡萄；如果一家人吃了觉得满意，肯定就把这个牌子记住了，很可能还要回过头来再买，还可能推荐给他的亲戚和身边的朋友。所以说，咱的葡萄品牌名字一定要叫响，咱快递箱的设计一定要突出特点，咱在网上卖出去的葡萄一定要用咱自己的专用快递纸箱。

有人笑道，用了箱子，就增加了成本，那箱子钱谁掏呢？

新媛笑道，你想没有想过，你去年在网上卖葡萄，难道不用快递箱子？

那个箱子的成本是谁出的？另外，你在网上买别人的东西，有没有包装和箱子？这个钱又是谁掏的？还有，你今年如果卖葡萄，去买别人的快递箱一个两块钱，咱自己制造的箱子一个一块钱，你买谁的？

老书记抽着烟笑道，咱做的箱子，给自己村里人肯定只收个成本价。

有人问，咋样在网上开店铺？

新媛说，办法就是在拼多多、抖音、京东、淘宝等平台上注册店铺，或者叫商铺，就像在街道边开实体商店一样。不过在网上开的这个店铺，不仅要缴保证金，同时要有专人来经营管理，就像在街上开商店，里边要有卖货的人一样。在网上开店铺，它有一套运营规则，你必须遵照人家的各项运营规则，你不遵守，你的商铺就运营不下去。比如说，客户买十斤，我们发了七斤。比如说，我们保证葡萄的色泽红度要达到百分之九十，可我们卖给客户的只有百分之五十。比如说，我们保证我们的葡萄没有烂果现象，可我们发给客户的葡萄里却有许多腐烂颗粒。如果是这样，买家就会投诉，平台就要我们赔偿，就要在我们的保证金里扣除赔偿金。特别是，如果我们不遵守承诺，商铺运营时间不长，受到了许多客户的差评投诉，那么平台运营商就要依照规则来处罚我们。因为运营商的目的和我们是一样的，他们也需要赚钱。

有人问，运营商也赚咱葡萄的钱吗？

有人说，他们没出一点力，凭啥赚我们的钱？

新媛笑道，就像老话说的，有钱大家赚，没有人家平台，你在哪里开店铺？可人家的平台也需要维护，需要人手，咱入驻人家平台的时候，谁赚钱多少都是有约定的。比如，我们的一箱葡萄卖 50 元，平台只赚 1%，其他成本还有葡萄钱、纸箱钱、运费，如果是通过直播达人卖出去的，直播达人还要赚 20% 左右的利润。

底下一片嗡嗡声。

啥是直播达人？

他为啥能赚那么多？

新媛说，直播达人，就是以直播为生计的人，这已经成为一种职业，他们一年四季都在干这个。有的人开着车，扛着多功能直播架，在葡萄园、柿树园、农业示范园区、旅游景区等地方，现场向大家直播，让大家购买他们直播的产品，鼓励大家去直播景区观光消费。

这能赚钱吗？有人问。

新媛说，肯定能赚钱，不然，他们不会一年四季都干这个。

我就不相信。

新媛说，我认识许多夫妻直播达人，还有他们的微信，他们中有重庆的、有四川的、安徽的、山东的，还有咱陕西西安、咸阳的，他们一年四季在全国各地跑，像重庆的那对夫妻，年年都来咱醴濠县。

来咱醴濠县直播啥？

咱县不是有各种时令水果嘛，他们每年初夏和秋天，都要来我们县的杏园、桃园、柿树园、石榴园进行直播。仅去年初夏，重庆的那对夫妻在杏园里直播，一个星期就挣了十几万元；秋天的时候，他们在柿树园里直播，二十多天赚了二十多万元，平均一天赚一万元。

呀呀，直播咋能这么赚钱？这比抢人还厉害。

底下闹闹嚷嚷。

有人问，从重庆来的？那么远的路，咋来的嘛？

新媛说，开自己的车呀，直播达人已经是一支庞大的队伍了，像我刚才说的重庆那对夫妻，在直播大军中也算是一般水平。有些达人一天能赚好几万元，如果是大网红，挣得就更多了。

我就不相信。有人大声说。

新媛说，你不相信，可中国人的购买力就是这么强大。你们不知道，咱县上就有一家做电商的，他们虽然家住在农村，依照大家的理解，就是实实在在的农民。但实际上，他们的身份已经发生了转变，就像我们前边说的，他们现在的身份就是新型职业农民，你叫商人也行。因为他们一大家人，一年四季都在网上做水果生意，他们开有自己的店铺，有自己的冷库，有自己的包装线，有自己的客服、外包、专职人员。生意好的时候，每天都有专车在外边收货，他们一家人忙不过来，每天还要雇十几个包装工人，每天发出去的快递、果品箱子用大货车往出拉。

那咱的葡萄能不能这样往出卖？

新媛说，现在网上卖商品的方式很多，用智能手机的人都知道，你看视频，经常会看到下边的小黄车，看到下边的购物链接，你只要打开链接，就能看见商家发布的各种商品信息。现在最火的是拼多多和抖音，打开抖音，经常能看见抖音商城。现在不单是年轻人，许多老年人，都怕跑路，都喜欢在网上买东西，这已经成为许多人的一个习惯，已经变为一种全民行为、全民行动，大家懂吗？

下边静悄悄。

新媛说，我们国家现在是世界上网民规模最大的国家，是世界上电子商务参与人数最多的国家。比如到购物节的时候，一天时间快递邮件量就高达20多亿单，这是一个多么了不起的数量，世界上没有任何一个国家能达到这样的数量，并且这个数量还在不断地往上涨。

有人还在想着直播达人的事，突然情不自禁地站起来说，我们种一年葡萄才卖几个钱，我娃出去打工一月才挣四千多元，还没黑没明，你一个直播达人凭啥就赚那么多？

新媛说，这就是运行规则，人家不挣钱为啥要来直播卖你的产品？人家就是凭借着自己众多的粉丝，来宣传推广你的产品。平台就根据合约和成交量把钱分配给人家，这就是我们经常说的，各挣各的钱。

天下还有这样的事？

那咱也在网上开店铺，咱也叫直播达人来咱葡萄园里做直播。

新媛说，我也在想这个问题，咱学校不是有空房子嘛，咱就给他们收拾出两间屋子，叫他们来住下，天天在葡萄园里做直播，咱自己也跟着学。另外，咱把咱的大棚改造成包装车间，把运输带和封箱机就安装在大棚。

咱有谁会做吗？

新媛说，这也是一个系列工作，有的事情现在给大家说，不见得一下子能听明白。我给大家把能听明白的先说一下。比如包装箱的设计和制作，产品的质量和包装，设备的购买与安装，电脑的安装与操作，收货单的打印，等等。特别是客服这一块，现在，许多店铺自己都嫌麻烦，把客服这一块承包给了客服外包公司。

下边安静了下来。

大家看着新媛，又看着老书记和马书记。

新媛说，现在，在网上开店铺的人很多，挣钱的人也很多，但不挣钱甚至赔钱的人也有。要做到头家商铺，它需要环环相扣，需要时间积累。一个是货源，一个是质量，一个是客服，一个是售后。你没有好的货源，没有好的信誉度，没有好的服务态度，没有好的售后服务，没有一个尽心的团队，你的店铺就做不下去，就没有人来买你的产品。相反，如果我们把这些事都做好了，不仅能增加收入，还能带动产业，提高咱村所有人种葡萄的积极性，这也就催促着大家，把葡萄园向高精细化管理的方向去经营。质量越好，信誉度越高，卖的价钱就越高。

这事值得做。有人高声说。

要做呢，这是好事嘛。

对对，咱不做咋知道做不成！

哪怕赔了咱也要做呢！

说得好听，赔了这钱谁掏呢？

赔了大家一起掏嘛。

就是嘛，一个人赔不起，一村人还赔不起？

有人站起来高声喊，新媛说人家一家人都能做成，咱这么大一个村还做不成吗？

马书记站起来，带头鼓掌。

有人说，新媛这么一说，咱后边再鸦雀无声不见行动，叫外村人拿尻子都笑话咱了。

咱就当赔本买卖来做，要有这个胆量。

老书记在板头上弹了弹烟灰站起来说，大家都这样说，村上再不做，我这书记就当不成了。

# 60

我口袋里的手机振动了一下，拿出来一看，是春妮发来的一条短信。她说，小米，你出来一下。

我走出教室，却不见春妮。雨随风飘落，我正在迟疑，春妮从楼梯道下边走了出来。她穿着一件浅褐色休闲风衣，加上她的大波浪发型，更显身姿靓丽。

　　我问她，回来多久了？

　　她说，先去了家里，门锁着，就转过来了。

　　我说，你坐到办公室等，房子里有水。

　　她说不想碰见别人，她坐在车上等，开完会了让我叫她大等一下她。

　　再回到教室，我有点心不在焉，想尽早把这个消息告诉坐在不远处的王振鹏。还没等我说，欢庆却把这消息通过别的人告诉了他。我刚才和春妮站在楼梯边说话，欢庆从窗口看见了春妮。一时间，消息就在大家之间传开了。

　　开完会，大家走出教室，谁也没有急着走，站在院子里左顾右盼。我把事情给马书记和老书记说了。老书记说，你把春妮叫来和村里人见个面。

　　我走到春妮的车跟前说，你看见了，村里人都想见你。

　　春妮说，村里人咋知道？

　　我说，村主任欢庆看见你了，你这么多年没回来，村里人都记着呢。

　　春妮下了车难为情地走到大家面前鞠了一躬。

　　欢庆说，说上两句话嘛。

　　春妮没有说话先红了眼圈，随后说，感谢村里人还记得我。这么多年，我一直记着山洼里村，就是想忘也忘记不了，我是在村里长大，又是在这里念的小学。她说着就有点哽咽。人群里唏嘘声一片，有人大声说，回来了就好。

　　马书记带头鼓掌，大家跟着一边拍手一边笑着。

　　王振鹏傻傻地圪蹴在教室门口，身体像虫一样蜷缩着，目不转睛地看着春妮。女儿走的时候，还是个孩子，近二十年过去了，他肯定无法把过去的那个小女孩与眼前这个女人联系起来。春妮可能不认识父亲，也可能还认识父亲。

　　老书记走到春妮跟前说，娃，你能回来，一村人都高兴，你大在教室门口圪蹴着。

　　春妮脚步迟缓地走了过去，嘴唇嚅动着却没有叫出声。

　　王振鹏也是尴尬的样子，想笑或是想叫一声春妮，也没有叫出来，拿着烟锅的手在发抖，眼泪也簌簌落了下来。

新媛走到春妮身边说，今天你和大叔就在这里吃饭，我带了包好的饺子。

春妮红着眼圈说，我也买了现成东西，我先回去转一下。

春妮过去开车，我跑过去拉着王振鹏的胳膊，叫他坐到车上。雨唰唰地下着，广场上的人也跟在车后头离开了广场。

# 61

王景明老汉的二娃王大光回来了，他五十出头，下巴上留着几撮稀疏的胡子，一看就是搞艺术的人。因为头一天王景明老汉就告诉老书记，他娃大光已经回到县上，去见几个画画的朋友，明天一大早就回来。老书记就叫我在大喇叭通知，叫村里的几个老人早上来办公室，商量给老先生画影（肖像）的事。

太阳出来的时候，王世运老人、王景明老汉、王勤勤老汉、王三老汉、王骡子老汉、五老汉、茂娃老汉、金胜老汉、大善人九先生和山娃都来了。王秉银老汉像过去一样，手里提着一大一小两个篮子，大篮子里放了一盆醪糟，小篮子里放着一摞小碗和小勺子。他走进办公室笑道，今天来的都是咱村的老人，难得有这样的机会。他把篮子放到桌子上，叫大家自己给自己舀。

大家正吃着醪糟，大光来了。景明老汉给大光介绍了马书记、王党信、世运老人和山娃。村里的人大光都认识，只是见面的机会很少。老书记高声笑道，今天把大光叫回来，就是商量给咱老先生画影的事，可咱的老先生到底是个啥样貌，咱没有人知道，大家想一想，叫大光根据大家说的给咱画。

金胜老汉笑道，我娃回来给我说，小米在文章里说，老先生来戴帽山都有一千多年了，那时候老先生穿的啥，留的是啥发型，咱就没有人知道了。

九先生说，过去的老人都喜欢留胡子和辫子。

勤勤老汉说，还爱戴瓜皮帽。

三老汉说，穿粗布衣服，腰上要缠个布腰带。

茂娃老汉说，老先人应该是一个本分的庄稼人。

秉银老汉说，老先人肯定是个本分的庄稼人，不敢画得像个先生。

世运老人说，既要画得像个庄稼人，又要画得像个能行人。

老书记说，世运老哥说得对，既要画得像个庄稼人，又要像一个能行人。

五老汉说，手里应该拿着一个长烟锅，烟锅杆子上再吊一个大烟包。

骡子老汉说，老先人还应该是个高寿的人，就像善人叔。

山娃啥话也不说，只管给几位老人发烟。

大光把正吃的醪糟碗放到桌子上，一边听老人的话，一边低着头用铅笔在画夹上画来画去。

景明老汉说，能否在老先人身后把咱的戴帽山画上？

九先生说，老先人还应该坐在一把椅子上，神情上既要显得安静，又要显得有精神。

大光画了许久，又端起桌子上的醪糟碗一边吃一边想。随后，又在画夹上画了许久。然后拿给大家看。

大光说，这是个初稿，没有着色，细节还看不出来，像脸上的皱纹看着就不明显，回去后我再想想，就依照大家刚才说的修改。

画纸上的老祖，阔脸长眉，鼻梁挺直，头戴一顶瓜皮帽，背靠着戴帽山，坐在一把圈椅上。一杆长烟锅斜放在腿上，烟锅杆子上吊着一个长长的烟包。

欢庆说，老先人可能就是这个样貌。

骡子老汉说，大光你咋就学会了这本事，大家说着说着你就画出来了？

大光笑道，这是基本功，你没看我头上，头发脱得都能数过来。

茂娃老汉笑道，那你和你大比。

大家哈哈笑出了声。

五老汉说，咱给老祖挂影，给老祖夫人挂影不？

王三老汉说，过去，都不许女人踏进祠堂的门，更不要说挂影，说女人是外姓人。

大光说，社会进步呢，有的祠堂也挂老祖夫人。

九先生说，女人为家门生儿育女，相夫教子，患难与共，没有女人，哪能生生不息？

金胜老汉说，娃走进家门，第一句话老是问我，我妈呢？很少问，我大呢？就算我在院子站着，娃也是这话。

骡子老汉说，娃是她妈身上掉下来的一块肉，你想这有多亲。

欢庆说，大和妈一样亲，就算别人不挂，咱也要挂。

景明老汉说，老祖夫人和咱的老祖一样，应该穿黑色的粗布斜襟棉袍，纽扣就是那种老式的手工盘扣，还应该是小脚，头后边绾着一个泡泡（发髻）。

那时候女人缠脚不缠脚咱就弄不清嘛。五老汉说。

骡子老汉说，应该缠上脚。

勤勤老汉说，脚腕子上要缠绷带呢。

九先生说，画得稍胖一点，还要面带微笑，这样就有福相。

老书记说，老祖夫人也要戴上那种女式帽子，光头不好。

三老汉说，过去女人戴的帽子都是圆帽，有人叫软帽，比男人的帽子更宽松，帽顶上也没有男人那个圆疙瘩。

大家正说着，大光就把画夹伸了过来。

画纸上的老祖夫人，同样坐在一把圈椅上。头戴一顶圆帽，帽子向后坠。神态安静，慈眉善目，嘴角眉梢带着笑意，双手自然地平放在膝盖上。

马书记和王党信不好说啥，一直坐在一边听着。我想，这也是乡村文化、祠堂文化的组成部分，也应该是孝亲敬老、建设美丽和谐乡村的一个方面。


# 62


王骡子老汉的娃建设和媳妇回来了，王勤勤老汉的娃保成和媳妇也回来了，王有学的媳妇美兰回来了。他们回来，都是因为国家要帮助盖房，建设还因为要给娃看病。这一次，建档立卡贫困户、低保户、特困户、贫困残疾人的危房改造的，全村共有十七户人。由于国家危房改造有补助标准，建筑面积也有规定，对于生活在农村的人来说，人住的地方是有了，却没有灶房和洗澡的地方。特别是灶房，用土房子和窑洞做灶房，里边老鼠成群结队，爬上窜下，打地洞，钻面瓮，吃剩饭，见啥咬啥，一年四季都不得安宁。至于洗澡，这几年，村里许多人盖房时，多半还盖一间小小的澡堂，给房顶装上太阳能热水器。对于这次危房改造的贫困户来说，也希望从地里干完活回来，把身上的臭汗和药水洗一下。但这样做，国家补助的钱就不够用。

对于一个家庭来说，盖房是一辈子的大事。许多人攒了大半辈子甚至一辈子的劲，就盖了一次房。也正像他们说的，一锨是动土，十锨也是动土。特别是这一次国家还有规定，无论给谁家盖房，都不准给匠人买烟、买酒、管饭，这对于大家来说，可是一个难得的好机会，省下许多钱不说，仅不管饭这一项，就省了好多心。于是，大家都想借这次机会多盖一点，不但希望有住的地方，还希望有厨房和洗澡间。

就在乡镇公示的时候，大家私底下已经在行动了。

像王大嘴，自己跟前没有钱，就去找他舅，向他舅借了三万。

像王喜娃，由于娃的事，不但花光了存款，还欠了账。现在是不欠账了，但去年卖葡萄的钱，已经花得剩不多了，他就跟他妹子借了两万，还向他"挑担"（媳妇她姐夫）借了一万。

像王益娃，自己没儿没女又没有攒下多少钱，就向他侄儿借，说他后边还想重操旧业上山放羊，说他走了以后，就把自己这个院子留给侄儿。

像王多多，干不动活，就凭那个小商店，兢兢业业攒了两万，前两天，他姑来看多多，借给多多一万元。

像王高高，因为身体的原因，常年不出门，靠着从国家照顾的钱里省吃俭用攒了一点钱，他哥天天说，钱不够了他给添。

像王猴子，这几年一直也想攒钱盖房，有些积蓄，但他大总觉得还差一点，就凭自己的老脸，去向老表借了两万。

像王来娃老汉，自己一个人过活，本来只想好坏盖一点，够自己住就行了，可他侄女感念大伯当初的决定，不然，她就可能跟着大伯在山洼里村守一辈子了。她和女婿带着孩子开车从城里回来，拿了三万元，说多盖上一间房和半间灶房，她从城里回来照顾老人时，做饭就方便了，自己也有地方住了。

像王勤勤老汉的娃保成，他和媳妇出去挣钱，本来就是想给家里盖房，这一次，借着国家扶持的机会，想一次性到位。保成回来的第二天，就到店头镇叫了一台挖掘机，把家里的半地坑窑挖了，把地坑和前边的院子填得一样平，想靠着院墙坐北朝南整整齐齐盖上几间厢房，再盖上一个小小的洗澡间。这样，整个院落就平整了，就更像个家了。

像王盼盼，因为他把自己挣的钱，除了给自己留够生活费，月月都打给他妈了，这次盖房本来说要回来，可现在不回来了。他给他舅打了一个电话，说他工作刚上路，技术也学到半路上，要是回来，怕把工作丢了，就叫他舅过来帮着先盖上两间，叫他妈有地方住就行。再说，盖房的事，他啥也不懂，就是回来，也要叫他舅过来帮忙。盼盼他舅觉得娃说得在理，就过来和盼盼他妈坐在一起商量，说盖就盖上三间半厢房，一间叫盼盼他妈住，一间叫盼盼回来住，一间做灶房，那半间做洗澡间。盼盼他妈说，那娃的钱不够。盼盼他舅说，不够了我添，盖一次房不容易。盼盼他妈高兴得当时就落泪了。

像王有学，自己没攒下钱，媳妇又去城里打工，虽然好久没回来，因为有娃在心里牵着，到底放心不下，加之王有学这次去叫媳妇，是给媳妇做了保证的，说以后再不碰麻将。美兰听了，不但高高兴兴地回来了，还给家里拿了一万多。她是个勤快人，在城里一个人一天打两份工，白天给单位打扫卫生，晚上到蔬菜市场给人帮忙洗莲菜。另外，有学在他哥跟前借了两万。

像王骡子老汉的娃建设和媳妇，国家能给他们的孩子欢欢免费装耳蜗，这就给建设把大钱省下了。建设给他大说，趁这次机会，一次性给家里盖上四间厢房，这样，人住的、厨房和洗澡的地方都有了。骡子老汉说，咱老几辈人都没洗澡间，还不一样过来了，咱能省就省，不敢胡花钱。建设说，这次回来，他和媳妇就不出去打工了，村里好多人把地都撂荒着，他打算多承包上几亩地，能承包葡萄园更好。有了洗澡的地方，以后打药劳动回来就能洗澡了。骡子老汉高兴地说，我还能干上几年，我和你一起把葡萄园和地经营好，你媳妇在家里把饭做好把娃看好就行了，这几年，欢欢娃都没吃过一顿可口饭。

像王振鹏，这几年虽然老犯瞌睡，把葡萄园经营得赶不上别人，但他一个人过日子，也是担心看病防老，手里还有一定的积蓄。春妮这次回来，见他大过的那种日子，尽管对他大充满了抱怨，心里还是过意不去。特别是这次回来村里人的热情，还有童年生活的记忆温暖了她的心。经过反复考虑，她也打算添些钱给他大盖上两间房子、一间灶房和一小间洗澡的地方，这样，自己以后回来也就有地方住了。

接着，为了能节省钱，所有盖房的人又坐在一起商量，门窗都不用买新的，那样的话太花钱不划算。西安城边就有废旧门窗市场，那都是城里人搬迁时拆下来的旧门窗，虽说旧，却结实便宜，一合院门才几百块钱。要是买新的，能看上眼的，至少要三千，这几合门窗省下来就不是一点钱。等把旧门买回来，自己用钢刷子处理一遍，再刷上红漆，就和新的一模一样了。于是，大家就一起搭伙，到西安城边的旧门窗市场，买了自己比较满意的门窗，再搭伙雇了大货车拉了回来。

还要说的是，就在这几天，我妈打电话问王振鹏的情况，我就把危房改造的事说了。我妈说，你娟丽姨还是想帮一下，叫你娟丽姨给你说。

电话那头传来了娟丽姨的声音，我把情况给她简单说了一下。

娟丽姨说，我还是想帮他一下。

我说，我把话一定说到。

当天晚上，我就去见王振鹏。这一次，他情绪比以前好多了，我就直说了。他听后半天没有说话，把一锅烟都抽完了，随后在地上磕着烟灰低语道，你给你妈打个电话，捎个话过去，就说都老了，都烟消云散了，好好过自家的日子。

虽然他话说得轻描淡写，眼圈发红了。

隔天，县上对危房改造的户主复核结束。马书记、春山书记和王党信一起去了店头镇，因为祠堂快要竣工，他们想把这些工匠留下来继续给大家盖房，但这事需要去跟镇政府沟通一下。过了两天，六七辆拉砖的车就开始给各家各户拉砖。这一次，大家都是借着国家的扶持和亲戚的帮助，借着不买烟、不买酒、不管饭的好政策，盖房面积都比国家规定的面积超出了不少。紧接着，国家产业扶贫的资金也下来了，所有的建档贫困户以及凡是有葡萄园的，都得到了五千元的产业资金补助。像王多多虽然没有葡萄园却有商店，同样得到了五千元的补助资金。多多见人就说，等把房盖好了，他就把商店扩大得像超市一样，全部商品都要上档次，到时候，大家买东西就更方便了。

# 63

我、马书记和王党信正在做午饭，骡子老汉和建设来了。骡子老汉走进厨房说，你们不要做饭了，到我家去吃饭。

马书记说，你看我们正做着呢。

建设说，我不在家，多亏了你们，中午我叫媳妇做饭。

马书记笑道，这就是我们的工作，心意领了，饭就不吃了。

骡子老汉急了，过去夺马书记手里的刀，把刀抢到自己手里说，你这个人咋就这么怪，不就是一顿饭？现在又不是十八年年馑，你是不是嫌我家里卫生不好？建设昨天专门跑到店头镇买了新碗、新筷子和新毛巾。

马书记哈哈一笑说，咋能呢？

骡子老汉说，我知道你们城里人比农村人讲究，你今天不去，就是看不起农村人，往后咱俩见了面都不要说话，看见都装作没看见。

马书记哈哈笑着说，不吃一顿饭，有这样严重？

骡子老汉说，你不去，就是这样严重。

建设说，国家免费给娃装耳蜗，又帮着盖房，这一下就把我家的日子帮起来了。

骡子老汉说，快走快走，你是领导，你不走，党信和小米就不敢走。

马书记笑道，要不这样，叫小米和党信去。

骡子老汉生气地说，你这是给我老汉难看，去吃一顿饭，又不是叫你跳沟跳崖！

马书记不好意思地扶了扶眼镜，笑道，看来这顿饭不吃不行了。

骡子老汉一边说走走，一边把马书记往门口推。

建设家的院门前，堆了许多新拉的砖，骡子老汉高兴地说，我先拉了三万五千块砖，后边不够的话再拉。这一次，就借着国家的力量，好好把家里收拾一下，往后，人过日子就更有劲了。

走进院子，满院子都飘散着菜油香和鸡蛋味。院子的一边，有一间石棉瓦大棚，里边打扫得干干净净。大棚下边摆着一张大方桌子，桌子周围摆了两个长板凳和几个小凳子。桌子的一边放着一脸盆清水,脸盆沿上搭着一条新毛巾。

骡子老汉说,先洗手,洗完手就吃饭。

煎饼是当地最有特色的一种小吃,我听人说过却没有见过,特意跑到厨房,看建设媳妇咋样摊煎饼。她先给锅添了一把麦草,起身用油布把锅擦了一下说,这样面糊就不粘锅底了。然后用铁勺在锅台边的面盆里舀了一勺面糊,顺着冒热气的锅沿倒了一圈,又用面板把流动的面糊均匀地抹在锅底,把锅盖盖上,又给锅底添了一把麦草。

建设用一个大瓷盘往外端菜,一盘炒鸡蛋、一盘炒土豆丝、一盘洋葱拌木耳、一盘凉拌豇豆、一盘凉拌豆芽、一盘凉拌莴笋丝、一盘凉拌海带丝。在桌子中间,放着一个大海碗,里边盛了多半碗油泼辣子蒜泥醋水的蘸汁,还放着一把勺子。桌子的两边,另放着两个瓷盘,里边放着煎饼和菜合合。菜合合就是在两张煎饼中间夹上一层韭菜。另外,每个人跟前,放了一个用来蘸汁的小瓷碗。

骡子老汉说,农村人不会吃,平常吃煎饼,就是一张煎饼一碗蘸汁,这是建设和媳妇弄的菜。王党信说,夏天嘛,这都是最好的菜,用煎饼卷上,再蘸上辣子水水,吃着美得很。

建设先给每个人跟前的小碗里舀蘸汁。随后打开饮料瓶,往每个人的纸杯里倒。骡子老汉高兴地说,马书记,你自己给你自己拿,先吃菜合合。

# 64

挖蓄水池的两台挖掘机要来村里,开挖掘机的师傅给村主任王欢庆打电话问路,欢庆说,你沿公路一直朝北走,看见路边竖的那个戴帽山高山葡萄的牌子,就从那里往山上拐。开车师傅说,知道了知道了,你们村那牌子做得美得很,看一眼就忘不了。

戴帽山高山葡萄宣传牌,做得有两面墙大,用了三根特制的水泥杆,高高地竖在村口，老远就能看见。它与戴帽山相互辉映，使山洼里村的形象和名气一下提升了不少。特别是上边喷绘的高高的山梁，山梁上缭绕的云雾，高大的果实累累的柿子树，层层葡萄园里一串串成熟的红葡萄，着实让人惊叹与浮想联翩。我站在不同角度，以戴帽山为背景，拍了多张照片，发到了村民微信群和朋友圈以及单位的工作群。单位同事和朋友问，这是哪里？我说是我驻村扶贫的村子。他们说，小米呀，你驻村扶贫的地方真是个好地方，山上云雾缭绕，火红的柿子，层层的葡萄园，就像挂在半空中，等葡萄熟了咱也带朋友和家人来摘上一筐，品尝一下云里雾里长出来的高山葡萄。村里的人也惊奇，在戴帽山高山葡萄微信群里说，以前咋就没发现，我们村是这么美！

谁也没有想到，仅一个路牌，就让默默无闻的山洼里村一下子声名远播，这也给村里人带来了很大的信心。

这次建蓄水池由县水利部门包工包料，村里不用出钱，但开挖掘机的师傅要吃要住。村里商量把学校二层的一间教室腾了出来，教室里边以前就装有吊扇，风扇一转，一点都不热，但吃饭却是个问题。经过村里商量，把吃饭这事落实到了欢庆家里，原因是欢庆媳妇的厨艺好，家里干净卫生，自己还没有啥负担，另外叫三娃的媳妇过来帮厨。等把这事安排好，老书记高兴得在办公室里转来转去，叫我在微信群里给大家说一下这事，叫村里男男女女、老老少少都高兴一下。

就在挖掘机开始作业的当天，老书记、马书记、王党信和世运老人，还有村里的许多老人都来到了现场，他们站在一边高兴地看着挖掘机干活，一边又说起定做纸箱和建物流网店快递揽收点的事。经过初步讨论，就想把村民捐款盖祠堂多余的资金拿出来，把原来的彩钢瓦大棚敞开的一面，用砖封住装上一扇大门，在大棚里建物流网店快递揽收点。同时，怕卖葡萄的时候遇上雨天，群众卖葡萄不方便，想接住原来的彩钢瓦大棚，用单面彩钢瓦往广场这边再延伸做一个大棚，但不砌围墙，只用柱子把大棚支撑起来，这样车辆进出就方便了。因为这部分钱要单独支出，隔天，村里又召开了重建王家祠堂理事成员会，征求了大家的意见，大家对此事都表现出了极高的热情，随即就以重建王家祠堂理事会的名义，把这件事发到了戴帽山高山葡萄微信群。老书记安排让欢庆和三娃牵头，北窑村的社教和下窑村的前进两个人负责具体施工。

这项工作并不复杂，只要把尺寸计算好，然后去县城看好材料，隔天就能把加工好的材料送到村里。社教和前进只用了三四天时间，就把大棚安装好了。

到了星期五，老书记叫我联系新媛，和县上那家在网上做水果生意的人联系一下，看人家的运输带和封箱机是从哪里买的。星期六我开着车，拉着欢庆、三娃和新媛一块去了省城。到了星期天，大家在广场等着供货方送货的时候，王好仁开着他那辆柴油三轮车来到广场，他停住车喊了一声老书记。老书记问，送孙子上学去？

王好仁不好意思地笑道，已经送到学校了，我来是想和你商量个事。

啥事，你说？

王好仁迟疑一下，看了周围人一眼说，大海和媳妇出去打工，两年多没回来，把我老婆愁得每晚都睡不着觉。

老书记说，有啥话你就直说。

我想叫大海和媳妇回来，到咱村的网店上班。两个不行，一个人上班也行。

哦，是这事。老书记有点拿不准。

王好仁又说，大海和媳妇都在城里的快递公司上班。

新媛问，大海和媳妇会用电脑不？

王好仁说，两个人都会，大海媳妇就是专门操作电脑的。

新媛高兴地给老书记和马书记说，咱正缺这样的人。

新媛又说，电脑这一块至少需要两个人，特别是客服这一块，要卖好葡萄，客服这一块很关键。别人的店铺，因为人手不够，把这一块承包给客服外包公司，一月至少要开六千元工资。

老书记说，咱拿啥给娃付工资？

新媛说，这拿订单量说话，只要做好了，工资、纸箱、工人的工资都能包住。

要是做不好咋办？

新媛说，凡事都有个开头，说不准大海就因为这个开始创业了，网上购物这是大趋势。

王好仁说，做不好了，就不要工资了，咱再等明年嘛。

新媛说，店铺可不是只做一年半载，这要长期做下去，咱不仅要卖咱的葡萄，还要能卖杏，卖柿子，卖花椒和核桃。

老书记说，咱只有葡萄和柿子，别的东西不多。

新媛说，咱没有，可以到周围去收购嘛，一边收一边卖。

马书记高兴地说，咱把电商做好了，还能带动别的产业。

老书记说，那行，你叫娃和媳妇往回走。

王党信笑道，娃回来了，你就不用开柴油三轮车接送孙子了。

王好仁嘿嘿地笑道，娃他妈说，她回来了就买个带篷子的电动三轮车接送娃上学。

# 65

吃过早饭，我想到工地去转一下，刚走出广场，见街上有人骑着摩托车，把双脚拖在地上，像人走一样从街上"开"了过来。摩托车前边装了一个小喇叭，老远都听见里边在反复地播着：收蝎子了！收蝎子了！

我站在街边等着，等他走到跟前喊了一声师傅。

他停住摩托车问，你有蝎子？

我掏出烟给师傅发了一根笑道，这几天有人逮蝎子了？

你没看天都热成啥了。

我问，今年一斤蝎子收多少钱？

这几天是五百二，价钱可能还要往上涨。

蝎子为啥这么值钱？

它作用大嘛，风湿骨寒、疼痛瘀肿、眼斜口歪、羊角抽风都能治，有人还把蝎子当菜吃。

我笑道，你知道得真多。

成天干这事，听别人说呢。

你一定认识王茂娃老汉吧。

师傅哈哈一笑，你说的是碎眼老汉，咋不认识，年年都到老汉跟前收蝎子。你没蝎子，不和你谝了。师傅随即骑着摩托车走了。

没等天黑，我给马主任和王党信说，我晚上想跟茂娃老汉去逮蝎子。

王党信说，你跑不过老汉。

我自信地说，老汉能行我就能行。

王党信说，要去的话，买个手电筒拿上。

我对王党信说的话虽不以为意，还是开车到店头镇买了一个手电筒，因为多多家要盖房，把以前的商店关了。

我开车到茂娃老汉家门前，没等我叫门，两声狗吠把老汉引到了院门边，他看见我问，天都黑了，你来有啥事？

我想跟你去逮蝎子。

你跑不动，跑到半夜腿疼得就跑不动了。

我奇怪地说，你能跑动，我咋跑不动？

茂娃老汉从院门走出来说，我那是天天锻炼出来的。

看我坚持，茂娃老汉笑道，要去，拿个棍，给腿上助个力。

茂娃老汉找来一根棍给我，随后又去屋里换了一件洗得发白的蓝色中山装，给头上戴了一个"鸡勾勾"灯，肩膀上斜挎着一个洗得发白的帆布兜，手里还拿着一根细细的木棍。

天上有半个月亮，茂娃老汉带我出村没走多远，就拐到野地里去了。这是一片葡萄园，土崖有两米多高，老汉叔就顺着土崖底下往前走。头上"鸡勾勾"紫色的灯光在土崖上摇来晃去。虽说是葡萄园，脚底下仍高低不平，葡萄树的枝叶延伸到地坎跟前，我不停用手往一边拨着。天上尽管有月亮，可地坎下仍黑乎乎的，我拿手电筒照着，还是被什么东西绊倒了，小腿处被磕得生疼。我爬起来拿手电筒仔细一照，原来是一根牵拉葡萄杆的铁丝，因为被树叶遮挡着，就没有看见。我忍着疼痛一瘸一拐往前走，地头已经传来老汉叔的喊声。

我走到地头，脚已经出现在另一台地坎下。戴帽山看上去黑魃魃的，月光照耀下的沟道，空虚寂静，灰蒙蒙一片。看不见老汉叔，只能看见走动的灯光，我追过一片葡萄园，老汉叔正坐在土崖底下抽烟。没等我说话，他说，这里有一口干窖，怕你看不清掉下去就麻缠大了。

土崖下长着一片毛柴，毛柴中间，是一口干窖。

我问，这里为啥有干窖？

收路上的雨水，生产队的时候在这块地里种西瓜时打下的。

你走这么快，能逮上蝎子？

老汉叔把烟锅在木棍上磕了磕说，有没有一眼就看见了。

我想，咋能一眼看见？还没等我问，老汉叔已经起身往前走去，他根本不看脚底下，眼只追着灯光。相反，我却要时时地注意脚下。就在我绕过一堆土抬头的一瞬间，眼前出现了一个颜色怪异的东西向前移动，黄亮黄亮中透出一种说不出来的妖邪，吓得我头发突然竖了起来。老汉叔把木棍往土崖上一靠，从口袋里拿出瓶子，把那个怪异的东西夹住，装进了瓶子里。动作之快，超出我的想象。

是蝎子吗？

不是蝎子是啥？老汉叔嘿嘿地笑道。

蝎子咋变成那样子？

灯光照的嘛。老汉叔说着话又向前走去。

快走到地�头，又看见两只蝎子，因为土崖高够不着，老汉叔举起木棍，把一只蝎子拨了下来，赶紧拿镊子逮住装进瓶子。接着用同样的办法逮住了另一只蝎子。

跑过五六片地，来到一片撂荒地边，老汉叔说，地里草深不好走，你坐在这里等着我，我在下边地里转一圈就上来了。

我的确感到有些累，就坐在沟坡上，看着老汉叔向坡下边走去。转眼，就看不见老汉叔的身影，只有一团灯光在土崖上晃来晃去。同时，在沟的对岸，也出现了一片灯光。

夜色更加幽深，天上月亮比之前明亮了一些，宽阔的沟道变得越发迷蒙。周围虫鸣声响成一片，有的音细如丝，有的聒耳高调，像水一样漫过山野。沟对岸的灯光看不见了，老汉叔头顶的灯光也越走越远。周围寂静得让我有点害怕，慌忙起身拄着木棍打亮手电筒向山沟底下走去。

老汉叔看我下来，走到我跟前说，本来想到沟北里去，可毛娃去了那里，咱就不去了。

我问，毛娃是谁？

老汉叔说，就是沟对岸逮蝎子的。说着话，他带我向南走去，翻过一道土沟，爬上另一道土梁。站在土梁上往下看，依旧是层层梯田。

这是谁家的地？

以前是山前大队的，生产队的时候都是庄稼地，这几年，沟上边的地还有人种，下边的地都变成撂荒地了。

为啥不栽树？

栽过，水没跟上。

走过两片地，老汉叔站在半腿深的荒草里说，你看这荒草里还长着苜蓿，多年前有人想在这里养羊，就在这里种了许多苜蓿，还在前边打了四五眼窑，后来不知啥原因，羊没有养起来。

从这片地走过去，果然看见一处长满荒草的院子，院子的土崖下有一排废弃的土窑洞。长满野酸枣树和杂草的院子里虫鸣声一片，在月光底下愈显得寂寞荒凉。我向弯曲幽深的沟道望了一眼，想起荒烟蔓草的意境。

老汉叔向院子的土崖下走去，这里一定很少有人来，老汉叔接连逮了六七只蝎子。转到窑洞跟前，月光与灯光下，窑面上出现一条蠕动着冒着邪气的东西，我吓得尖叫了一声，出了一身冷汗。老汉叔哈哈一笑说，是长虫（蛇）。

我双腿发软，说，咱歇一下，我走不动了。

我和老汉叔坐在院子外边的地坎上。老汉叔拿出烟锅抽着烟说，你没见过，肯定害怕。我兄弟劳动也逮过蝎子，就是因为吓了一回，把魂儿吓丢了，再不来逮蝎子了。

我问，咋把魂儿吓丢的？

老汉叔说，按理说劳动也是胆大人，有一回跑到公墓里逮蝎子，正逮着就没有留意，一回头，突然看见了"鬼"，看着他嘿嘿发笑，把劳动吓得当时就坐在了地上。

我问，这是咋回事？

老汉叔说，公墓里，坟堆一个连着一个，特别是晚上，很多人都不敢去，劳动想那里的土崖上肯定蝎子多，他没想到还有人和他的想法一样。劳动在公墓里碰见了同行，他无意中一转身，紫光灯正好照到那人的脸上。你不知道，紫光灯往人脸上一照，人的牙齿要多难看有多难看，那人还张着嘴一边看劳动一边笑，把劳动吓得当时就瘫坐在地上，要是劳动有心脏病，当时都能吓死。从那以后，他再不逮蝎子了。

休息了好长时间，我才缓过精神，跟着老汉叔继续逮蝎子。半崖上出现了三只蝎子，老汉叔举起木棍把其中一只拨下来逮住放进瓶子，再抬起头，另一只蝎子跑得不见了，第三只跑到了更高处。老汉叔一笑说，算了算了，说不定这两只是两口子。

我忍不住就笑起来，想老汉叔还是一个有趣的人。这时自己的膝盖却疼起来。我说，我膝盖疼。

老汉叔走到我身边说，我说你不行，你还不信。咱坐在这里歇一会儿就往回走，你还是个娃，落下病根就不得了了。

# 66

暑期如期而至。镇上的赵书记和王党信，县包抓单位和新农合办的领导都来了，为的是同一件事，就是给王大嘴的女子秀丽做手术。

大嘴家从前的土墙没有了，院子里原来低矮的土坯厢房拆除了，院门前堆放了许多砖，家具和农具都临时放在院子一角，用一张大塑料纸盖着。一家人临时吃住在原来放农具的石棉瓦大棚下。大嘴说，他把啥都收拾好了，就等着盖房呢。

老书记说，村里和镇上沟通过了，把盖祠堂的建筑队留下，还另请了一家建筑队，这几天就来，你走了家里没有人经管咋办？

大嘴说，我把娃安顿下，等给娃把手术一做就放心了，再叫我老婆把我换回来。盖房也是大事，我老婆啥啥都不懂嘛。实在不行，村里和秀丽一块念书的彩霞还说，等秀丽把手术做了，她到医院去陪秀丽。

包抓单位的领导说，县上领导把我和新农合办的同志叫去专门安排了给娃做手术的事，明天就由我和新农合办的同志带着你和娃一块去。

赵书记说，镇上通过民政医疗救助给你补助了一千元生活费。

王党信拿出一个信封，交到大嘴手里。

马书记说，明天叫小米开车送你和娃。

赵书记问，你还有啥要求？

大嘴突然红了眼圈说，国家给我娃看病，还帮助我盖房，还给我产业扶贫，我还有啥要求？

老书记笑道，入夏以来，大嘴的确变了。这几天，我听几个人说，大嘴也学喜娃，晚上给头上戴个"鸡勾勾"灯在葡萄园里干活。

欢庆说，这几天村里活都紧，村里许多人天还没亮就开着柴油三轮车拉着药桶子到地里去，一直干到天亮。

听着这话，我觉得农民的确太辛苦，真的盼望把日子往好处过。这几天，大太阳在天上烤着，三十九度高温，村里人从早上天不亮去地里，一直干到中午十二点，回来吃过饭，稍微在家里躺着把腰展一下，又去地里修穗子、打药、套袋子。

这次修葡萄穗子，和葡萄开花刚坐果时修葡萄差不多，上次是把没坐住果的枯花头一个一个抖落掉，这次是把每串葡萄上腐烂的颗粒剪掉，等打过药，再给葡萄套上纸袋。

为了赶时间，第二天五点我就开车来到大嘴家门口。大嘴和秀丽已经在院门前等着，大嘴的身边放着一个布兜，秀丽的身边也放着一个布兜。我打开车后备箱，一边放提包一边问，换洗衣服给娃拿着没有？

大嘴说，拿着呢。

我说，身份证、低保证和碗筷水杯拿着没？

大嘴说，都拿着呢，喝水有碗呢。

秀丽拿着两个鸡蛋递给我说，这是她妈早上起来煮的。

看着秀丽手里拿的鸡蛋，我想起欢欢给我鸡蛋的情景。

戴帽山山顶上出现了几抹曙色，我开车出了村子，打开车窗，清凉的风吹进了车里。对于我来说，这只是一次平常的出行，可对于秀丽来说，却关系着一辈子的命运。到了县城，我给包抓单位领导打电话，他说和司机正在环城路早市上吃饭。我开车过去，叫大嘴和秀丽再去吃点东西，他们坚决不吃。

我过去买了几个菜包子，给大嘴和秀丽，他们说一点都不饿，我站在路边吃了两个包子。

到了人民医院，新农合办的同志要过秀丽身份证和低保证去办入院手续。我起身去了餐厅，办了一张饭卡装在身上。入院手续很快办好，领导对大嘴说，一切都安排好了，你安安心心给娃做手术，有啥困难随时打电话告诉我们。秀丽怯怯地站在一边听着，司机提来一袋水果给秀丽，秀丽着急地说，不要不要。领导说，看好病后，好好学习。秀丽就突然泣不成声，低着头反复说，谢谢叔叔。弄得在场的人都眼眶发湿。

包抓单位和新农合办的领导与司机先走了，我没有急着走，等到吃午饭时，我领着大嘴和秀丽去食堂，拿着饭卡买了一斤半饺子。等吃完饭，大嘴想去买单，我把饭卡交给大嘴说，往后，你和娃就拿着这张饭卡吃饭，里边的钱吃完了你再到前台去充，等看完病回家时，到前台把没吃完的钱退出来。

临走的时候，秀丽把大嘴叫到一边说了几句悄悄话，大嘴就拿出一百块钱要给我，说是饭钱和加油的钱。我不要，大嘴坚决给，推来推去，惹得一圈人围观。没有办法，我接过钱，把秀丽拉到楼梯道里说，你大一年才卖一次葡萄，就收入一回钱，后边你家里还要盖房，你还要念书，一分钱对家里来说都很需要。这一次，你是遇上了国家的好政策，等你做了手术，就和别的孩子一样了，往后心里啥负担都没有了，就一心一意念书，等你以后大学毕业，再好好回报国家和社会。

说着话，我把钱又装进秀丽的口袋。秀丽泪流满面喊了我一声小米哥说，我来看病还拿着书。

听着孩子这话，我忍不住落泪了。

# 67

山娃来到村委会，说祠堂建造工程就要结束，工匠已经给柱子喷了漆，现在就等着牌匾、门联和石碑，他已经打电话问过，牌匾和门联都制作好了，

《山洼里村村规民约碑》《重建王家祠堂募捐倡议碑》《重建王家祠堂功德碑》正在刻字，现在就等《重建王家祠堂记事碑》的碑文。

马书记和老书记还是把这个任务交给了我。

当天晚上，我就开始写初稿，随后结合老书记、马书记和村里老人的意见，又进行了多次修改。

### 重建王家祠堂记事

吾王氏始祖，行世久远。追本溯源，端出太原，派衍长安。几经辗转，缘日月不足，年表无纪。据世祖口口相传，先祖自唐大历年间，于戴帽山立基落业，时荒烟蔓草，狐奔鼠窜，经先祖野处穴居，鞠躬竭力，开垦荒田，生息延绵，距今一千二百余年。嗟夫！年深岁久，沧海桑田，先人德范，无籍可寻。虽往事如烟，渺无影踪，却莲藕同根，世代绵延。今欣逢盛世，岁在丁酉，国泰民安，天地祥和。脱贫攻坚，空前未有，远景蓝图，举国欢庆。欣赖乡贤世运老人，年及古稀，仍心怀春秋大义，不忘故土恩情。为崇宗祀祖，传承祖恩，育化村风，启迪后人，弘扬爱国爱家之襟怀，躬先表率，捐献巨资，重建祖庙。吾同宗乡亲，亦添砖添瓦，共襄盛举，善莫大焉，功垂竹帛。庙头之上，得天独厚，高筑台基，一十有二，步步高升。背依戴帽，飞檐斗拱，庙相庄严，古树垂荫，瑞祥止止。吾祖恩泽，如水泱泱，吾祖遗范，如火煌煌。盛德不泯，日滋月益，荫庇后人，瓜瓞绵绵。腊月三十，殷祭大礼，厥角稽首，恭祭吾祖。嗟呼！承天地之惠，沐先祖之光，逢太平盛世。吾王氏宗祠，于丁酉年丁未月中重造告竣。和气致祥，瑞云缭绕，祈福勒石，以志千秋，万世隆昌也！

二〇××年×月×日

我把碑文发给山娃大哥，让他转发给刻字师傅。他看后又把碑文发到戴帽山高山葡萄微信群里，同时写了一段感言。

168

他说，感谢小米同志，小米在我眼里，还是一个孩子，和我的孩子是同龄人。他表现出来的成熟，表现出来的对工作的热爱，叫我这个知天命的人都感到佩服。他来山洼里村驻村扶贫，一点没有把自己当成外人，他把村里的事当成自己家里的事来做，这样的情怀与奉献，从他写的所有文字里我们都能感觉到……山娃大哥的话让我这个远离家乡的人，心里感到十分温暖。

突然，群里有人对"老瞌睡"说，叔，你年轻时英俊得很嘛！

王振鹏啥时候把老人机换成了智能手机，他啥时候进的群，我一点没有注意。我想，手机一定是春妮给买的。我点了一下他的头像，发现他年轻时的确很英俊。我猜想，这张照片可能就是他考大学时照的。

# 68

机械化就是厉害，从前到后，几乎就看不到几个人，满打满算也就是两个来月时间，不仅把蓄水池建好了，还把水通到了地堾头。特别是考虑到节水灌溉的需要，在出水口的地方还特意安装了水龙头。到浇地的时候，只要把水管接到水龙头上，就能把水引到葡萄园里。

依照县扶贫办的电话通知，星期一要举行一个简单的工程交接仪式，并强调说，领导不讲话，一切从简。

马书记、老书记、欢庆和王党信坐在一起商量，说这次工程从开始到结束，村里人没动一锹土，没操一点心，机械化就给咱把蓄水池和输水管线建好了，这对咱村里来说，就是天大的事，如果咱不声不响，就太不像话了。经过商量，大家决定在蓄水池前边挂一个横幅，再送一面锦旗，把锣鼓家伙搬出来敲一下。

但把锦旗送给谁，这事把老书记和马书记难住了。大家决定不了，只好给县扶贫办打电话。扶贫办领导听后说，你们做面锦旗也好，但不要给单位送，要送就送给工程队。

星期六这天，因为店头镇没有制作横幅和锦旗的店铺，我早早开车去了县城的店里，在制作过程中我打算到街上去转转。因为新媛说她这个星期要回来，我给她打电话，说我来县城制作横幅、锦旗。

我对县城里的环境不是很熟悉，就利用等做横幅和锦旗的时间，开车在县城随意转一圈。经过一个广场时发现广场里环境很优美，随处可见树林、草地、小路、亭子、石板方桌、长条木凳等。这时，有许多人还在广场晨练，有走步的，跳舞的，"走秀"的，打羽毛球的，做广场操的，打"猴"的，练"空竹"的，转呼啦圈的，打太极拳的，吼秦腔的，还有坐在一起闲聊的。由于广场空间比较大，虽然热热闹闹，但给人的感觉并不拥挤。

我想停下车去广场转一圈，但附近没有停车的地方，只得继续朝前开。转过两条街，前边又出现一个广场。这个广场上同样有许多人在锻炼，没有前边那个广场人多，却更给人一种安静的感觉。我把车停到车位上，下车坐在广场边的木凳上随意向周围观望。广场上不仅有草地、树林、小路和亭子，还能望见城外连绵的戴帽山。我猛然觉得，生活在小县城里，真有一种说不出来的闲适美好。从小树林一边，传来阵阵锣鼓声，因为距离远，就有点缥缈。此时，我发现旁边有一个鲜花店，就走了进去。

我抱着鲜花刚走到街上，新媛打电话说她已到了县城，我给她发了一个定位，她很快就开车过来。她秀发披肩，穿着白色短袖、淡淡的麦色短裙，笑盈盈地向我走来。

我把鲜花送给她。

她把花贴到脸跟前深深地呼吸了一下，嫣然一笑说，谢谢！

我笑道，红玫瑰代表热情、青春、美丽、幸福和希望，白色满天星代表天长地久！

新媛情不自禁地牵起我的手向小树林那边走去。

树林的一边锣鼓还在敲着，我循声望去，几个婶婶坐在树林边的长凳上，拿着小鼓小锣和铙钹，正一边敲锣打鼓一边诵唱。我们沿着林荫小路向小树林里走，一棵槐树前摆放着一条长木凳。

坐在木凳上，新媛笑容灿烂。我虽然情难自已，但想到这是在广场，就克制自己，保持矜持。新媛轻声一笑说，给你带来了一本书。说着从挎包里取出一本《地球的邻居》。

新媛说，上次回来看你床头放着一本《遥望星空》，还在你的空间看见

你发的那些地球和宇宙的照片，就想送你这方面的书，为什么喜欢这方面的
书呢？

　　我一边翻动着书页一边喃喃自语：

　　最早缘于读大学时见到的一组照片

　　站在太空看冉冉升起的地球

　　当时有一个词猛然从脑海里蹦出来

　　地球蓝

　　是那种转动着的地球蓝

　　它是那么生动鲜活

　　是那样的妙不可言

　　诱发了我许多的遐想

　　我想知道

　　这个蓝色的星星

　　是以怎样的姿态

　　从太空中冉冉升起

　　想知道

　　在这个蓝色的星星上

　　还有多少妙不可言的存在

　　想知道

　　那么多形形色色的生命

　　小草为什么会春风吹又生

　　而我们人类却不行

　　想知道

　　在这个蓝色的星星之外

　　还可能有什么故事在发生

　　想知道

　　这个蓝色的星星

　　为什么会自己转动

　　为什么会跟着太阳转动

为什么会跟着数千亿颗恒星一起

围绕着银河系的中心旋转

你看我在空间里发的那些照片

其中那个星星繁密的照片

书上说是距离地球一百多亿光年之外的灿烂星空

在那张照片旁边有这样的描述：

照片中的每一个亮点都是一个星系

每一个星系里

大约有一万亿个恒星

而那一万亿个恒星都可能有一个行星系

想象不出来

那么遥远的地方

有没有像我们地球一样的星星

有没有花开花落云卷云舒……

　　新媛抱着花，倚靠在我的肩上。我情意切切接着说，这些问题，根本就不是我们要考虑的事情。不过，我又觉得这样想着，对于过好我们的现实生活，是很有帮助的，可以叫我们活得更明白，更知道怎样去珍惜生命，怎样去热爱生活。

　　新媛低声说，你接着说。

有一次，我在电视里看《动物世界》

有猴子，准确地说是灵长类动物

用树枝去掏洞穴里的蚂蚁吃

用卷起的树叶舀树洞里的水喝

还举起石头砸坚果吃

那么这些猴子再过几百万年

又会演变成一个什么样子

到那时

我们人类又会是一个什么样子

地球上风云变幻

地球生命起起伏伏

地球生命还会不会再次出现恐龙那样的事件

可能会有

可能不再有

无论怎样

我们的生命只有一次

只有唯一的这样短暂的一次

你说

我们应该以怎样的心情

来对待生命

应该以怎样的态度

来对待人生……

# 69

蓄水池深六米，分上下两级。当时为了挖土方便，在蓄水池的半中腰留了一个挖掘机作业平台。蓄水池比两个篮球场还要大，为了加固里边，用水泥石头砌了一圈。

星期一太阳刚冒头，村里能动弹的男女老少，或步行，或开柴油三轮车，或开三轮电动车，都朝山上去。按照村里事先的安排，北窑村和南窑村的人带着铁锨、镢头和橡，下窑村的人载着锣鼓家伙。

大家站在比六车道还要宽的蓄水池岸上，吹着清凉的山风，抽着旱烟或是纸烟，望着可爱的村庄。进水管线和输水管线因为刚完工，地面开挖填埋的痕迹还看得一清二楚，像蛇一样从蓄水池这里延伸到北窑村、南窑村和下窑村的葡萄园边。祠堂也即将完工，突显在村子中间的小山包上，使整个村子更加立体且厚重了。再加之延绵起伏的山地和远处泔河水库那一大片蓝汪汪的水面，更显得开阔。

老书记、马书记和王党信，留在村办公室等着各级领导。现场的事由欢庆负责。我叫大家把车停放在蓄水池的北岸上，把正面的空地留出来。欢庆叫大嘴和喜娃带人在蓄水池的正面栽了两个木橛，把写着"眼泪汪汪谢党恩水流哗哗暖民心"的横幅挂在了上边。

横幅挂了上去，现场立即有了气氛。随之，大家在蓄水池南岸摆开锣鼓家伙，王老虎往手里唾了一口唾沫星子说，来来来，咱先敲几下，把手热一下。

王大宝笑道，咱敲《雷鸣阵》。

王老虎咚咚地在鼓面上敲了几下，王大宝也往手心唾了一口唾沫星子，跟着敲了几下。

我虽然不会敲，还是和山娃大哥拿起了一根木槌、一面铜锣。

茂娃老汉的儿子王军，骡子老汉的儿子王建设，王好仁老汉的儿子王大海，王勤勤老汉的儿子王保成，王秉银老汉的二子大田和小田，王保民老汉的娃王拴牢，还有王有学、王平地，以及北窑村的王社教和王开放，下窑村的王前进和王胜利，他们都是年轻一代山洼里村的坚守者。另外，像村会记王三娃，北窑村的王猴子和王大宝，南窑村的王喜娃和王劳动，下窑村的王大嘴，他们都正当壮年，更是村子坚定的守护者。

欢庆拿着铙钹站在锣鼓队前边高声问，好了没有？

好了！大家高兴地喊道。

欢庆向老虎和大宝点了一下头，突然，两个人一同蹦跳起来，高高举起长长的一双鼓槌，狠猛地向鼓面砸去，一下、两下、三下过后，敲铙钹和铜锣的人也跟着敲打起来。此时，村里的那些老人，坐在一边山坡的草地上，笑眯眯地抽着烟，看着听着享受着。他们有王世运老人、大善人九先生、王三老汉、王五老汉、王秉银老汉、王景明老汉、王勤勤老汉、王春怀老汉、王来娃老汉、王骡子老汉、王茂娃老汉、王好仁老汉、王保民老汉和王益娃等。其中，还有从外边赶回来的许多人，像南窑村的王德怀老人和老八。德怀老人是昨天坐新媛的车回来的，到了县城，他说想去吃马十三的羊肉泡馍，早一步下车走了。再说，老坟地是他家的，今天给村里修了蓄水池，他无论如何都得回来看一下。老八今年也过六十了，家里的日子过得顺风顺水。他有一儿一女，儿子王建军和媳妇在县城开了一家婚庆公司，女儿在县城的幼儿园当老师，家里都有房有车，老两口是前年到县城看孙子去了。

几辆车顺着水泥路开上来，敲锣打鼓的人停了下来。老书记下车后高兴地说，今天，蓄水池修好了，电也通好了，咱村里人都高兴！这是咱县扶贫办的领导，这是水利部门的领导，这是电力部门的领导，这是工程队的队长，这是咱镇上的赵书记，各位领导今天来检查给咱修的蓄水池，大家欢迎。

一阵掌声过后，老书记又说，咱要感谢国家，感谢各位领导，这么大一个蓄水池，咱没动一锹土，没发一根烟，把水给咱修到了地头。往后，咱浇地的时候，只要把水龙头一拧，水就能流到葡萄园里去了，人心里不高兴都不行！下面，请咱的锣鼓队敲上一阵，这是欢迎领导，是感谢国家，也是把咱心里的高兴释放一下。

王老虎笑眯眯地在鼓面上敲了两下，王大宝也笑呵呵地在鼓面上敲了两下，随即连蹦带跳敲起了《雷鸣阵》。重槌重鼓，大起大落，声吼如雷。接着又敲《风云会》，双槌翻飞，密不透风，如狂风暴雨。敲铙钹和铜锣的人，也是激情四射，他们或大开大合，或急敲猛打，仰头、弓背、踩脚、扭胯、抖肩，把整个戴帽山敲得都要跟着跳跃起来。

我一边敲锣一边看王大宝，欢庆说得没错，他真的会敲鼓，敲起鼓来，还有一种说不出来的美感，王大宝的媳妇当年能跟他结婚，大概就是因为大宝会敲鼓吧。还有王大嘴，他敲着铙钹，都有些高兴过头了，一直咧着他的那张大嘴在开怀大笑，嘴角都能挂到耳朵上去。

敲过两轮，锣鼓声停下来。马书记说，请县上领导给咱讲几句话。

县扶贫办的领导让赵书记讲，赵书记让扶贫办的领导讲。扶贫办的领导看着大家说，没有啥说的，横幅上写的"水流哗哗暖民心　眼泪汪汪谢党恩"既亲切又形象，把所有的话都说了，我们来就是看一下工程质量。

水利部门的领导说，工程队和村上签有工程质量合同，工程质量是有保证的。

赵书记看着扶贫办的领导说，那咱开闸进水？

老书记打了一个电话。

因为店头镇机井的水流过来，不能直接流到蓄水池里，还需要二次送水。

在下窑村北边专门修了一个机房，装了专用的变压器和水泵。村会计三娃正守在机房里等着开闸送水。

就是一个转身的时间，蓄水池北边一股清流突然哗哗地淌进了蓄水池，在大家阵阵热烈的掌声和呐喊声中，欢庆和王大宝又一次抢起鼓槌。在锣鼓声里，老书记和马书记，把写有"蓄水工程解民忧　壮大产业奔小康"的锦旗送到工程队队长手里。

领导们开车离去了。村里人没有走，大家眉开眼笑地站在蓄水池岸上，一边看着哗哗流水，一边说着话。

新媛她大说，有了这蓄水池，就能旱涝保收了。

老八说，我打算回来住呀。

老书记问，你不看孙子了？

老八说，不用我老两口看，咱也看不成了。

欢庆笑问，咋看不成了？

老八笑道，现在的娃和从前不一样，从前的娃，只要让他吃饱穿暖就好了。现在娃上个学，还要建个家长群，把家长弄得和娃一样忙，还要经常看娃写作业，咱啥啥都不会嘛。

新媛她大说，我也想回来，叫挖掘机把以前的地处理一下，以后就在地里种麦。

老八说，地撂荒了几年，我回来也想给地里种麦。

# 70

村里的人终于能清闲几天，因为给葡萄套完袋子，葡萄园里就没有要紧的活了，只等着葡萄一天天成熟。到葡萄采摘的时候，如果没有遇上连阴雨，今年的收成就不会有啥问题。

眼下，村里最忙的，就是国家给扶贫盖房的那十几户人家。因为县扶贫办、住建部门和镇上领导，还有包抓单位的同志，都要来村里检查。县上要求，明年夏天之前，必须完成所有的危房改造工作。给村里盖祠堂的建筑队，已经叫多半的师傅去给村里人盖房。头一期工程是给王大嘴、王喜娃、王勤勤老汉、王劳动几家盖房，这几家工程已经基本完工。建筑队接着给第二期盖房的人去打地基、打圈梁。第二期盖房的有王益娃、王振鹏、王骡子老汉、王多多和盼盼家。

季节在悄悄地转换，一场雨过后，天气一下子凉爽起来了。早晨起来，戴帽山上就有淡淡的雾气顺着山坡弥漫下来，流进了葡萄园里，葡萄园仿佛变成了世外仙境。村里已经有人开始卖户太和马奶子等早熟品种的葡萄，没有早熟葡萄可卖的人，有的从早到晚继续往葡萄园里跑，拿着个竹竿来回转着吆野鸡，因为野鸡跑到葡萄园会啄开纸袋吃葡萄；有的拿着竹竿、"捞钩"或剪子，去地里打青核桃、折柏籽、摘花椒。村子里，来收青核桃、柏籽、葱籽、韭菜籽、花椒的车辆络绎不绝。车从街面上慢慢开过，车上装的喇叭一刻不停地播着收果子的内容。长在街边的石榴树，枝头上挂满红色的、麦色的或杏黄的石榴，正鼓着劲成熟。村里村外的柿子树上，柿子也开始上色。

星期六，新媛一大早回到村里，指导电子商务点试运作。马书记和老书记是全面负责，王大海和媳妇柳叶负责店铺的运营，王三娃、王大宝、王拴牢和王保成负责机器的运营及封箱、贴单、搬运，还有纸箱和气袋的销售登记。王欢庆、王党信、王建设、王平地和我负责质量、包装和快递外运。欢欢已经住进了医院，建设叫媳妇陪着孩子做术前的各种检查和评估，他回村帮村里做电商运营，顺便卖自家葡萄。

新媛认为店铺运营以后，每天发货量不可能是几箱或几十箱，为了节省时间，她建议不走县快递公司这个环节，由下窑村的王胜利和北窑村的王开放负责，直接把货拉到西安中转站。

第一批定制的快递纸箱回来了。纸箱是正方形，有十斤装和五斤装两种规格。纸箱外边印着与公路边宣传牌上一样的图案：高高的山梁、缭绕的云雾、层层的葡萄园，图案的上方，印着"戴帽山高山葡萄"几个大字。在纸箱的下边，印着"戴帽山高山葡萄种植专业合作社"。消息很快在村里传开，许多人跑来看纸箱的样子。有的人还没有用快递卖过葡萄，看着箱子说，把葡萄装到箱子里，怕没运到买葡萄人手里葡萄就烂得不像样了。

拴牢说，葡萄不是直接装到箱子里，而是先把它装到气袋里，再给气袋里打满气，才往箱子里装呢。说着取出一个气袋，又拿出一个手动气管往气袋里打气。

五老汉看着气管笑道，这就是个娃要货（玩具），能打气吗？

一转眼，气袋里充满了气。五老汉要过气袋，在上边压了压说，结实是结实，到时候卖葡萄人多了，一个小气管，谁打呀谁看呀？

拴牢笑着说，你看墙根放的啥，咱为了卖葡萄还买了一个电子气泵呢。

骡子老汉笑道，你两个娃都在外边打工，家里地都荒着，你操心这干啥呀？

五老汉笑道，葡萄园撂荒了，咱挖了还能重栽嘛！

快到吃饭的时间，许多人说说笑笑地走了。王喜娃和王益娃没有走，两人来到办公室。喜娃不好意思地看着老书记和马书记说，我看扶贫明白卡上有扶贫贷款这一项，想和村里商量一下，能不能给我贷上三万元？

老书记问，你贷款想干啥？

喜娃说，我前两天跑了一回咸阳，那里有一种"货拉拉"（货车），我想买一辆。

欢庆说，三万元能买回来吗？

喜娃说，我想先给上两万，其余的分期贷款，一个月还一千四百多块钱。剩下的钱，我还想买一台小型农耕"铁牛"机。这机器我看过，和咱过去的手扶拖拉机差不多，一机四用，干啥活了就把啥机子换上，有开沟机、除草机、旋耕机，还有开沟上肥料机。

王党信问，把车买回来干啥想好了没有？

喜娃笑道，现在浇地不用发愁，把"铁牛"机买回来，除草、开沟、上肥料也不用发愁，明年我还想再包上几亩葡萄园，到时候葡萄多了，拉到外边去卖。小货车不准进城，"货拉拉"准进城呢。

欢庆说，村里不是要建物流网店快递揽收点嘛。

喜娃说，网上到底咋样，还说不准，我想做两手准备，有了车，能卖自家葡萄，还能拉其他货。

三娃笑着问，你有驾照没有？

喜娃说，都拿了好几年，要不是娃给我整下那"祸水"，我早把车买回来了。

我看国家有这政策，才动了这想法，当初学驾照，就是想买"货拉拉"。

马书记说，听了喜娃的话，我突然有了一个想法，有了蓄水池，有了"铁牛"机器，但打药还是一个问题，不如用我们单位的扶贫资金来补助给大家买现代化打药机。

喜娃高兴地说，有了现代化打药机，人力就节省了。

益娃笑道，可惜我没有葡萄园。

欢庆说，你没有，你侄儿有。

益娃说，我还想重操旧业呢。

三娃问，是放羊吗？

益娃说，前几天，山东客过来收羊，叫我过去帮了两天忙。我看市场上羊的生意能做，也想贷上一万元买几只羊。我侄儿的娃上高中了，后边上大学还要花钱，我想帮衬我侄儿呢。

欢庆说，你上年纪了，我担心信用社不给你贷款。

益娃说，所以就想跟村里和镇上商量一下，能行就好，不行就算了。

马书记说，大家后边到各家各户转的时候摸一下底，看谁还有贷款的想法，只要符合政策，咱能帮助的一定要帮助，到时候一块儿往上报。


# 71


内蒙古那边收葡萄的客商开着车来了，村里的人开始采摘葡萄卖葡萄了。

接着，外地的直播达人也开车来到了村里，他们就是和新媛认识的小两口，从重庆那边开车过来的。村主任王欢庆热情地接待了他们，安排他们住在二楼一间教室，用桌子拼了一张大床。小两口高兴地从车上往下搬东西，有锅碗瓢盆、油盐酱醋、米面蔬菜，还有在农村没见过的小锅小灶。为了向他们学习，我热情地帮助小两口。小伙子个头不高却精明能干，自我介绍说他叫李阳，媳妇叫小花。等搬完东西，他们又来到村办公室，问我们这里的地理、环境、气候和葡萄品种，问村子里谁家葡萄园的葡萄品质最好，随后叫我坐着他的车，在村子周围转了一圈，熟悉了一下环境，说这是首场直播，一定要选好地点。

第二天早上，李阳吃过早饭，说是去葡萄园直播。我也跟着去了。来到南窑村南坡，喜娃和媳妇正在葡萄园里采摘葡萄。李阳把车停在路边，站在地坎上看了一下，随后对媳妇说，你先准备，我下去要两串葡萄。

转眼间，小花像换了一个人，一袭淡黄衣衫，一条飘动的淡红丝巾，笑嘻嘻地接过李阳手里的两串葡萄，站在葡萄园边的地坎上。李阳手持多功能直播杆，把镜头调试了几下后对小花说了声开始。

小花嫣然一笑，用她不是很标准却甜美的普通话说：各位亲！各位姐姐！各位哥哥！又到了我们直播的时间，你们看我身后的景色美不美？我们现在到了一个新地方，陕西省醴涑县境内的戴帽山。

李阳缓慢地移动着手机镜头，画面里出现了戴帽山，层层的葡萄园，流动着的雾气。

小花变化了一下姿态说，戴帽山海拔两千八百八十八点一八米，大家看，山顶上到现在还是烟雾缭绕，山坡上一片一片的葡萄园就像阶梯一样，现在还被云雾笼罩着，我身边野草的细枝上，还挂满着露水。

小花说着话，提起两串葡萄说，这就是戴帽山高山葡萄，是刚刚从山坡上的葡萄园里采摘下来的，大家看，它色泽闪闪发亮，看着就让人流口水。

小花微笑着，把一串葡萄高高地提起，在空中转动着叫大家看。随后，把一串葡萄放在草地上，从另一串葡萄上摘下一粒，把葡萄掰开，让镜头给粉红色的瓤子一个特写，然后自己高兴地吃了起来。

她哑着嘴笑道，不吃不知道，一吃惊一跳，味道真有说不出来的香甜。

小花说着又提起草地上的另一串葡萄，把两串葡萄在空中旋转着说，由于戴帽山海拔高，通风好，白天日照充足，早晚雾气笼罩，白天和晚上气温落差大，就是在夏天，晚上睡觉都要盖上被子，再加上这里特殊的土壤，很适合葡萄生长。产出的戴帽山高山葡萄，色泽艳丽，颗粒饱满，皮薄肉厚，味道独具特色，耐储藏、耐运输。

小姐姐小哥哥，你们看这风景多秀丽，如果你们有时间，还可以自己开车来，登上戴帽山，吹着山风，尽览纵横交错的山地，欣赏高山流云的美景，一边吃葡萄，一边体验美丽山村的田园生活。

小花说着走下地坎，一边倒退着一边说，各位亲，各位小姐姐小哥哥，现在咱们走进葡萄园去看一看，大哥哥和大姐姐正在自家的葡萄园里采摘葡萄。

手机画面里出现葡萄园、小花、喜娃和杏花。

小花笑着问，大哥哥大姐姐，你们是在采摘葡萄吗？

喜娃有点不好意思，点了一下头。杏花高兴地说，是的，内蒙古那边来收葡萄的来了，我们采摘了拉到村里广场那边去卖给他们。

小花问，大姐，你们家的葡萄有啥特点？

杏花说，我们这里的葡萄叫戴帽山高山葡萄，你吃上一回就忘不了，味道特别好。

小花笑道，是咋个特别好？

杏花笑道，这个我也说不上来，反正内蒙古的客商，年年都到我们这里，只买我们戴帽山高山上产的葡萄。他们说，其他地方产的葡萄拉回去卖不动，我们这里的葡萄拉回去就被人抢光了。

小花说，我看地里所有的葡萄都套着纸袋，这是为啥？

杏花说，为了防虫、防病、防日伤、防鸟鸲，这样套果纸袋的葡萄面裂纹少，色泽好，果面光，吃着甜嘛。

小花说，有这么多的好处？

杏花说，主要还是防虫害。

杏花说着撕开一个纸袋，很大一串红葡萄露了出来，她剪下葡萄，一边笑一边把葡萄举起来，在太阳底下葡萄闪闪发亮。杏花随即把葡萄用纸袋包住放到身边的筐子，又去剪另一串葡萄。李阳的镜头紧跟着杏花的每一个动作，随后又去追拍喜娃。

喜娃把一筐葡萄提到独轮车上，推出葡萄园，接着一串一串提着装到柴油三轮车上，又推着独轮车走进葡萄园。

杏花又剪下许多葡萄，摆放在葡萄树之间挂满露水的草地上。喜娃也大方起来，乐呵呵地笑着，在李阳的镜头前，把一串又一串葡萄提起来放进身边的筐子里。

李阳的镜头紧跟不舍，认真抓取着每一个细节。这样来来回回，直到装满一车葡萄。随后，李阳开着自家的车，小花举着手持式多功能直播杆站在小车的天窗里，紧跟在喜娃的柴油三轮车后边。

到了村里的广场，广场大棚底下许多人用柴油三轮车或是电动三轮车拉着葡萄，正在验收、装箱过秤，小花又在大棚底下开始了直播……

此时，我才注意到她手机屏幕上的粉丝发言，急速地向上滚动。新媛从店里走出来说，已经有五百多人下单了。

大海媳妇给新媛打了电话，说直播达人来了，叫新媛回来给她指导上一天。我惊讶地问，才半晌时间，就这么多？

李阳说，不多，我们的粉丝团有三四十万人。

天还没有黑，收葡萄的客商已经装了一车葡萄走了。此时，又有直播达人开车来了，同样是夫妻俩，是从山东那边开车过来的。

# 72

因为是第一次，一切还生疏，一千多箱葡萄要尽快发出，还必须是一等货。欢庆在大喇叭里通知村里所有人，要加班加点，今天晚上就要把今天的订单要全部发出，还特别强调了质量。村里人谁也没有想到直播这么厉害，听到大喇叭里的通知，立即行动起来。毕竟，在家门口一斤葡萄能卖到五块钱，这是从来没有的事。

第二天天刚亮，大棚底下就热闹起来。昨天晚上十一点前，又有六百人下单。为了保质量，老书记和马书记商量，所有人拉来的葡萄，自己把纸袋拿掉，连筐子放在王党信、三娃、建设和我四个人跟前，由我们四个人，把每串葡萄提起来看一下，凡是色泽不好，有烂颗粒，爪形不好的全部撤下来。然后把验收过的放到身边集体的筐子里，再套袋打气，过秤装箱，封箱贴单，上传输带。这活虽然不累，我两个胳膊轮换着干，干到半下午，不仅肩膀和胳膊发疼，腰也疼得站不起来。第二天前半天订单终于完成，胜利和开放车拉不下，又联系快递公司的车。

男人们帮忙把车装好，老书记说，大家回去把饭一吃，就往地里走，咱要抓住这个好机会。

欢庆说，一定要按要求剪葡萄，不要怀侥幸心理，今天摘下来的葡萄，咋样拉来咋样拉回去。

大家笑声一片，急忙收拾着往回走。

就这样，直播卖葡萄坚持了两个星期，问题就来了。首先是直播达人要走，要到别的地方去，原因是村里葡萄园的一类货卖完了，剩下来的不是形状不好，就是串子小，色泽不好。村里人想叫他们再坚持几天，最好能坚持到柿子红了，叫他们把村里的柿子再直播一下。可两家直播达人的态度都一样，说不等了，明年他们再来。

开网店最大的问题，就是要有充足的货源。直播达人一走，订单量直线下降。经村里商量，村里人往外寄快件，都在大海这里寄，费用和在店头镇快递揽收点是一样的，村里希望大海和媳妇能坚持到明年卖葡萄的时候。

大海说，他既然回来，就要坚持，继续帮大家在网店卖葡萄，没有一类货，就卖二类、三类货，把价钱放低，等柿子红了，他再直播卖水暖柿子。就是用以前的老办法，摘回来柿子，把半烧开的水和柿子一块倒进水瓮里，再用被子褥子把水瓮周围包得严严实实，用绳子捆住，等上两天柿子就暖熟了。这样的柿子，属于真正的绿色农产品。等把柿子卖完后，他想再卖石榴。

从戴帽山往东去，连续七八道山梁上，村村都栽着石榴树。

大海说，要卖石榴，每天雇车不是个办法，自己要有车。他打算缓两年在县城买房，自己先买一辆"货拉拉"，这样进货送货就方便了。坚持到明年春天，等把石榴卖完了，接着卖樱桃和杏，他想把店铺办成专卖时令水果的店铺。

当下，因为村里有村民微信群，再加上在外边干事的人通过微信朋友圈宣传，葡萄每天的销量还维持在三百单以上，这就使店铺能照常运营。叫村里人没有想到的是，卖葡萄接近尾声，有人依照大海说的办法，把还没有红透的柿子摘回家用水暖，大海暂时叫媳妇负责店铺，自己到各家各户去直播宣传。我、王党信和王三娃还把这种水暖柿子制作成小视频，在戴帽山高山葡萄微信群里转发，村民又相互转发，竟然得到许多人的认可，又掀起了一轮卖柿子热。

我们单位的年轻人看到后，二十几个人组团开着车来到山洼里村，在戴帽山上一边看风景一边玩起了野炊。有人自带熟食，有人带着袋装炭和烧烤架，吃起了烧烤。马书记不愿意掺和年轻人的事，我倒是跟着他们玩了一天。临走的时候，大家照样学样，每个人买了一箱葡萄，还买了一口袋用农家的蛇皮袋子装的水暖柿子。

他们之所以对水暖柿子情有独钟，不仅是因为好奇，更是因为这几年从树上直接采摘下来就能吃的柿子多了以后，这种水暖柿子倒是少见了，特别是在口感上，两种柿子很不一样，水暖柿子吃起来味道更甜、更脆、更可口、更地道。现在，大家都讲绿色安全食品，这种水暖柿子恰好符合了大家的时尚消费观念。对于年轻人来说，可能只是一种消费观念，但对于那些上了年纪从农村走进城里的老人来说，这种水暖柿子不仅是绿色食品，更寄托着他们的乡愁，引起了他们对早年生活的深情回忆。

由此，多年以来，被村里人丢弃在树梢，一年又一年被寒风吹干掉落到地上的柿子，这一年竟出人意料地红火了起来。

## 73

依照村里安排，祠堂落成庆典选在国庆假期的第二天。我早早在戴帽山高山葡萄群里发了通知，叫大家把自己的事提前安排好，特别是在外边干事的人，能回来就尽量回来。

这天下午，老书记、马书记、欢庆、三娃和王党信，还有村里的九先生、世运老人、山娃大哥、景明老汉、王老虎等，坐在办公室商量祠堂落成典礼的相关事宜。等把事情商量完，天已经黑了，马书记对我说，明天你就不参加立碑的事了，你开车到县城，给咱做几条横幅，这虽说是祠堂落成庆典，但我们要加上新的内容，特别是叫从外边回来的人感受到家乡的变化和温暖，赶明天晚上咱就把横幅挂上去。另外，再以村上名义做一面锦旗，庆典仪式上送给世运老人，给老人留个纪念。

我去县城把横幅做好，回到村里已经是下午。

广场上站着大田、小田、王军、建设、大海、拴牢、保成、有学、大嘴和喜娃等十几个人，他们说木杆已经栽好了，就等着挂横幅。我抱着横幅走进办公室，里面坐着老书记他们。我把横幅一个个展开叫大家看，依照马书记和老书记的安排，顺着路往前挂横幅。

在广场前边的街道上边挂"风调了　雨顺了　老百姓不愁吃穿了"。

在高音喇叭底下的拐弯处挂"水通了　房盖了　日子越过越好了"。

在祠堂入口的拐弯处挂"心怀春秋大义　不忘故土恩情"。

在祠堂前边的半坡里挂"看得见山　望得见水　留得住乡愁"。

因为大家来的时候都是开着柴油三轮车或电动三轮车，都带着自己家里的双腿梯子，杆又栽好了，挂横幅就很容易。太阳还老高，横幅就挂好了，大家又说到祠堂里去转一转。

原来通往祠堂的土路已经变成了水泥路。坡路两边，停满了各类车辆。站在坡道下边往上看去，首先是两尊披红挂彩的青石狮子，威风凛凛地蹲坐在两座青石底座上。在石狮子背后，是高高的飞檐翘角的青砖蓝瓦门楼，门楼底下是两扇大红铁门，能进出一般的小型货车。在大门的上方，高悬着红底金字的"王氏祠堂"匾额。大门的两侧，是半镶进墙内的两根红门柱，门柱前是青石抱鼓门石礅。石柱上镶嵌着"追宗祭祖　爱国守家"八个大字。在门楼两边，是低于门楼面向院落里边盖的两小间厢房，厢房外墙上镶嵌着砖雕的五福临门祥云图案。

走进门楼，是一座青砖照壁，照壁中央是一幅圆形砖雕的松鹤延寿图。在照壁四角，另有砖雕的万福图案。转过照壁，院子里站满了人，虽然天还热，但因为院子里有三棵高大的枝繁叶茂的老槐树，几乎整个院子都被遮蔽在阴凉底下。

院子一角，锣鼓队正在演练。

院子很宽敞，考虑到要保护老槐树，整个院子都是青砖地面。院落左右两边的廊房依然是青砖蓝瓦，廊房下各有四根朱红石柱，石柱下是雕花的鼓形石座。左手的廊房下，竖立着四通石碑，基座是刻花青石，碑身上圆下方，周边雕刻有吉祥花纹，每个石碑都披红戴花。它们分别是：《重建王家祠堂募捐倡议碑》《重建王家祠堂碑》《重建王家祠堂功德碑》《山洼里村村规民约碑》（族规祖训碑）。

宽敞的院子，高高的祖庙，青砖蓝瓦，飞檐翘角，兽走屋脊。用青石板铺就的十二级台阶步步高升，台阶两边是用青砖砌的花墙护栏。走上台阶，门廊前是四个朱红石柱，石柱下同样是鼓形石墩。大门两旁的朱红石柱上，分别写着"高天厚土生生不息衍万物　金炉玉盏绵绵长明佑后人"。走进祖庙大门，村里所有的善人老婆们（向善信佛的村妇）正在里边忙碌着。有给双耳青瓶里插柏枝的，有给盘子里放祭品的，有整理香火纸钱的。这些善人老婆婆们，特别是九婆和秉银老汉的老伴，这次带头捐了香火钱，买了祭酒、糕点、苹果、寿桃、寿馍等祭品，还依照当地民俗，制作了高斗架蜡、花篮、花环、长明灯、相思树、摇钱树等。许多从外边回来的人同样带了香火、纸钱、祭品，把大庙两边都放满了。

祖庙内宽敞肃穆，门廊和室内地面都是青砖石板。正中央两根红漆立柱上，一边写着"垂馨千祀"，一边写着"流芳百世"。在红漆立柱的上方，一前一后高悬着"慎终追远"和"耕读传家"的牌匾。红漆立柱后边，是宽大的用石材制作的黄色香案，香案上是一尊高大的双耳高足香炉。香炉的两边，是两盏圆足高杆圆盘烛台。在烛台靠后的两边，各摆放着六只双耳青瓶，里边插着苍柏翠枝。在香案的最后边，供奉着列祖列宗的神台。在神台的上方，高悬着老祖和老祖夫人的"神影"。在老祖"神影"的上方，又高悬着"世泽绵长"的牌匾。

所有的牌匾上都披红挂彩。

# 74

村里鸡叫声此起彼伏，广场上已经站了不少人，王秉银老汉的两个娃大田和小田，用车拉着醪糟和麻花来到广场，招呼早来的人吃醪糟。有人一边吃一边笑，说道，你这个小碗碗，我一顿能吃八碗。秉银老汉笑道，你尽饱吃，想吃几碗就吃几碗。有人笑道，全村一人吃八碗，你老汉不心疼？秉银老汉说，世运老哥在前边给咱做榜样，大家吃我醪糟是看得起我。

天色渐亮，几乎所有人都来了，新媛她大、她妈和她姐也来了。戴帽山背后出现几抹曙色，老书记大声说，吃完醪糟的人往祠堂走，没吃的赶紧吃。秉银老汉对大田和小田说，把车开到祠堂门口，叫没吃的人继续吃。

众人眉开眼笑，是从来没有过的高兴。一路上大家的话题围绕着祠堂，围绕着路上挂的几个横幅。祠堂里地方本来也算宽敞，但大家走进去，就显得有点拥挤。依照事先的安排，锣鼓队的位置在十二级台阶上，善人老婆们坐在祠堂里的香案周围。其余的人随意站在院子的三个大槐树底下或是两边的廊房下。南窑村老八在县城开婚庆公司的娃王建军，拿着摄像机跑上跑下在摄像。

庆典仪式开始了。欢庆站在祠堂二层的门廊前边说，今天人多，六十岁以上的老人到祠堂里来，年轻人就在院子里给咱祖宗磕头。老书记看着院子里的人高声说，父老乡亲们，对于我们村里的人来说，今天是个大吉大庆大好大喜的日子，是咱们村最值得纪念的日子。我世运老哥积德行善，把一辈子的积蓄拿出来，给咱村修了祠堂，往后，咱就有了祭奠祖先的地方，就有了教育后人的地方，咱村里的人，无论走到哪里，都要记着，咱的祖宗咱的根就在这里。今天，咱的祠堂就要举行落成大典，首先，咱们以热烈的掌声，对我世运老哥和山娃表示衷心感谢！

一阵掌声过后，老书记说，庆典正式开始，第一项，放炮！

为了保护老槐树，王军、建设、大海、拴牢、保成、小田等村里的年轻人，将鞭炮、礼炮从大庙一层搬到祠堂外边的坡道上。他们先放鞭炮，再放礼炮。鞭炮的声响震耳欲聋。礼炮仿佛一支支火箭，嗖嗖地蹿升到半空，接着是一声声爆响。我和新媛站在一起，和大家一样，开心地抬头望着天空。

礼炮燃放完毕，老书记又高声说，请锣鼓队给咱敲《盛世太平》大鼓。

一面碾盘一样的大红鼓放在十二级台阶的最上头，老虎和大宝相视一笑，往手心唾了一口唾沫，拿起缠着彩带的鼓槌，高喊了一声，起。随即三声重

187

槌重鼓，接着一面月盘一样大、后边缀着彩带的锵锵（铙钹）迎天而击。接下来是分槌重鼓、喜上眉梢、双槌奔月、八面来风、天花纷纷。那些敲锣击钹的人，分别站在一级一级的台阶上，眉开眼笑，跺脚、抖肩、仰头、扭胯、转体，动作夸张，欣喜若狂。

锣鼓声过后，老书记拖着长音说，给咱老祖宗揭彩！

随之，王老虎拿起唢呐，和五老汉的大娃王国强等十二个民间艺人，吹奏起《颂神曲》。

一阵舒缓绵长嘹亮的唢呐声过后，祠堂里的善人老婆婆们敲击着小鼓、小锣、小铙钹和木鱼，咏赞起祖先的恩德。老书记、九先生、世运老人和景明老汉走上前，给"老祖"和"老祖夫人"揭彩。

彩绸被缓缓拽下，两位老祖宗的画像突然从岁月深处走到了亲人面前。大家不约而同叹声一片。

老祖背靠戴帽山，眼神安静地坐在一把深红色的老式圈椅上。他寿眉阔脸，留着稀疏花白的胡须，头上戴着一顶黑色粗布瓜皮帽，身穿一件藏青粗布老棉袄，腰缠灰蓝长腰带，脚腕上缠着黑色宽绷带，一杆粗长的旱烟锅斜横在腿面上，烟杆上吊着一个长长的大烟包，烟包上绣着一个红红的"福"字。特别是老先人花白稀疏的胡须，黝黑沧桑的面孔，像犁一样耕出的皱沟，抓烟锅的手指上突起的骨节，以及经历风雨后那种安静的眼神，都逼真到呼之欲出的境地。

老祖夫人面如月盘，头戴黑色宽松圆软帽，眼角额头布满皱纹。身穿一件灰蓝的斜襟棉袍，双手自然地平放在膝盖上，脚腕上缠的绷带平平展展整整齐齐，"三寸金莲"格外引人注目。她嘴角眉梢堆满微笑，坐在老祖身边另一把深红色圈椅上，神态娴静，喜悦和善地看着大家。

没有人不相信，画像上的老祖和老祖夫人，不是自己的老祖宗。

老书记高声喊道，供奉列祖列宗神位！

在唢呐、板胡、二胡、笛子、梆子和铜锣声中，在善人老婆婆们的小鼓、小锣和木鱼声中，九先生把写着"供奉王门历代列祖列宗之神位"的牌子，从神龛中请到苍柏翠枝簇拥的神台之上。

接下来，由九先生、王三老汉、老书记和世运老人燃烛上香。再由善人老婆婆们组织村里的少男少女向祖宗敬献祭品，把高斗架蜡、花篮、花环、长明灯、富贵灯、宝莲灯、相思树、摇钱树、金银山等敬置于香案两边，把锦缎、苹果、寿桃、葡萄、石榴、香蕉、寿馍、糕点、祭酒等供奉到香案之上。祖庙内香烟袅袅，酒果飘香，乐曲声不绝于耳。老人们在九先生和王三老汉带领下，在绵长的唢呐声中，同庙里和院子里的子子孙孙们，向老祖宗行"三跪九叩"祭祀大礼。大礼结束，老书记又高声喊道，吹《山高水长》。

跟着几声锣鼓、十二把唢呐吹奏起《山高水长》。乐曲或舒缓深情婉转，或悲情宽广深邃，循环反复，如泣如诉，歌功颂德，盛赞春雨时风，生生不息。站在祖庙内外的人，都凝神静气，心生无限敬意。

接下来由九先生站在香案前，面向祖宗宣读《重建王家祠堂募捐倡议碑》碑文，由王世运老人宣读《重建王家祠堂记事碑》碑文，由王三老人宣读《重建王家祠堂功德碑》碑文（捐款人名单）。由欢庆宣读《山洼里村村规民约碑》碑文。

为了让站在院子里的人也能听清楚，王建军还专门安装了话筒和音响。

等这一切进行完毕，由马书记讲话。

马书记动情地对大家说，今天，我作为一名驻村扶贫干部，很荣幸参加如此盛大的庆典活动，我也很受感动，很受教育。首先，我向在祠堂建设中慷慨解囊、捐资出力的各位村民表达自己的敬意。

在我们中国人心里，祠堂是供奉共同祖先的神圣殿堂，是我们中华民族姓氏宗亲的精神家园，是我们追宗祭祖最重要的活动场所，是团结族人、凝聚亲情、传承孝道文化、开展崇尚习俗教育和爱家爱国教育最有效的地方。

大家都看见了，在我们祠堂门楼的两边，写着"追宗祭祖　爱国守家"八个字，明明白白，简简单单，一看就懂，很直观地说明了我们修建祠堂的目的和意义，希望大家把这八个字记在心里。因为我们记住了这八个字，就记住了我们做人的本分，就记住了乡愁。记得我第一次见到世运老人时，他说有了祠堂，就有了回家的路。

今天，大家在来祠堂的路上，也看到了挂在路上的几条横幅。为啥要挂这几条横幅，我想大家心里都明白，不用我多说。这里我最想说的是，在过去，祠堂主要是家族议事的地方，许多祠堂的墙上，都挂有"家训""族规""家法"

等内容。今天，我们把《山洼里村村规民约》刻石树碑，这就是我们的族规祖训，就是我们每个人的行为准则。其中的条款，与我们中华民族很久以来形成的传统美德是一致的，与我们今天的"爱国守法、明礼诚信、团结友善、勤俭自强、敬业奉献"的基本道德规范是一致的，也与我们建设美丽文明乡村的精神是完全吻合的。希望我们每一个村民，都要以《山洼里村村规民约》来约束自己的行动，为建设"产业兴旺、生态宜居、乡风文明、村容整洁、风景如画、生活富裕"的山洼里村，贡献自己的智慧和力量，在功德簿里多写上几回自己的名字和感人故事。

老书记接着说，今天，我们重建了祠堂，后边，我们还要修村史族谱，还要续写功德簿，我们不但要把村里过去的人和事记下来，还要写我们村里未来的好人好事。我建议，请村主任王欢庆再次宣读《山洼里村村规民约》。

欢庆将《山洼里村村规民约》宣读完毕，老书记以村里的名义，向世运老人和山娃赠送锦旗，上面写着"春秋典范　德泽家乡"。

掌声长久不息，世运老人热泪纵横。

锣鼓队随即敲起《吉祥中华·风调雨顺》。

最后，欢庆代表村委会，每一个家庭的户主也站了出来，在祠堂院子里签订《自觉践行〈山洼里村村规民约〉保证书》与《邻里和睦相处及红白喜事承诺书》。保证书和承诺书一式两份，一份自己保存，一份装在盒子里保存于祠堂。


# 75


《自觉践行〈山洼里村村规民约〉保证书》与《邻里和睦相处及红白喜事承诺书》签完后，老书记说，我再借这个机会，说一下撂荒地的事。咱《山洼里村村规民约》里就有一条是"提倡坚守故土　反对撂荒弃耕"，国家的政策也不准撂荒土地。但咱村的情况大家都看见了，有撂荒白地（只种庄稼）的，有撂荒葡萄园的，有人虽然给撂荒地里栽了核桃树、槐树和椒树，可人去了城里，树没长成，照样变成了撂荒地。咋办呀？凡撂荒的地，要么你把地转包出去，要么你自己种起来，赶今年过年前后，你就要把这事确定下来。如果年后开春了你的地还荒在那里，村上就要出面，把你的地无偿收回集体。后边，村里还要研究一个具体的办法，出一个合同，以后谁把地转包给别人，或是谁包别人的地，都要签这个合同。

马书记说，老书记把撂荒地的事说了，我想说的是，大家看到了，水已经通到了地头，往后浇地只需要拧一下水龙头，水就流到地里去了。另外，为了发展咱的葡萄产业，我和老书记专门去了我们单位，和单位领导商量了一下，把我们单位今年的扶贫专项资金拿出来，补助给各家各户买现代化打药机。

院子里响起热烈的掌声。

有人高声喊，感谢马书记。

掌声停下来，马书记说，不能说感谢我，有了国家大政策，我才能来咱山洼里村驻村扶贫。有了国家的大政策，才有县上的各项扶贫资金，同样才有了我们单位的扶贫资金。这里，我们还要再一次感谢世运老人，感谢咱村里所有的人，有了世运老人的善行，有了咱村人的热情捐款，才帮助村里修了祠堂，建成了网站，购买了设备。总之一句话，我们要通过国家的支持和咱自己的努力，把咱的葡萄产业做大做优，把大家从繁重的体力劳动里解放出来，把我们的山洼里村建成美丽乡村。

又是一阵长时间的掌声。


# 76


世运老人在新盖的院落里，给过世的母亲举办了一个简单的安葬仪式。他没有惊动别的亲戚，只给舅家和姑家说了一下。由于家里没锅没灶，客人也少，就没有请服务队，只叫茂娃老汉联系租了一套灶具，请了两个厨师，带了几个帮厨的妇女。

祠堂庆典结束这天下午，厨师过来开了菜单。王军和王劳动第二天一大早开车去县城把菜买了回来。中午，灶具拉来了，厨师和帮忙的妇女也到了。同时，茂娃老汉请的"花灯"也来了。在院门外边设置了悼念世运老人母亲的厅堂，播放起老秦腔。

厅堂两边悬挂着"跪草守灵报母恩　设堂祭奠尽孝心"的挽联。厅堂里悬挂着播放去世的两位老人生前生活照片的荧屏，悬挂着一串一串写有"祭"字的白灯笼，以及"望云思母""安详千秋"等字句的挽联，还设置有祭奠的香案、燃烧的香烛、跪拜的草垫等。

中午十二点，王老虎带着乐人来了。乐人们吃过午饭，吹着唢呐，拉着板胡和二胡，敲着梆子小锣，世运老人和山娃，茂娃老汉和王劳动一家人，穿白戴孝去茂娃老汉家，把过世老人的骨灰盒迎请到生前生活过的家里，供奉在新盖的屋子里事先设置的灵桌上。世运老人回来后，把老人的骨灰一直放在茂娃老汉家窑洞里供奉着。对于茂娃老汉来说，过世的老人也是他的亲人。

世运老人带着孝子给母亲行了"三跪九拜"大礼，他一动哭声，去世的老人就算真正回到了家。跟着哭声，他们把母亲的"灵位"恭请到院子外边"花灯"下的奠桌上。又依照乡俗，去公墓把老先人和父亲的神灵迎请到家里。

舅家的和姑家的亲人，把给过世的亲人做的各种"纸活"，如高斗架蜡、金童玉女、摇钱树、富贵灯、聚宝盆、金银山、罐罐纸、马拉车、花篮、桌椅沙发、茶几床被、碗筷手杖、衣物鞋袜等，放在村边的十字路口。世运老人带着孝子，在唢呐和丝弦声里，把这些祭品迎请到老人的灵堂。

马书记、老书记和村里许多上点年纪的人都来了。事先，世运老人已安排，不收村里人钱礼，在院子里摆了几张桌子，凡是来的人，都必须留下吃饭。

当晚，王老虎带着戏班子在老人灵堂前，唱了半夜秦腔戏，李秀华还穿着孝衣唱了"挂衣戏"，老虎吹奏了《祭灵》《安魂》《山水情》《渭水秋歌》等唢呐曲。第二天吃过早饭，世运老人抱着母亲的骨灰盒，将其安葬在了父亲的身边。

虽然这几年农村打墓安葬老人，都用挖掘机铲土，但村里的父老乡亲，还是手里拿着铁锨，象征性给坟堆上添几锨土。

安葬过母亲，世运老人和山娃要走了。

这天一大早，马书记、老书记、欢庆、王党信和三娃，还有村里许多人来到广场。山娃开车来了，车上还坐着茂娃老汉。山娃从车上走下来，拿着烟发给大家，世运老人眼圈发红与大家一一握手。老书记说，过罢年明年天气暖和了和我嫂子回来住。欢庆说，葡萄卖完了，我特意留了一箱，给我姨带回去。秉银老汉走过来说，给我老嫂子带上几瓶醪糟。说着，把两个手提箱子递到世运老人手里。老书记惊奇地问，啥时候弄的手提箱？漂亮得很。站在一边的大田说，我大看了咱戴帽山高山葡萄纸箱，也叫我大光哥给我家醪糟设计了一个礼盒，盒子有两瓶装的，有四瓶装的，今天这是第一次用。

村里的老书记、王欢庆、春怀老汉、猴子他大、王喜娃、王好仁、骡子老汉等人，也带来自家的葡萄。世运老人说，这么多葡萄，能吃完吗？马书记说，带回去分给左邻右舍吃嘛。三娃说，后边石榴熟了，我用咱的快递箱子给老叔寄上两箱石榴。大嘴说，我家的石榴是短枝石榴，好吃得很，我也给老叔寄上一箱。世运老人和老书记、马书记握过手，就有点控制不住情绪，坐到车上，突然像孩子一样哭出了声，站在广场的人没有不落泪的。

## 77

工程队工作一天也没停，世运老人临走的时候，前头盖房的几家人已经完工了。虽然不像有钱人家里盖的房子那么气派，但对于这些还没把日子过好的人来说，已经很满足了。马书记回单位去汇报工作，我留下来值班。一大早，我照例被街上的柴油三轮车声吵醒了，同时，广场上传来大海和媳妇的说话声。我起来走出屋门，发现昨晚下了一场雨，戴帽山上被浓雾笼罩得严严实实，整个村子同样雾气缭绕，高大的槐树、椿树还有石榴树，在雾气里若隐若现。我先到网店看了一下，问了昨天的下单情况。大海说，昨天有一百来单，他明天想歇一下，去买"货拉拉"。

大海接着说，关键是货源跟不上，把车买回来，我就可以出去进货。

我说，相信你能把事干成。

大海笑道，回来时，我就知道是这个样子，如果村里没把基础打好，我肯定不敢回来，投入了这么多，我自己就周转不过来。

　　从网店出来，吃过早饭，我就想到村里盖好房的几户人家里去走走。因为工程评估验收的时候，有县镇领导参加，我只在后边跟着，此时很想再去和他们说说话。

　　走到王勤勤老汉家门口，从前那个土门换成了砖砌门楼。走进院子，一切都给人焕然一新的感觉。从前的那间土坯房和半地坑窑没有了，眼前是平坦宽敞的院落，院子最里边是三米来高的土崖面，院子北边新盖了三间厢房，两间是卧室，另一间从外边看是一间，里边却隔成了大小两间，大间是灶房，小间是洗澡的地方。现浇的房顶上搭有木椽盖着红瓦，这样不仅好看结实，夏天还凉爽。

　　王勤勤老汉正心满意足地坐在院子里，一边抽着烟一边欣赏着自己的新房。我走进院子说，老叔，高兴不？

　　老汉还没有说话，先笑得合不拢嘴。他到屋里取来烟说，这是娃的烟，你抽。

　　我说我不抽。走到新房门口，我看着里边说，才盖了几天，里边还没干，你咋就住了进去？

　　老汉乐呵呵地说，盖房的时候，把以前的窑挖了，就没地方住，临时在墙角搭了个灶房，晚上到邻居家借住。现在房盖了，就不能再麻烦人，现在住在里边就是有些潮，不过我早晚把门窗开着，不要紧。

　　我问，保成呢？老汉说，和媳妇带着娃跟他妈到店头镇买菜去了。

　　我由衷地说，老汉叔，你家的好日子开始了。

　　老汉笑道，肯定是嘛，房盖了，水通到地头了，保成和媳妇都不想走了，想留在家里再包上几亩地，好好在家里管娃念书。王好仁已经把孙子转到店头镇去了，一个村子就剩下我孙子一个在西塬村里念书。

　　老汉话头一转又说，刚盖了房，手头就吃紧，我给娃说了也想贷一万元。你看里边的土崖，还有那么高，我想等冬天地里没活时，打两孔小窑洞，窑洞不住人，到明天春天的时候在里边养两只羊，攒下粪还能上地嘛。

　　我说，只要能把日子过好，村里肯定支持你。

　　我从王勤勤老汉家里出来，向大嘴家里走去。街上的雾气散了，可戴帽山上的雾气仍没有退。大嘴家用荆条编织的栅栏门变成了砖门楼和红铁门，院子里边和王勤勤老汉家大致一样，原来的土坯厢房不见了，在原来的地方坐北向南盖了三间厢房，两间是卧室，另一间做厨房和洗澡间。大嘴和女子正在忙活，自从秀丽做过手术后，我还没有见过孩子。

秀丽当然认识我，她看见我走进院子就停住手里的活，高兴地叫了我一声小米哥。

站在我面前的王秀丽，穿着学生装，个子高了不少，显得亭亭玉立，变成了一个漂亮的小姑娘。

我能想得出，以前娃因为有斜颈病，有些自卑，总是低着头走路。现在，她信心满满，挺直着脖子，个子自然高出许多。

我说，秀丽变得我都认不出来了。

大嘴说，娃自从做了手术，脸上的笑就没断过。

我说，要感谢国家呢。

秀丽突然眼泪汪汪地说，我知道。

我问，你和你大在干啥？

大嘴还没有说话，秀丽抢着说，现在不告诉你，明天早上你就知道了。

大嘴站在一边咧开他的大嘴哈哈笑着说，娃翅膀还没硬，我就管不住了。自从盖了房，老是在我耳边唠叨，我不依她，就拿不去学校吓我，把我缠得实在没办法。

他们在院子靠南墙的地方，砌了一个水泥磴子，磴子中间插着像镢把一样粗细的木棍。大嘴说着话，把插在水泥磴子中间的木棍摇动了几下，拔了出来。

我真想不出那是用来干啥的。

# 78

我到王喜娃家里去的时候，他家的院门关着，两只喜鹊正站在椿树上叽叽喳喳叫着。我站在新盖的门楼底下左顾右盼，王益娃开着三轮电动车从外边回来了。

我笑道，你干啥去了？

他一笑说，到店头镇逛了一圈。

我说，你幸福得很嘛。

他坐在三轮电动车上嘴里带着劲说，匠人在干活，我骑着"宝驴"和五老汉在皂角树下说了一会儿话，五老汉问我中午饭吃啥呀，我说，还没有想好呢，其实，我已经想好了，到了快吃饭的时候，我开着"宝驴"直直去了店头镇。

到店头镇吃的啥？

本来想去吃羊肉煮馍，可到了店头镇，见街上新开了一家饺子馆，我连想都没想，把"宝驴"往街边一停，进去往桌子边一坐，美美吃了一碗饺子。

我笑着问，进去吃了几两？

他哈哈一笑，本来要一斤，老板问我几个人，我说就我一个。老板说我吃不完，我说能吃完。老板说，先给你下八两，不够了再给你下。我说，你卖面的还怕我吃八碗？老板笑着说，剩下倒了太可惜。

八两够吃了没有？

老板说得对着呢，八两我差点都吃不动了。

因为益娃家院子窄，就选择了临街盖房。临街的房子已经盖好了，匠人正在院子里盖灶房。走进院门，却见益娃和喜娃两家一截院墙还没有砌。我就走到喜娃家的院子里。

喜娃家整个院子用砖铺过了，从前的土房子拆后，在土房原来的地方盖了三间半厢房。我看了一下，同样是两间住人，一间是灶房，半间是洗澡间。我站在院子问益娃，喜娃为啥给厢房和门楼中间留了这么多空地方？

益娃说，他还想给前边盖大房呢。

喜娃今年葡萄卖得咋样？

他说卖了八万，我估计不止这个数。

除去肥料钱、药钱和薄膜钱，你估计能落多少？

不算人工钱，按他说的，能落个六万挂一点。

我想起第一次到喜娃家，他媳妇杏花眼里含着泪说，每年打雷闪电的时候，她都战战兢兢，担心房子塌了。我看着新盖的房子说，以后打雷闪电，杏花就不用担心了。

益娃笑道，那肯定嘛，昨个晚上下雨，我被雨声吵醒了，想起来有半袋子水泥还在房檐底下放着，担心被雨淋湿，就起来拿着手电去看，结果匠人临走时把水泥放到房子里去了。我正要往回走，听见喜娃喊我，我拿手电往过一照，他坐在房门口抽烟。我走过去，他拿出纸烟叫我抽。我说，你舍得买纸烟抽？他说，是娃回来给他买的。我说你享娃的福了。他苦笑着说，不是娃给我乱整，我自己买的烟能用火车拉。

我问，你黑天半夜坐在这干啥？他笑着说，高兴得睡不着嘛。我故意说，这房子对有钱人来说就不算个啥。喜娃说，咱不和别人比，咱和自己比。我说，你看这房盖得多结实，这门窗你不说是从西安买回来的旧门窗，谁都看不出来。喜娃说，咱是平头百姓，稍微见点好就满足了。

益娃说，昨天晚上我和喜娃坐在房门口，说了半夜话。喜娃媳妇嫌新盖的房子里边潮，仍睡在窑里，可喜娃心里高兴，一个人睡到新房里。

我想象喜娃晚上睡在新房里的情景，想象他躺在床上，听着院子里唰唰的雨声，听着屋檐上的滴水声，还有黎明的鸡叫声，心情是怎样的好。

# 79

第二天，戴帽山上依然是大雾弥漫，村子里百米之外就看不清人。我早早起来，站在房门前看着已经衰败的月月红，正想着王秀丽昨天说的话，突然从雾气弥漫的大嘴家那边传来一阵《红旗飘飘》的歌声。我立即明白了过来，赶紧往大嘴家里跑去，还没有跑到院门口，隔墙就看见院子里高高飘动的红旗。走进大嘴家，我看见昨天那个水泥礅子中间，插着一根高高的竹竿，竹竿上飘着一面五星红旗。在水泥礅子上放着一个播放机，歌声就是从那里传出来的。大嘴和他老婆站在后边，秀丽站在前边把手举到头顶。我拿着手机，录起了视频。

　　大嘴看见我，秀丽也看见我了。秀丽抹着眼角害羞地笑着。

　　大嘴不好意思地笑着说，国家给娃把病看好了，娃非要在院子里升红旗。

　　大嘴的老婆笑嘻嘻地站在一边一句话也不说。

　　我对秀丽说，你再放一次，我用手机录下，留一个纪念。为了保证效果，我跑回去从车上取来手机支架，选好位置。秀丽再次打开播放机，歌声再次在院落里响起——

　　　　　　那是从旭日上采下的虹

　　　　　　没有人不爱你的色彩

　　　　　　一张天下最美的脸

　　　　　　没有人不留恋你的容颜

　　　　　　你明亮的眼睛牵引着我

　　　　　　让我守在梦乡眺望未来

　　　　　　当我离开家的时候

　　　　　　你满怀深情吹响号角

　　　　　　五星红旗　　你是我的骄傲

　　　　　　五星红旗　　我为你自豪

　　　　　　为你欢呼　　我为你祝福

　　　　　　你的名字比我生命更重要……

　　这首歌唱完，播放机里又唱起《我爱你，中国》——

　　　　　　百灵鸟从蓝天飞过

　　　　　　我爱你　　中国

　　　　　　我爱你　　中国

　　　　　　我爱你　　中国

　　　　　　我爱你春天蓬勃的秧苗

　　　　　　我爱你秋日金黄的硕果

我爱你青松气质

我爱你红梅品格

我爱你家乡的甜蔗

好像乳汁滋润着我的心窝

我爱你　中国

我爱你　中国

我要把最美的歌儿献给你

我的母亲　我的祖国……

歌声中，秀丽仰起头举着右手，眼泪汪汪地仰望着红旗。

一个孩子能这样做，的确让我感慨。我想，穷人家的孩子，最知道什么叫感恩。

# 80

我把大嘴家的事，以《王大嘴升旗记》为题写了一个故事，连同视频发在了朋友圈、单位工作群和戴帽山高山葡萄群里。马书记、王党信和镇上的赵书记也进行了转发。没想到，这件事立即引起了连锁反应，当天晚上点击量达到好几万。第二天，县扶贫办、县电视台融媒体中心工作人员和镇政府的赵书记，先到山洼里村采访了王大嘴，又到学校采访了王秀丽。接着市电视台和省电视台的人也来了。经过省、市、县三级电台、政府网站和各大新闻网的宣传，这件事一下子被炒热起来。不到一周，竟然有国家级电视台也把此事当作扶贫和爱国教育的典型事例，在新闻中播出了。

一向默默无闻的山洼里村突然火了起来，声名传遍了大江南北。由此，市、县都把山洼里村作为驻村扶贫的先进典型来对待。县上领导还专门带着县扶贫办领导、镇上的赵书记来到山洼里村，问村里还有什么想法，可以以书面报告形式报到县扶贫办。领导走后，村里立即召开村委会和村民代表会，大家坐在一起，讨论了一天，由我执笔写了以下几个申请报告：《关于退耕还林在戴帽山植树造林所需资金的报告》《关于在村里开挖三个涝池所需资金的报告》《关于在戴帽山顶修建红亭所需资金的报告》。

建涝池是大家早就有的想法，而在戴帽山植树造林，起因是今年的柿子卖得好，大家就有了想法，说来说去，就想再栽些柿子树，但能退耕还林的土地已经不多了，大家就想起了戴帽山。经过商量，决定在戴帽山的缓坡地段栽柿子树和柏树，因为柏树籽也很值钱。至于在戴帽山上建红亭，这出于我的突发奇想，可能就是下意识，觉得光秃秃的山头上缺少了什么，觉得要把山洼里村建设成美丽农村，就要突出一个地方的特点，就必须有一个地标性的东西。而这个地标性的东西，不仅要使人过目不忘，不仅是出于宣传的目的，不仅是属于物质意义上的，更要有时代特征、时代精神和象征意义。

我把这想法一说出来，大家你一言我一语，说在山顶上建这个亭子，就把咱这个地方一下子凸显出来了，就把周围人的眼光一下吸引了过来，就是站在泔河岸上都能看得见。到时候咱就用水泥钢筋建亭子，用红瓦盖顶，把柱子也漆成红色，名字就叫红亭，红色是咱中国人最喜爱的颜色，既喜庆又醒目，到时候把红亭这两个字做成一个匾，高高地挂在亭子上边。亭子至少要建两层楼高，在柱子之间搭建上长凳，人走到山顶逛的时候就可以坐在亭子底下，一边看风景一边休息。这样一来，山洼里村和戴帽山，一下子就有了与众不同的地方，就有了说不出来的好。

几个报告打印之后，盖上村里的章子，我开车与老书记和马书记一起把报告送到了县扶贫办。

# 81

新媛打电话叫我中午去她家吃饭。

新媛她大和她妈从城里回来住到村里了，我还没有去过她家，感觉这次去，与从前的意义不一样，就赶紧去了店头镇，买了几样东西。

到了新媛家，路大哥和新媛她姐还有欣欣也回来了。一家人站在院子里欢迎我。新媛她妈高兴地说，成天听新媛在家里说你，你这娃，买这么多东西，花的冤枉钱！

我叫了一声阿姨，笑着说，也没买啥，都是几样平常东西。

新媛她妈生气地说，还没有？两个手都提不下了。随之又对新媛说，你和小米去说话，我和你大、你姐做饭去。

新媛她大笑呵呵地说，你们到树上摘柿子吃。

这时，我才注意到院子柿子树上还挂着柿子，被太阳晒软后红得像血。

新媛说，她家院子的柿子年年都是留在树上，等它们自己变软，谁想吃了才去摘。

路大哥搬来双腿梯子，站在上边摘了一盘。

新媛拿起一个柿子一边剥皮一边笑道，本来我没打算回来，都是因为你写了个《王大嘴升旗记》，我大在微信里看见后就把你夸赞得不行，说你这娃真是有德有才，现在都很难遇上这么好的娃。我妈一听就高兴了，立马让我大打电话，叫我和我姐回来，把你叫到家里吃一顿饭。

新媛剥完柿子皮，喂给欣欣吃。欣欣却要自己拿着吃。

我明知故问，为啥？

路大哥乐呵呵地说，你这么优秀的兄弟，他们怕别人把你抢去了！

我红了脸笑道，不至于吧。

路大哥说，就是这个意思。

我问新媛，大叔啥时候用上了智能手机？

新媛说，是我姐前些日子买的，说这样就能随时和孙子视频了，还能在上边看抖音。

新媛接着说，我妈说想等过了娘娘庙会，两家大人坐到一块吃顿饭见个面。

我问，啥是娘娘庙会？

每年霜降那天，在村子老庙那里，方圆的老人都要来烧香。

老庙里供奉的是哪个娘娘？

我也不知道是哪个娘娘，可能是王母娘娘。

要么是观音娘娘，也许是送子娘娘，王母娘娘在人心中的形象可不咋好。

为啥？

王母娘娘是玉皇大帝的媳妇，生了七个女儿，其中小女儿七仙女下凡，和董永结为夫妻，就是民间说的"天仙配"的故事。还有一个"牛郎织女"的故事，据说织女就是王母娘娘的外孙女。你想，这两个故事里，王母娘娘都扮演了啥角色？牛郎和织女的媒人是老黄牛，董永和七仙女的媒人是老槐树，王母娘娘都没有老黄牛和老槐树有同情心。相比较，观音菩萨在女信徒的眼里，更有慈悲心。

路大哥笑道，咱中国到底有多少神仙呀？

我笑道，有佛界的，道界的，仙界的，冥界的，俗界的。

你咋知道？

我读过一本书，里面专门介绍中国的神仙。

新媛说，我又买了两本书。

我高兴地问，是啥书？

她取来书说，之前听你说过"孟宗哭竹生笋"，前几天我路过书店进去转了一下，看见《二十四孝图文故事》和《地球生命的摇篮：浩瀚海洋》，就买下了。

我翻看着《二十四孝图文故事》说，自古以来，孝道和孝行一直被中华民族传扬，《孝经》和《二十四孝图文故事》最具有代表性。《孝经》取法天地，教化世人，从平头百姓到帝王将相，从孝敬父母到孝行天下，把孝奉为常法大道，是天经地义。而《二十四孝图文故事》，则是用我们大众更容易接受更容易理解的通俗故事，来诠释宣扬孝道，可以说，它是《孝经》这本书最好的辅助读物。事实上，许多人对《孝经》不是很了解，但几乎所有人都知道"二十四孝"的故事。

新媛笑道，我就只知道"二十四孝"的故事，不是特别了解《孝经》。

这并不奇怪，因为我们这个年龄段的人，没有接受过这样的学习教育。

那你咋知道？

我也是在逛书店时，无意中看到的。在我的书架上，已经有两个版本的"二十四孝"故事相关的书，你今天买的是第三个版本。

新媛一笑说，我自从认识你以后，又开始逛书店了。

我拿起《地球生命的摇篮：浩瀚海洋》笑道，我书架上也有这样一本书。

路大哥笑道，这本书的名字好听，叫我看看。

新慧姐在外边喊吃饭。走到饭厅，竟然摆了满满一大桌。新媛他大说，今天是正式叫你到家里来，现在人开车都不准喝酒，咱就以茶代酒。

大家举起了茶杯，我竟然有点不能自持，红了脸紧张地说，感谢大叔和阿姨，感谢新慧姐和路大哥。

吃过饭，天气晴朗，新媛说，我和小米登山去。

沿着生产路往山上走，走过蓄水池，再往上走就没有了正路，只有一条人踩出似有似无的脚窝路，路边有成片的柏树。抬眼望去，在树林边，在山坡地坎上，一丛丛野酸枣树和盛开的野菊花迎面而来。而山坡上，除了野菊花和酸枣树，更多的是一种不知名的茅草。新媛说，村里人都叫它白草。

草色已经变得金黄，半人高细细金黄的枝。风来了，整体弯下腰去；风去了，又呼呼地挺直起来。脚踩在草面上很是光滑，我们手牵着手慢慢向山梁上爬去，一边观赏着野菊花，一边在野酸枣树上摘着野酸枣吃。野酸枣树的叶子已经枯黄半落，红红的酸枣也所剩无几。

爬到高高的山梁上，山风呼呼地吹，眼界豁然开阔，天空更加高远碧蓝，人心里立即有了一种站在高处战战兢兢的感觉，还有一种临视大地天下的感觉。往南看，从近及远，是沟壑纵横荒烟蔓草的黄土山地，是山地下边蓝莹莹的沣河水库，是田地广袤的关中大平原，是更远处阻断南北的秦岭。

吹着山风，望着无垠的大地，感到了许久以来没有过的心旷神怡，我们不由自主地伸张双臂，呐喊起来。喊过一阵，我们躺在半人高的草枝里，静静地望着头顶上的蓝天。

蓝天、山风、金黄的草地。

蓝天多美，生命的感觉多美，地球带着我们缓缓转动的感觉多美！

你能感觉到地球在转动吗？

闭上眼，就能感觉到。

新媛闭上了眼睛笑道，感觉到了。

我望着天空说，因为太阳的照耀，因为地球紧紧地拉拽着月亮，因为月球柔和地牵扯着地球，因为地球跟随着太阳、跟随着银河系在宇宙中缓慢地转动，还因为我们不知道的许许多多来自宇宙的神秘力量以及因缘巧合，地球上才有了春夏秋冬，才有了山高水长，才有了花开花落，才有了万种风情。

新媛一转身，通过密密麻麻的草枝笑眯眯地看着我。我看着她柔情如水的眼睛，看着她鲜嫩像花瓣一样的嘴唇，突然就变得情不自禁起来，身不由己地想向她靠近。我呼吸着她身体里散发出来的饱满的青春气息，直勾勾看着她闪亮的眼睛与妩媚的笑脸，已经有些难以自持了。但是，有一个声音在反复地告诉我，这是在山坡上，这是在光天化日之下，万一有谁从这里经过呢？

我努力控制住自己，让沸腾的心一点一点平静下来。我热情地看着新媛，接着前边的话轻语道，如果地球的转动不是不紧不慢，如果地球的位置不是这样的不偏不倚，如果地球再靠近或者再远离太阳一点点，如果没有了月亮……

新媛也深情地喃喃细语，就是因为有了这么多妙不可言的恰好，才有我们今天相亲相爱地躺在高高的山梁上！

我眼眶发热，突然侧身看着新媛的眼睛说，就是就是，只有这样想着，我们才不会麻木不仁，我们才会更加热爱生活，我们才会对我们生活的这个蓝色的转动着的妙不可言的地球肃然起敬，才能够加倍珍惜我们的身体！

新媛泪水盈盈地看着我说，我们拉钩！

我伸出手动情地说，拉钩拉钩！感谢在芸芸众生中，我们没有擦肩而过！

# 82

霜降的前一天下午，村里来了许多外村的老奶奶，她们此行的目的，就是来逛娘娘庙会。

当天下午，老庙前的丁字路口就已经热闹起来，本村的和外村的奶奶婶婶们，都聚集到老槐树底下。由于老庙里坐不下太多人，只有店头镇的"花婆"、村里的九婆和七婆几位年长的老奶奶，坐在老庙里烧香、化纸、念经。别的老人把带来的糖果送到老庙里，供奉在香案上，随后便在老槐树底下给娘娘烧化纸钱。老槐树生长了几百年，它荫翳下的土地足以容纳大家。

在她们眼里，老槐树也是神，和娘娘庙是一个整体。很多老人在老槐树底下烧化纸钱以后，还把带来的红布条或红被面拴到老槐树上。老槐树又高又大，不容易爬到上边去，有年轻的婶婶就站到双腿梯子上，把红布条和红被面拴到树冠下端的树干上。新挂上去的红布条和红被面，被风吹动着，传送着福音。

老庙里香烟袅袅，锣鼓声、铙钹声、木鱼声和诵经声不绝于耳。许多婶婶奶奶或坐在自家的小板凳上，或在老槐树底下的大石头上铺上棉布垫子，几个人背靠背坐在一起，听坐在老庙里和坐在老庙门口的奶奶婶婶念经。不久，街上的路灯亮了，锣鼓、木鱼与铃铛声，和着婉转的诵经声，仿若天籁。

第二天早上王党信说，早上不做饭，到庙会上去吃。

我惊讶地问，会上还有卖饭的？

王党信说，有。

没有想到，来老槐树底下逛庙会的人还不少，甚至有点熙熙攘攘的样子。不过，多半都是农村的奶奶婶婶，以及跟着奶奶或婶婶逛庙会的小孩。半条街上，摆满了各种小摊点，有卖菜的，卖肉的，卖年糕的，卖豆腐脑的，卖油糕的，卖麻花的，卖醪糟的，卖浇汤烙面的，卖花衣服鞋帽的，以及卖日常杂货的。

我、马书记和王党信，走到烙面摊子跟前坐下。吃浇汤烙面讲究的是汤煎油厚，辣重味浓，漂在汤上的油泼辣子和韭菜花一口气都吹不透，碎肉块和碎豆腐块多得像天上的星星。我吃了一口，就辣得直吐舌头。卖烙面的老伯笑道，得是辣子重得吃不惯？我说，就是。他笑道，下一碗把辣子给你拨一下，就是拿马勺底在汤锅里转动着，把辣子向外拨一拨。虽然这样，等吃过两碗浇汤烙面，我头上已经汗津津的。这是烧得，更是辣得。

吃过烙面，我跟着马书记和王党信，继续在娘娘庙会上转。走到豆腐脑儿摊子跟前，王党信说，乡下的豆腐脑儿比城里的地道。我们又坐到板凳上，一人吃了一碗豆腐脑儿。走到卖醪糟的摊子跟前，王秉银老汉非要叫我们吃上一碗。走到卖麻花的摊子前，王党信给卖麻花的师傅说，来上三捆儿回锅麻花。回锅麻花就是把炸好的麻花，再在油锅里炸上一次。做好后，师傅把麻花稍凉了一下，装在袋子里，我们提着麻花打算往回走。

经过炸油糕摊子，我给师傅说，给我装几袋热油糕。我把两袋给了马书记和王党信，把一袋麻花和一袋油糕提着给了新媛她妈。新媛她妈和几个婶婶正坐在老庙旁听经。

我又买了麻花和油糕，提着往回一边走一边想，这小小的娘娘庙会，真是太有意思，太有情趣了。我想起了七婆曾坐在老槐树底下念《报恩经》的情景，再一次想到，如果农村里没有了这一年一次的娘娘庙会，没有了老人的诵经声，没有了淡淡的香火味，那农村生活就一定是欠缺了什么东西，缺少了一些什么味道。

对于那些婶婶和奶奶来说，这不仅是她们无法忘却的农村记忆，更是她们无法丢下的乡愁。

# 83

过了霜降，紧跟着就是阴历十月初一，在外边干事的许多人开车回来了，因为这是传统的寒衣节。在大家的观念里，进入阴历十月，冬天就要来了，天气就要变冷了，过世的亲人就需要换棉衣棉被了。于是，后辈人就要买许多"纸活"，包括棉衣、棉被、棉鞋、棉帽、纸钱和"超市"等，在这一天来到亲人的坟前，烧香、化纸、祭扫，把买来的东西烧给仙逝的亲人，叫亲人能温温暖暖过寒冬，这叫送寒衣，又叫寒衣节。而今年和往年不一样的地方，就是村里所有的善人老婆，都来到祠堂，给老先人们烧纸化钱、送寒衣。

过了寒衣节，村里人就正式开始摘石榴了。村里只有马书记和我不知道，只有被霜"杀"过的石榴，吃着才甜，才有味道。欢庆、三娃、茂娃老汉和大嘴他们，都通过大海的网店，给世运老人寄去了自家的石榴。随后村里许多人，也给马书记送来了自家的石榴。

对村里的人来说，终于能歇息下来了，但王猴子家的麻将却打不成了，因为猴子家也要盖房。也因为村里要建娱乐室，猴子干脆自己把麻将桌用电动车拉着送到了村里的娱乐室。于是，许多人就来到村里的娱乐室，或打麻将，或下象棋，或翻书看报。有的人去了葡萄园里修剪树枝或刨薄膜，而有的人却一点也不着急，说等过了年开了春再去刨薄膜，说这样的话冬天可以给地保墒。茂娃老汉又开着自家的柴油三轮车，车上拉着锅碗瓢盆、煤气罐和切烙面机子，带着老婆樱桃到窑店镇去卖烙面了。老两口在那里租了两间房子，在那里摊烙面切烙面卖烙面，这已经是第五年了。每年都是过了寒衣节去，干到腊月二十八九才回来过年。

往年，村里的干部和村民一样，一进入寒冬腊月会清闲下来，可今年不行了。马书记说，县上要把咱当扶贫先进典型看，咱一定要努力，争取把真正的扶贫先进奖牌拿回来。老书记说，咱要借风扬场，赶快把事情理出个头绪，研究出一个办法。于是，大家就坐在一起商量，我没有想到，事情还有这样多——

一是摸底登记扶贫贴息贷款的事。

二是葡萄园的管理升级，这可是个长远大事。

三是撂荒地的事，村里虽然和各家各户签订了《自觉践行〈山洼里村村规民约〉保证书》，但还需要拿出一个具体的办法。

四是我们单位的扶贫资金已经下来了，可以给村里有葡萄园的每一个家庭补助三千元左右，来购买现代化打药机。这事要赶紧往下落实，要多考察几家，看谁家的机器又好又实惠。

五是要成立实实在在的戴帽山高山葡萄种植专业合作社（协会）。快递箱子上已经把合作社的名字印了出去，如果不落实，就没办法给客户和社会交代。

六是要进一步整治村里街道环境卫生，全部清理堆放在街边的柴草。把建在门口和街道两边的厕所要全部拆除，人往过走，那味道实在难闻，这一点实在不符合美丽乡村建设的要求。

七是尽管退耕还林、修建涝池还有建红亭的报告打上去了，但到现在还没有消息，这事要赶紧到县扶贫办和县林业部门去问一下。按照老书记的想法，明天一大早就去县城。可就在散会的时候，县扶贫办打来了电话，说三个报告都审批下来了，其中退耕还林是以发放树苗的形式落实。还说在研究建红亭时，争论得很激烈。老书记问原因，扶贫办的同志说，有的领导觉得没有必要，但主要领导认为，从宣传的角度，从地标性建筑的角度，从全县的角度来考虑，还是有必要，这就像我们给城市里修建的各种雕塑和地标符号，道理都是一样的。这把老书记激动得拿着烟锅在板头上叭叭地磕起烟灰，结果用劲过猛，把烟锅杆子磕坏了。

欢庆笑道，老书记，咋把烟锅磕坏了？

老书记哈哈笑道，心里高兴嘛。

# 84

没有想到，王振鹏竟然在戴帽山高山葡萄群里发了一段感言，不仅炸了锅，还叫全村的人感慨万千。他竟然也学王益娃，给我起了一个"福娃"的外号。

他在微信里说：

平生惭愧，浑浑噩噩，两鬓斑白，蹉跎自误。无德无能，日子恓惶，自作自受，愧对父母。庆逢盛世，国运昌盛，人民至上，恩高义厚。脱贫攻坚，从来未有；驻村扶贫，恩泽一方。小米"福娃"，最为优秀，勤快能干，从不埋怨。大嘴升旗，心甘情愿，红旗飘扬，歌唱国家。还有乡贤，世运老人，大德大善，重建祖庙。流水哗哗，鼓声咚咚，好事连连，喜上加喜。白头之人，心潮澎湃，改头换面，另活一世。幸哉幸哉，万幸万幸，国家有梦，人民幸福！

随即，各种各样的表情包发到了群里，马书记和老书记都给他竖了大拇指。

有人很感叹，说，老了老了，咋就变灵醒了？

太阳从西边出来了？

想不到的事！

太出人意料！

老汉叔，你还有这一手！

没想到装了一肚子文采！

不但有文采，还有觉悟！

说的都是真心话！

以前把老汉低看了！

毕竟是考过大学的人，差了一点点就变成了国家的人！

为老汉高兴！

为老汉叔点赞！

给驻村干部点赞！

给"福娃"点赞！

山娃大哥在七百里之外说，这个"福娃"叫得好，他写了一篇《王大嘴升旗记》，把咱村一下宣传火了！

就是，以前谁知道咱山洼里村？

现在名扬天下了。

大嘴也变成名人了！

大嘴，你咋就想起升旗了？

大嘴在群里说，娃要升，我拗不过娃。

你还没有娃的觉悟高。

大嘴往群里发了几个仰头大笑的表情包。

新媛私下给我发了几个大拇指和几个笑脸的表情包。

我通过语音给新媛说，平心而论，是秀丽这孩子懂得感恩，我就是赶了个巧，借着国家的惠风，把这事宣传了出去。

# 85

一场纷纷扬扬的雪下了一天一夜，落下的雪把脚面都能埋住，人踩在雪地上就像踩在棉花里。村里所有的人高兴得有点忘乎所以。雪是地的棉被窝，明年肯定又是一个丰收年。

一大早，家家户户都在忙着清扫院子里外的落雪。半早上，扫雪结束了，许多人高兴的劲头还没过去，或是手里拿着烟锅，或是拄着一根木棍，又踏着积雪到田野里转去了。

我、马书记和王党信，也早早起来，给广场扫出了一条进出的路。

我虽然在城里也见过下雪，但在城里看到的雪，与在农村看见的很不一样。城里有高楼，有车来车往，有环卫工人在不断地清扫，感觉雪下得再大，也就是那么一回事。但在农村就不一样了，我站在广场边抬头望去，眼前是冰天雪地，一片混沌。

吃过了早饭，我突然有了一种冲动，想在雪天里去登戴帽山。

记得广场的墙角有一根木棍，我踏着积雪走到墙角，木棍还斜靠在墙角，上边也落了一层雪。

我给马书记和王党信说了一声，便拄着木棍向田野走去。

路上的积雪更厚，好在我穿着高勒棉皮鞋，要不，没走几步鞋里就会灌满雪。走出村子，雪后田野的景象动人心弦。天低了，树矮了，世界变成一色了，听不见任何声音。柿子树、槐树、椿树，仿佛是从雪地里钻出来的，全身上下粗细不一的枝丫上，都落满了雪。一个个的葡萄园里，白褐相间，白的是雪，褐的是葡萄树的枝干。向戴帽山上望去，雪雾茫茫，恍然觉得，大地好像回到了混沌初开的状态。

我一边走一边想，村里有了祠堂，有了蓄水池，有了自流灌溉，有了物流网店快递揽收点；不久又将有涝池，有葡萄园的机械化，有戴帽山高山葡萄种植专业合作社，有戴帽山山顶的红亭；再加上一年一次的娘娘庙会，一年一度腊月三十的殷祭大礼，以及后边撂荒地全部复耕和退耕还林的实施，山洼里村就真的变成了文明、宜居、可持续发展的美丽乡村，变成产粮产果的地方，变成了城市的后花园。

另外，还有正在热火朝天建设的东庄水库，据说高坝建成以后，山里的水面要蜿蜒一百多里路，都可以与三峡的风光相媲美。到那时，发电灌溉，特别是旅游，肯定会有很大的发展，肯定会有许许多多的人来旅游观光，来坐在游船上，游览山高水长的如画景色。而山洼里村距离水库不远，还在公路边，谁来了都会看见公路边高高竖起的宣传牌，看见戴帽山山顶上高耸入云的红亭，看见风景如画的山洼里村……

我想起我爸说过的话，他说前三十年，农村人想把自己的农村户口变成城镇户口比登山还难，你不但要有人情关系，还要掏钱去买。那时，城镇户口不仅是一种身份，更是一种荣耀。然而今天，虽然许多农村人还往城里跑，不愿意在农村里待，但要他们真正放弃自己的农村户口进城，或者说把自己的农村户口迁到城里去，怕是没有几个人愿意这样做了。非但如此，把农民视为一种身份，好像是越来越模糊，越来越不恰当了。

我望着白雪茫茫的大地喃喃自语，时移事变了！

走到南窑村南边的土梁上，我又一次被眼前的景象惊呆了。往日纵横交错的山地被茫茫的白雪抹平了，凸显出一种魔幻般震撼的景象。我想，如果是站到山顶上，那眼界一定会更加宽广，雪天里的山峦大地一定会更加的辽阔壮美。我鼓起勇气，向山上走去，一边走一边想，要是能与新媛一起登山该多好呀……

# 86

田野和村庄被厚厚的雪覆盖着。马书记说，咱要赶紧去西安落实购买现代化打药机的事，咱要多跑几家，多看几家。欢庆说，山上的雪一消，咱还要在山上规划栽树的事，趁冬天大家都有空闲时间，规划好了各家各户就能早早挖树坑了。老书记说，撂荒地的事虽然说过好多次，但毕竟都是口头上说，村里要研究出个办法。马书记说，咱弄一个制式的合同，把条条框框都写在里边。王党信说，这个办法好，等过年前后村上把大家组织到一块来签，合同一签，相互就不能反悔了。三娃说，有人肯定不种地，要把地转包出去，这承包费要有一个统一标准，不能一个村里你是三百我是五百。而且，有的人可能用转包的地种庄稼，有的人可能想给地里栽葡萄树，如果是栽树，三年后树才能成园挂果，这样的话，承包费咋样算？

老书记说，依我看，如果包地的人是用来种庄稼，就没有承包费，一分钱都不给。如果包地的人给地里栽葡萄树，一亩地一年就三百元，不能再高。

马书记说，无论是转包白地还是葡萄园，两家人都必须到村上来签这个合同，合同一式三份，村里留一份，各家各户各拿一份，这样对双方就有一个约束了。

老书记说，合同至少要签八年，村里提倡十年以上。要不，人家刚把葡萄园弄好了，你回来手一伸要地，谁和你说啥呀？再说前三年的树还没成园子，不但没有一分钱收入，还要给地里投入，要买树苗，要买水泥杆，要买肥料，要打药，还要出人工。

三娃说，如果是栽葡萄园，前三年一分钱承包费不给才合适，等后边树挂葡萄卖钱了，再按每亩地每年三百元算。

欢庆说，我同意三娃的意见，你算一算，就拿种麦来说，你要买麦种子，要买肥料，要打药，要耕地，还要机器收割，如果遇到天旱了还要浇水。这一亩地能产多少？种一料麦，把说的这些费用一刨，就没有多少了，利润可能都不到四百元。像这样的利润，谁包你的地？能进城的人，都是不愿意在地里下苦的人，都是有办法的人，他们对土地都不重视了。

王党信说，那八年、十年满了咋办？

欢庆说，到时候再看情况嘛，谁知道到那时候社会发展成啥样子。就是没有啥大的变化，两家人再商量嘛。如果树还能继续挂果，包地的人可以继续承包，要么把树挖了把地退还给人家。如果地原来的主人想要经务葡萄园，还可以适当给栽园子的人一点补偿，一次性了结。鞋有鞋样子，事就没有事样子吗？商量着有啥解决不了的。

于是，我在网上下载了一个合同样板，结合大家的意见，写了一个合同。主要条款有十条：

第一条 赶明年开春前，村里不能再有一亩撂荒地，如果还有谁把地撂荒，村里就把地收回集体，再由集体无偿转包给其他人，期限至少八年。

第二条 凡土地原来的主人（甲方），把土地转包给别人，转包地的人（乙方）如果是用来种庄稼（麦子、玉米、蔬菜等），甲方不能收取一分钱承包费。

第三条　转包地的人（乙方），如果是用来栽葡萄树，前三年不给土地原主人（甲方）缴一分钱承包费。三年后，转包土地的一方（乙方）每年每亩地向土地原有主人（甲方）缴三百元承包费。

第四条　转包土地合同原则上期限为十年，在此期间，双方（甲方、乙方）原则上不能随意终止合同的执行。

第五条　如果有特殊原因要终止合同，需经村委会同意，最低要在合同执行满八年。

第六条　如果在合同满八年之后，土地原来主人（甲方）想要回属于自己的土地，如果转包地的人（乙方）地里种的是庄稼，那就等转包地的人（乙方）把庄稼收获完毕后，再把转包地退还给原来的主人（甲方）；如果转包地的人（乙方）在地里栽的是葡萄树，土地原来的主人（甲方）不仅要把土地剩余年限的承包费退给转包地的人（乙方），还要把后边剩余的年限，再以承包葡萄园的办法每年每亩地五百元的办法反包回去。

第七条　在合同期间，如果转包地一方（乙方）想终止合同，如果地里栽有葡萄树，应该把树全部挖了，把土地恢复到原来的样子，再把土地归还给土地原有主人（甲方）。原来的主人（甲方）只退还转包地的人（乙方）剩余年限一半承包费。

第八条　如果有无法抗拒的原因，比如国家需要或公益事业需求，需要土地变更或被迫终止合同应另当别论，甲乙双方与村民委员会共同商议解决。

第九条　转包地的人（乙方）应该把转包土地钱款（年限以合同为准），在合同签订之日一次性付给土地原有主人（甲方）。

第十条　合同应盖有山洼里村村民委员会公章，有甲乙双方签字或按手印。如有不能亲自回村签订合同的人，应该写书面委托书，由村干部王欢庆或王三娃代签。合同一式三份，一份村里保留，并与委托书原件一并存档。甲乙双方各保留合同一份，并附委托书复印件。

第十一条　合同自签订之日起生效。

合同拟定以后，村里召开了村民代表会，老书记给大家解释了相关情况。当天晚上，就以村上的名义把这个合同发到了戴帽山高山葡萄群里。

# 87

开挖涝池的挖掘机进村了。在戴帽山上修建红亭，由于去山上还没有正式路径，就必须先开挖一条运送石料的简易路，这个工程也开始了。为了两项工程的顺利进行，村里又安排欢庆老婆和三娃老婆两个人，在欢庆家里给工人师傅做饭。接着，村里给想在戴帽山上栽柿子树和柏树的人，把地块也规划好了，他们已经在山坡上开始挖树坑。

由于要在戴帽山上挖树坑，由于要修剪葡萄园，由于村里出台了撂荒地和葡萄园转包合同，许多人私底下已经在相互跑动了。于是，这个寒冬腊月，留在村里的男人们竟然格外地忙碌起来，不再像往年那样清闲。到了过年的前几天，市上的刘书记突然要来山洼里村。对于山洼里村来说，可是个大事情。

事情的起因还是去年秋天，我写了一篇《王大嘴升旗记》，被省、市、县各级新闻媒体网站宣传之后，国家级电视台还把此事当作扶贫典型事例来宣扬，把王大嘴的名声宣扬得满世界都知道了，市县都把山洼里村作为驻村扶贫的先进典型来对待，这给山洼里村带来了许多实实在在的好处。现在要过年了，各级领导都要下镇慰问困难群众，市上的刘书记竟然点名要来大嘴家，看一看飘扬在大嘴家里的红旗！

市上的刘书记还没有来，包村的单位领导和镇政府的赵书记先来到大嘴家，给大嘴送了新床单新被子，叫大嘴的老伴把床上原来铺的盖的全换了，把旗杆上因为风吹日晒有一点褪色的五星红旗换成了一面新的。另外，还叫镇上一起来的同志，帮助大嘴打扫家里卫生，把院子里乱七八糟的东西，都搬到院子后边的石棉瓦大棚底下。大棚底下放着大嘴家的柴油三轮车、打药机、铁锹、镢头等农用工具。就在大家劳动的时候，赵书记站在院子左看右看，总觉得哪里还没有做好，抽着烟猛然想起，领导来了没地方坐。大嘴家里就三间屋子，连一个像样的凳子都没有，赵书记就安排包村干部王党信，去醴泉县家具市场买一张桌子和几个凳子。

大嘴却说，不要到家具市场去买，今天县城有集，集市上有那种农家用的小木凳和低方桌子，既便宜又结实，你到市场上买的那种高桌子高板凳，桌面上能照见人影影，领导来一看，就知道不是我家的。

一院子人听了哈哈大笑。

欢庆说，是你喜欢那种木凳子吧。

老书记笑道，大嘴说得有道理，那种低桌子低板凳只有咱农村人用，既简单又实用。

大嘴笑道，就是嘛，人从地里劳动回来，腰酸腿疼的，就想坐得低低的把腿蜷着歇一下，那高桌子高板凳，人坐在上头就不得劲嘛。

马书记扶了扶眼镜笑道，领导来了就坐一时三刻，大嘴早晚要坐，咱就按大嘴说的买。

大嘴接着笑道，像我家里这情况，你把那照影影的高桌子买回来，和我这屋里就不搭配嘛，咱哄领导就要叫领导相信呢。

赵书记说，你家里高的低的就两三个凳子，你自己都不够坐，给你买一个桌子几个凳子，还说是哄领导？等领导一走，我就把买的桌子板凳都拉走。

大嘴嘿嘿笑着，嘴角能挂到耳朵上去。

王党信要开车去县城，包村的单位领导说，算了算了，二三百块钱的东西，不用来回跑了，我给单位打个电话，安排人送过去。

## 88

市上的刘书记由醴泉县李书记、县扶贫办领导、包村单位领导和镇政府赵书记陪着一块来了，一起来的还有市、县电视台的新闻媒体朋友，阵容之大，在山洼里村是没有过的事。

刘书记握着大嘴的手说，你就是王大嘴？现在你可是大名人了！

王大嘴的嘴笑得像一个马槽槽，一脸的骄傲。大家相跟着走进院子，有提米的，有提油的，还有抬面的。大家围坐在院子中间的低方桌子周围，大嘴着急地要给大家倒水。欢庆说，今天你是主角，我来倒水。桌子上还摆放着石榴、苹果，大嘴又叫大家吃石榴吃苹果。

刘书记说，要过年了，来看看你，你家房子是啥时候盖的？

大嘴脸上笑得像开了花，说，就是今年盖的。

现在住在里边不潮湿吗？

不要紧，床没有挨墙，床上还插着电褥子，到明年过了夏就干透了。

刘书记环视了一下院子，望着高高飘扬的五星红旗，笑道，咋想起升红旗咪？

大嘴咧嘴一笑，国家给娃把病看了，娃高兴得都哭了。国家还帮我把房盖了，像过去自己盖房，你要买烟、买酒，还要谢匠；这次盖房，国家就不准买烟谢匠，我高兴得一个晚上都没睡觉。女子说要在院子升红旗，我开始还觉得不好意思，这事叫小米给传出去了。

刘书记看着我问，你就是小米同志？

我不好意思地点了一下头。

你那篇《王大嘴升旗记》写得好，把王大嘴宣传得让全中国人民都知道了。

我笑道，我就是碰巧遇上了。

你不写谁还能把你咋样？

老书记说，小米这娃工作热情高得很。

刘书记环视了一下小院，站起身说，温暖的小院，新盖的房子，高高飘扬的红旗，不错嘛，里边是一块菜地吗？

大嘴说，就是就是，那块地闲着，我就给里边种了一点菜，自己吃着方便嘛。

刘书记向院子里走去。菜地收拾得平平整整，壅着两行枯了叶子的大葱。

刘书记问，葱还在地里长着？

大嘴笑道，没地方放，就叫在地里长着，咱只吃葱白白，地里头埋的葱白白要一二尺深呢。

刘书记问，这片地还种啥菜？

大嘴乐呵呵地说，你别看地不大，一年种的菜样样可不少。壅葱栽辣子，还种了一片韭菜，想吃了就割上一把，前头的还没吃完，后头的又长上来了。

种的菜够吃？

肯定够吃嘛，你到厨房里看，我老婆在墙上挂了半墙的红辣子，都能吃到明年夏天。

走，到你厨房里去看看。

走进厨房，只见锅台、案板和水缸收拾得干干净净，迎面的墙上，挂了十几串红辣子。

刘书记说，这么多红辣子，看来你是一个爱吃辣子的人。

大嘴笑道，我就爱吃辣子，只要有辣子吃，别的啥菜不吃都能行，毛主席就爱吃辣子。

刘书记笑道，你向毛主席学习呢！

跟的人一阵哈哈大笑。大嘴笑道，我托毛主席和共产党的福。

赵书记笑道，大嘴越来越会说话了。

大嘴咧嘴一笑又说，前几年日子是实在过不到前头去，才跑着找国家，给国家添麻烦。现在好了，房盖了，娃的病好了。娃放假回到家里，连门都不出，没黑没明钻在屋里学习呢。

欢庆说，大嘴的女子今年考了全校第二名。

老书记问，放假了咋不见娃？

大嘴说，娃把门关着在屋里学习。

大家一块向房子走去，房门果然关着。大嘴叫开门，秀丽打开门惊奇地看着大家。老书记说，这是咱市上和县上的领导，来看看你。秀丽还穿着学生装，脖子上围着一条红围巾，她红着脸喊了声伯伯叔叔。大家站在屋子里左看右看，房子里并没有装修，只用水泥抹了一层，外边只上了一层白灰粉，看着倒干干净净清清爽爽。在面对着门的墙上，贴了好十几张奖状，有的奖状还缺了边角。大家围着奖状看，大嘴说，以前得的奖状娃舍不得撂，从老房子揭下来贴了过来。

刘书记说，娃能得这么多奖状，以后肯定能考上名牌大学。

大嘴掩饰不住心里的喜悦，有点骄傲地说，娃说她要考北京的大学。

刘书记笑道，娃能这样说，肯定没问题，等把书念成了，多为国家做贡献。

秀丽眼里含着泪水，突然向刘书记鞠了一躬说，谢谢伯伯。

在场的人都感动得眼圈发红。

老书记说，娃虽小，可懂事得很，比他大心里都有主意。

大嘴抹着眼角说，娃就是要感谢国家，才叫我在院子里升红旗。我当时还想咱农村人嘛，可娃坚决要升呢。

站在屋檐下，刘书记看着旗杆上飘扬的红旗说，一个农民，一个在市上县上挂了号的麻缠户，竟在自家院子升起了红旗，这里边有多少话要说呀。

赵书记说，山洼里村从去年以来，发生了许多变化，修了蓄水池，实现了自流灌溉，还建了祠堂。

马书记说，今年国庆节祠堂落成典礼，村里和各家各户还签了《自觉践行〈山洼里村村规民约〉保证书》。前些日子村里还出了一个撂荒地治理办法，还想在戴帽山上植树造林，这几天许多人就在山上挖树坑，想再多栽些柿子树和柏树。

刘书记问，为啥栽柿子树和柏树？

老书记说，今年村里有了网店，不但葡萄卖得好，几十年没人问的柿子也跟着红火起来，大家就看到了希望。

欢庆说，柿子树耐旱，又不用修剪，还没有大小年，不用打药。

刘书记问，不用打药？树上没有虫没有病？

欢庆说，反正奇怪得很，村里的柿子树从来没有打过药，从来没有上过肥，可年年树上都果实累累。

老书记说，我们还给柿子起了一个名字，叫戴帽山高山水暖柿子。

为啥叫这个名字？

老书记哈哈笑道，我们的葡萄叫戴帽山高山葡萄，我们就顺着这个想法，给柿子也起了个名字。

赵书记说，这水暖柿子，是实实在在的绿色食品，没有任何农药。

刘书记问，怎样用水暖？

欢庆说，就是把生柿子摘回来，把水烧到半开倒进水瓮里，再把柿子倒进去，用被子褥子把水瓮周围盖得严严实实，用绳子捆住，等上两天一夜柿子就暖熟了。这样暖熟的柿子，吃着又甜又脆，不像现在有的柿子在树上摘下来就能吃，那味道怪怪的不好吃。

马书记说，水暖柿子不但吃起来香甜可口，还是真正的绿色安全食品，很符合现在人的消费观念。我们把水暖柿子的全过程做成短视频，在网上一发，出人意料地火了起来，今年村里的柿子都是通过村里的网店卖出去的。

刘书记站在大嘴的院子里，望着戴帽山山顶说，既然来了，到你们村的网店去看看。

# 89

大海和媳妇柳叶还有拴牢正在网店里忙着，今天是他们年前最后一次发货，共计三百多单。在网店的门口，另放有一大堆包裹，都是这两天从外边发回来的。大海见来了这么多人，不知道是干啥的，老书记、刘书记、李书记给大海做了介绍，大海媳妇柳叶急忙取石榴给大家吃。刘书记问大海网店经营情况。

大海说，刚开始，给村里人卖葡萄、卖柿子，到了冬天，葡萄和柿子卖完了，我开着"货拉拉"到附近的村子收苹果和石榴，一天能走三百多单，多的时候一天走过四百多单。同时给附近几个村里揽收发送快递，现在网购的人越来越多，临近过年这几天，每天从外边寄回的东西都有六七百件，我和媳妇忙不过来，就把拴牢叫来帮忙。

马书记说，大海以前在外地打工，今年村里建了网店，就把大海和媳妇叫回来了。

老书记高兴地说，有了这网店，给村里人带来很大的方便和好处，光今年卖葡萄和柿子，每家少说能增加一万多元收入。

欢庆说，村里有了网店，不仅改变了全村人的生活生产观念，还拉近了全村人的关系。以前，大家都在家里和葡萄园里忙自己的活，见面的机会不多；现在每天不是你来网店取娃和孙子从外边寄回来的东西，就是我给娃和孙子往出寄东西。到了下雨天，地里干不成活，村里几乎所有男人都跑到网店和娱乐室，打牌、下棋、看书、说闲话。

刘书记问大海，你这网店经营上还有啥困难？

大海说，我专做农产品时令水果这一块，我想明年弄一个小冷库，这样就可以多进货，把一部分果品放到冷库里。不像现在，每次不敢多拉，担心水果放几天就不保鲜甚至腐烂。在网上卖水果，最关键就是要货源充足，就是要质量过关，特别是要保鲜。如果这一块有了保障，我就敢长期雇上几个人，在外边收货的收货，在网店发货的发货。到了旺季，比如卖葡萄、卖柿子、卖杏的时候，仅包装这一块，每天少说得雇上六七个人。

刘书记看着县上的李书记说，要支持新型农业经营，要加大力度支持电商经济，今后，"互联网＋农业"是农村发展的大方向。

李书记说，我们回去安排县电商中心的人来调研，拿出具体的扶持办法。

扶贫办的领导说，县上就有"互联网＋农业"创业引导资金。

大海高兴地说，有了县上的帮助支持，我一定把我们村的电商做到最好。

网店外边站了村里几个闲人，他们听说上边领导来村里了，就赶来看热闹。其中有益娃、高高、王来娃，还有秉银老汉和九先生。

刘书记看着九先生问，您老高寿？

九先生笑道，老朽鲐背之年了。

老书记说，老人是我们方圆百里有名的老中医，我们村的人都叫他"大善人"。

刘书记笑道，您老一定是德高望重。

马书记说，老先生在他的药房门口，年年贴的对联都是"但愿世上人无病　宁可架上药积尘"，横额是"方济百家"。

刘书记说，您老不简单呀，让人敬仰。

九先生笑道，不敢不敢，是国家好社会好。大嘴能升红旗，世运能给村里修祠堂，都是在感恩国家、感恩社会呢。

大嘴站在一旁嘿嘿地笑着。

刘书记问，世运是怎样一个人？为啥能给村里修祠堂？

老书记说，世运老人年轻轻地就到外边干事去了，老了回到村里，用自己一辈子攒的钱给村里盖了祠堂。

刘书记自言自语道，叶落归根，故土乡情呀。

马书记说，最初，我对老人的做法还是有点不理解，后来就完全改变了。

刘书记问，为啥？

马书记手指着广场后边小山包上的祠堂笑道，祠堂不仅是追思祭祖的地方，更有着丰富的祠堂文化。

刘书记望着祠堂说，走，去看看。

刘书记走到祠堂门前，看着青石底座上的石狮子、飞檐翘角的青砖门楼和大门两侧两根红门柱上"追宗祭祖 爱国守家"几个字，高兴地说，这两句话好，对我们的祠堂文化就是最好的诠释，与我们的时代精神也高度契合嘛！

走进门楼，转过照壁，村里的春怀老人正在打扫院子，看见进来许多人，就停下手里的活，笑眯眯地看着大家。老书记对刘书记说，依照我们的规定，每年腊月三十要在祠堂祭祀祖宗，我春怀老哥说，他来把里边的卫生打扫一下。

刘书记站在院子三棵大槐树底下左右观看，然后走上十二级台阶，来到祠堂里，观看对联牌匾，问道，两位老祖宗是否真有其人？

老书记说，没有，是我们村里的老人坐到一块，一边说一边叫景明老汉的二娃画出来的，这就是一个念想。

刘书记说，画得真好呀！

来到廊房下，刘书记停住脚步，阅读起《重建王家祠堂募捐倡议碑》《重建王家祠堂记事碑》《重建王家祠堂功德碑》和《山洼里村村规民约碑》的碑文。看完以后他问，是谁写的碑文？

老书记说，是小米写的。

我说，是大家帮着修改出来的。

刘书记看着李书记说，这个《山洼里村村规民约碑》的碑文写得好，还作为族规祖训。说着他又一次给大家念了起来。念完碑文，他看着媒体记者说，应该把《山洼里村村规民约》好好宣传，它的价值特别是现实意义都写得清清楚楚。说着又转身问老书记，你们村还有什么可看的？

大嘴在一边笑道，到我们蓄水池看一看，那里眼界宽看得远。

益娃笑道，站到红亭上边眼界更宽。

刘书记问，什么红亭？

马书记指着戴帽山山顶说，就是在山顶上建的那个红亭。因为要过年就停工了，等过罢年天暖和了再施工。

刘书记高兴地说，走，去看看你们的蓄水池和红亭。


# 90


站在蓄水池岸边，远处是云雾弥漫、田地纵横几百里的关中大平原，近处是连绵起伏枯黄的山地，眼前则是接连不断一层又一层修剪过的葡萄园。葡萄园里一片安然寂静，没有了以往枝叶繁茂的景象，只剩下一排排光秃秃的葡萄树树干与一排排灰色的水泥杆。有一只野兔，从近前的荒草里蹿出，向山坡上跑去。

刘书记望着眼前的景象笑道，站在这里，心情一下子开阔起来。

李书记笑道，都不想回城里去了。

刘书记问，有了这个蓄水池，全村能实现自流灌溉吗？

老书记说，水都通到各家地塄头了，浇地的时候，只要把管子接到水龙头上，把水龙头一拧就好了。

在山坡上挖树坑的王喜娃、王茂娃老汉、王振鹏、王猴子、王建设、王勤勤老汉、王好仁等十几个人，看见蓄水池边来了许多人，就停下手里的活走了过来。

刘书记问，大家在山上挖树坑的吗？

欢庆说，打算明年春天栽柿子树和柏树。

刘书记望着山上问，有没有总体规划？

老书记说，暂时没有，就是在山根下边给想栽树的人划出一块地，由他们自己看着栽，没有啥规划。

刘书记想了想说，你们有这样的条件，应该有一个长远规划，我想，可以把这里当森林公园一样来规划嘛。

老书记笑道，我们都没有想过这事。

你们给葡萄和柿子起了一个什么名字？

戴帽山高山葡萄和戴帽山高山水暖柿子。

那就把这个公园叫戴帽山高山森林公园怎么样？

李书记和赵书记带头鼓起掌来，站在一边的喜娃他们也跟着使劲地鼓掌。

李书记说，要建戴帽山高山森林公园，就要先修路，现在这条简易路肯定不行。

欢庆说，这是为修建红亭临时修出来的简易路。

刘书记看着李书记问，县上有什么可以支持的项目？

扶贫办领导说，国家每年有"四好路"和"农村产业路、旅游路、资源路"建设项目。

刘书记说，国家对农村在各个方面支持力度越来越大，我们要抓住这个机遇，要自己多动脑子，多想办法。我看山洼里村的条件不错，有祠堂，有网店，有涝池，有蓄水池，有葡萄园，有以戴帽山命名的戴帽山高山葡萄和戴帽山高山水暖柿子，再加上戴帽山高山森林公园这个设想，我觉得这是一个很好的思路，不破坏生态环境，又能叫群众受益。特别是旅游这一块，戴帽山这个条件要很好地利用起来，县上应该来抓一抓，不是有个"一村万树"项目吗？就把戴帽山高山森林公园当作样板来抓。

李书记望着戴帽山说，我们明年植树造林，就把点选在戴帽山上。

刘书记看着四周说，要好好抓一下，不要以为这是山洼里村一个村的事，你们要把戴帽山高山森林公园当作醴漯县一项景点工程来抓。说着话，刘书记又看着老书记说，你们有这样好的条件，自己首先要有想法，要有规划，你自己都没有想法，都没有一个规划，别人咋知道？

老书记笑道，就是就是，我们在这方面想得少。

刘书记说，我这次来，就是想亲眼看一下，明年就要全面实施乡村振兴，醴漯县不仅要把山洼里村当作扶贫的典型，还要当作乡村振兴的典型，要不，再过几年，"升旗村"还是老样子，我们咋向社会交代？今天来看了王大嘴，看了村里的网店，看了祠堂，读了《山洼里村村规民约》，还看了蓄水池，驻村干部和村里的工作很有成绩。可以说，山洼里村的情况和许多农村一样，发展的方向应该是许多农村要发展的方向，特别是没有企业支撑的村子。

喜娃他们再次热情地鼓起掌来。

马书记说，我们对农村发展的定位，就像小米说的，农村不仅是产粮产果的地方，更像是城市的后花园，是城市的湿地和心肺。

刘书记说，城市要发展，乡村也要发展。我们这么大一个国家，只有城市的现代化，而没有乡村的现代化是不能想象的。说着话刘书记对媒体的记者说，你们要把山洼里村的故事好好写一篇报道出来。

老书记高兴地说，感谢领导关心。说着又带头鼓起掌来。

一辆微型小货车顺着山路开了上来，开到跟前大家才知道是大田。王秉银老汉从车里走下来说，要过年了，我叫娃拿了一点醪糟。

老汉接着又神秘一笑说，我这醪糟是祖上传下来的，好吃得很。

欢庆说，秉银老汉凭借着祖传的"王十三醪糟"，把日子过得红红火火，每到村里有啥特殊事，就比如我们祠堂落成庆典时，老汉就叫娃拉了两大盆醪糟。前些日子，老汉叫村里景明老汉的二娃，给自己设计了这样一个手提箱。

刘书记笑道，今年的生意咋个样？

秉银老汉呵呵笑道，好得很，仅过年跟前这几天，不算散卖的，手提箱就卖了三四千，还有人跑到家里来预订，说三十这天来家里取，说过年出门的时候给亲戚送。

能给亲戚送，说明你家的醪糟真的不错。

秉银老汉一边从车上往下提手提箱一边笑道，醪糟好吃，除了祖上的方子，卖的就是一个诚信，就是一个人心。

刘书记笑道，老哥这话说得好，可我还是不明白，您为啥要把醪糟白白送给别人吃？

秉银老汉笑道，日子过好了，啥都不缺了，心里从早到晚高兴着嘛！人老了，就把钱看得淡了，把情义看得重了。

# 91

　　年前，许多在城里打工的人回到村里。在他们的观念里，过年就要有过年的仪式感，只有回到农村老家，才像过年的样子，才有过年的味道。主要原因一是童年的记忆。二是父母还在老家生活，他们知道老人在等他们回家过年的心情。如果父母过世了，那就更应该回来，把老房子收拾一下，把小院子打扫一下，到墓地祭拜一下父母和祖宗。三是利用过年的机会，圪蹴在村里的老槐树或老皂角树底下，与左邻右舍相互见见面叙叙旧。另外，回老家过年，三十白天贴对联，贴门神，敬祖先，蒸油包子和馍，煮大肉，三十晚上在小院里放鞭炮辞旧岁，初一早上吃浇汤烙面与挂面，还有天蒙蒙亮在小院里放鞭炮迎新年，这都是永久的记忆。还有，如果早几天回到家里，还可以带着父母，一起去店头镇逛一次年前最后一个农村集市，在那熙熙攘攘的小集市上走一走，听着乡音，这里看看那里瞧瞧，实在是很有意思！

　　如果在年前或是过年的时候落一场雪，那就再好不过了。从前，或者说小时候，过年经常会遇到下雪天。村落、房舍、田地、戴帽山，全被皑皑白雪覆盖着，街上雪雾蒙蒙，小孩子穿着新衣服，三五成群在雪地里跑来跑去，砸核桃，吃糖果，放鞭炮，甚至在雪天去爬戴帽山，这一切都深深地烙印在脑海里，影响着终生。而对于常年在外边干事的人，这样的记忆已经变为了浓厚的无法抹去的乡愁……

　　所以说，在农村人的记忆里，过年的时候，天一定是要下雪，在外边做事的人，多半都要赶回老家的。而且，村里也在戴帽山高山葡萄群里发了一个通知，说年三十要在新建的祠堂里祭拜祖宗。有了这一声召唤，这一年，山洼里村许多常年不回老家的人也回来了。

　　腊月底，马书记和王党信要回家过年。王党信开着自家的车走了，单位派车来接马书记。我没有急着回家，想见识一下乡间祭祖的场景，加之新媛要回家过年，我很想和新媛见上一面。

　　腊月二十九傍晚，天如大家期望的那样，纷纷扬扬下起了雪，到了第二天早上，村子和田野就被白雪覆盖了。由此，天地就变得凝重起来，变得诗情画意起来。一大早，村里的男男女女踏着厚厚的积雪，带着香烛祭品齐聚祠堂。祭奠仪式由老书记主持。首先是燃放鞭炮，接着由下窑村的九婆、七婆、秉银老汉的老伴、王保民老汉的老伴、南窑村茂娃老汉的老伴、有学他妈、盼盼他妈、喜娃的媳妇等村里的善人老婆，敲击着小鼓、小锣、铙钹、木鱼和梆子，一边歌咏一边燃烧纸钱。由九先生举起长长的拂尘，扫除老祖和老祖夫人"影"上的积尘，由老书记把"供奉王门历代列祖列宗之神位"的牌子，从神龛中安请到神台上。由王三老汉、五老汉、秉银老汉、景明老汉、茂娃老汉和德怀叔，把十二只插着苍柏翠枝的双耳青瓶，置放在香案"神位"的两侧。由村里的少男少女把全村人带来的祭品，包括苹果、寿桃、葡萄、石榴、香蕉、糕点、香烛祭酒及锦缎，传递给九先生和老书记，供奉到香案上。把高斗架蜡、长明灯、富贵灯、相思树等，置放在香案的两边。而后，由王老虎和五老汉的大娃王国强吹奏起了《祭神曲》。

由九先生诵读《祭文》——

　　维公元二〇××年腊月三十日，值新春佳节之际，山洼里村王氏后人聚集祖庙，满怀虔敬之心，谨以果品美酒佳肴香帛冥金之仪，奉祭于老祖、老祖夫人和列祖列宗神位前，特告慰吾列祖列宗曰：

　　水有源，树有根，人有祖。不思来去，无有方向。不念祖宗，不如走兽。遥想日月经天，江河行地，先祖唐大历年间，来此立基落业，野处穴居，刀耕火种。虽麻衣草鞋，千辛万苦，备尝煎熬。赖上苍垂顾，生生不息，绵绵瓜瓞。奈日月难考，往事如烟。

　　喜逢太平盛世，国运繁荣昌盛，百业兴旺发达，人民幸福安康。欣赖世运老人，不忘故土恩情，捐资再建祖庙。吾同宗男女老幼，亦添砖添瓦共享盛烈。庙头之上，得天独厚。背依戴帽，垒筑高台。飞檐斗拱，庙相宏宏。古树参天，瑞祥止止。吾祖恩德，如水泱泱。吾祖遗范，如火煌煌。吾祖福荫，水长山高。

　　日月交替，紫气东来。新春佳节，追念先祖。望云拜伏，思绪千万。期望子孙，念念无忘。铭记祖训，传承祖德。崇尚孝悌，谨遵礼义。践行忠信，言传身教。勤勉努力，与时俱进。爱国守土，同心协力。为始祖争光，为族谱争辉。嗟呼！列祖列宗，仙驾齐集。
优惟尚飨，当感慰藉，万世繁荣！

《祭文》宣读结束，在九先生的带领下，在唢呐声中，站在祖庙里外的
王门子子孙孙，向列祖列宗行"三跪九拜"祭祀大礼。祖庙内香烟缭绕，酒
果飘香，乐曲舒缓缠绵。站在祖庙内外的王门后人凝神静气，心生无限敬意。
最后是《吉祥中华·风调雨顺》大鼓。

祭奠结束。老书记站在大祖前的走廊上高声说，借今天祭祀祖先的日子，
由于外边干事的人都回来了，我把咱村里的情况说一下。今年以来，我们村
发生了很多变化，不但国家帮助建档立卡户盖了房，村里也建了祠堂，修了
蓄水池，实现了自流灌溉，物流网店也成功运营，现在国家又要给咱开挖涝
池，在戴帽山上修建红亭。还有，在驻村扶贫单位帮助下，村里所有有葡萄园的
家庭购买了现代化打药机。有了现代化打药机，就不用拉着药管子在地里来
回跑了，人身上就不会再淋药了。

老书记说着话，摸了一下脸上的络腮胡子激动地说，特别是前几天，市
上的刘书记，县上李书记，县扶贫办领导，还有县上包抓单位领导和咱镇上
赵书记，一块来到咱村里，拿着米面油到大嘴家里。刘书记见了大嘴说，一
篇《王大嘴升旗记》，把王大嘴和山洼里村宣传得让全国人民都知道了。咱
要感谢大嘴，还要特别感谢小米，没有他写的这篇文章，外边的人咋知道大
嘴和女子升红旗？今天都大年三十了，他还没有回家去过年，他是把咱村当
成了自己的家！

大嘴咧开他的大嘴仰头高声笑道，再过一年半载，小米就变成咱村的女
婿娃了。

周围的人笑声一片。新媛脸红得像是盛开的花朵。

老书记接着说，这次领导来，本来只打算去大嘴家，没想到还看了咱的
网站，看了咱的祠堂，当着所有人和记者的面，把咱的《山洼里村村规民约》
念了一遍。最后，刘书记还看了咱的蓄水池，还说要把咱的戴帽山建成一个
戴帽山高山森林公园。县上的李书记说，明年的植树造林，县上还要把点就
选在咱的戴帽山上。

老书记看着欢庆又说，领导还说了啥，你再给大家说说。

欢庆也激动地高声说，刘书记给记者说，要把咱村的事写一篇报道，把咱山洼里村当作扶贫和乡村振兴的典型来宣传。临走的时候，镇上的赵书记说，乡村振兴实施方案里，有领导包镇走村入户制度，有领导乡村振兴联系点制度，刘书记要把咱村作为他乡村振兴的联系点呢。

底下响起一阵热烈的掌声。

对对对。老书记忍不住接着又说，今天，大家趁回来过年，把包地的事都好好商量一下，村里已经拟定了一个包地合同，大家在群里都看见了，咱就借回来这几天，把这事解决一下。

听着老书记的话，我无意中抬起头，发现纷纷扬扬的雪花里，那棵最高最大的槐树顶上，那个喜鹊窝还在，但在靠院墙边的另一棵槐树上，又出现了一个新的喜鹊窝，好像还在搭建中。我觉得奇怪，就问身边的德怀叔。他说，喜鹊有挪窝的习惯，很可能是原来的那对喜鹊，也可能是别处的喜鹊飞到了这里。

# 92

依照以往的习惯，大年三十是煮肉的日子，吃过早饭后，整个村子弥漫起浓浓的肉香。男人们在祭祖结束到家吃过肉夹馍以后，又来到街上，站在大槐树或皂角树下，谈论起村子里的变化。有成群结队的小孩开开心心地在街上雪地里跑来跑去，鞭炮声在村子的各个角落不间断地响起，浓浓的火药味随风飘散。有人去墓地里请老先人回家过年，有人在给院门两边贴对联……

我拿着烟酒茶叶和新媛看过她父母，吃了两个肉夹馍，带着她父母给我父母送的一箱烙面、四瓶装的"王十三醪糟"和一瓶用石窝砸的干面辣子，开车回城里过年。

因为下雪天，只有在中午这段时间山上的公路上的积雪能消融一些，车轮不带链子可以行驶。

新媛送我时说，农村过年才有意思，今晚天刚黑家家户户都要放鞭炮辞旧岁，明天天麻麻亮家家户户又要放鞭炮迎新年。放完炮太阳还没出来就吃年早饭，吃浇汤烙面和浇汤挂面，然后穿着新衣服去雪地里踏雪照相，到山上去看雪景。可城里能干啥？只有关了房门看电视，多没意思。

新媛说话时一脸幸福的模样。

我笑道，明年争取有资格来你家过年。

新媛笑道，我姐和姐夫今年去姐夫家过年，明年和我姐一家在山洼里村过年。

我又笑道，那明年还下雪吗？

新媛甜甜一笑，肯定下雪呀，咋能不下呢？

我满怀欢喜地离开南窑村。这是我第一次在下雪天开车行驶在乡间的公路上。我一点也不着急，慢慢地开着车，听着车轮在雪地里的碾动声，欣赏着车窗外被雪覆盖的层层葡萄园，以及白雾蒙蒙的戴帽山，还有山下被雪覆盖住的广大的山地。我几次停下车，站到路边雪地的荒草里，拿着手机前后左右拍照。在这一刻，我对农村雪景的留恋油然而生，突然渴望有一架航拍无人机，和新媛一起去田野，把雪天里的戴帽山、葡萄园、村落，还有高大的椿树、皂角树、柿子树，特别是槐树上的喜鹊窝，都拍摄下来，那一定美极了。

这个想法一经产生，便再也挥之不去。

说老实话，回城里过年，除去和父母团聚，实在没有什么东西叫人感到激动。由于爷爷奶奶已经过世，由于我家和亲戚不在一个城市，过年的时候只是通过手机相互问候一声，其余的时间一直待在家里，其间只陪父母到老渡口公园转了一圈。老渡口公园虽说紧邻渭水，有湖，有船，有小山包，山包上长着一片松树，可都是人工造出来的。尽管如此，这是我过年这几天，做的唯一一件有意思的事。其余的时间，我要么看电视，要么在手机上查看航拍无人机的相关视频。

过完年，我和马书记开车再回到村里时，街上又恢复了以往的寂静。我和马书记来到广场，老远听见办公室里传来像吵架一样的说话声。走进办公室，屋子里坐满了人，有的人我不认识，一位满头白发的老汉正红着脸高声说，我得是山洼里村人？

老书记看见马书记走进屋里，也不再和白头发老汉争辩，对马书记说，就等着你回来呢。

马书记不知道内情，随口笑道，在外边就听屋里边高声说话。

红脸说话的老汉看着马书记笑道，一辈子高声说话习惯了。

老书记给大家介绍了马书记，指着刚才高声说话的老汉说，他是下窑村的王宝信老汉。接着介绍说，他是五老汉的大娃国强，他是王三老汉的大娃茂生，他是创建，他叫胜军，这两个是北窑村的建成和建强。

马书记笑道，刚才讨论啥呢？

欢庆笑道，一看村里情况好了，葡萄和柿子能卖钱了，就想回来呢。

马书记说，这是好事嘛，村里人多了，人气就旺了。

老书记说，马书记和小米跑了一百多里路还没有吃饭休息，大家肚子也饿了半天，先回去吃饭，村上还有要紧的事要做。单位人都上班了，咱要赶紧去县上，问一问"产业资源路"和"一村万树"项目。今天下午，咱还要到山上去看一看，申请产业资源路，你不能光凭嘴说，路要修多长多宽，咱自己心里先要有数，要不申请咋写呢？

红脸老汉宝信问，我的事咋办呀？

胜军说，买打药机一定要把我添上。

老书记没有接宝信和胜军的话，给镇上的赵书记打起了电话，说了明天去县上的想法。赵书记也说，他今天把镇上的事安排完，明天一大早就开车来村里，领导安排的事情，咱不敢马虎。

老书记看着大家说，明天我和赵书记要去县上，后天大家吃过早饭再来，商量着拿出一个解决办法。

大家要回家的时候，老书记给益娃他侄儿王团结说，你回去到喜娃和你二大家里看看，要是有白石灰了就装上两担笼，吃过晌午饭给咱拉到蓄水池那里，再拿上两个铁锨。

# 93

马书记、老书记、王党信和欢庆来到蓄水池边，那里已经站了好多人，他们都关心戴帽山高山森林公园的建设，关心后边在山坡上栽树的事。去年村里没有实际规划，也没有想到在山上建一个森林公园。现在，事情一发生变化，许多人就有了想法。

喜娃对欢庆说，团结给我说要白石灰，我拉来了。

欢庆从喜娃的柴油三轮车里拿了一把铁锨，看着团结和王军说，你两个给咱把白灰抬着，喜娃你跟着给咱画线。

大嘴笑道，咱这个路规划得要弯来拐去才好。

欢庆观望了一下周围对老书记说，咱先把路修到柏树林那里，叫外边人来了先到咱的柏树林里逛一逛。

老书记说，路通到柏树林那里，再沿着崖坎上边往南拐。

欢庆拿着铁锨在前边画线，喜娃拿着铁锨在担笼里铲了石灰，一手握着锨把，一手拿着一块石头在锨把上弹击着，沿着欢庆画的线往前走。老书记跟在喜娃后边一边踏着步数一边往前走，用脚把画的白灰线丈量了一下。

走到柏树林旁边一个石崖跟前，马书记看着四周说，这里地势高，跟前还有这个石崖，到时候在石崖下边搭建一个房子，卖村里的葡萄和柿子，还可以叫秉银老汉在这里卖家里的醪糟。

欢庆左右环顾了一下问，路从这里继续向北走还是向南拐？

马书记说，南边有一个山嘴，就往山嘴那里拐，那里眼界宽。

欢庆用眼向南边山嘴那里瞄着，一边向前走一边画着线。

来到山嘴上，王党信说，这里修一个观景台多好，逛的人可以坐在这里一边休息一边看风景。

王好仁笑道，和山顶上一样，在这里建一个亭子。

王党信说，没必要建亭子，在这里放上三块大石头更有意思。

新媛她大和大嘴都说，这个办法好，既省钱还显得与众不同。

马书记望着山梁上边的那个小山说，在山梁上边再竖一个宣传牌，把咱的戴帽山高山森林公园、戴帽山高山葡萄和戴帽山高山水暖柿子都画上去。

老书记笑道，山梁上边竖一个牌子，十里路外的人都能看见，咱忙过这几天就叫大光给咱设计。

景明老汉高兴地说，今晚上我就给娃打电话。

白灰线画到了一座小山跟前，这里出现了一块平平展展的大石头，大家就坐在上边休息。

王党信问，这里咋来这么大一块又平又光的石头？

老书记说，这叫"炕石"，天造下的，我小时候到山上斫柴，经常在上边睡觉呢。

王三老汉笑道，村里大人小娃，都在"炕石"上边睡过觉。

马书记说，这里就是一个天然的观景点。

欢庆说，弄一个大石头摆在后边，把"炕石"两个字刻在石头上。

老书记说，不敢坐了，赶天黑弄不完了咋办？

大家正要起身干活，老书记的手机响了。电话是县扶贫办打来的，老书记接完电话先是感叹了几声说，没有想到，县上比咱还着急。县扶贫办打电话说，李书记叫扶贫办抓紧落实刘书记年前安排的工作，扶贫办在给咱打电话前，已经给镇上的赵书记打过电话，叫咱明天和赵书记一块去县里。

听了老书记的话，大家就纷纷议论起来。大嘴骄傲地说，我以为刘书记是随口说的，没想到刚过完年，县上就给咱打电话。

德怀叔笑道，你没看事是谁安排的。

欢庆说，咱村的事成了，领导说要把咱村当成扶贫和乡村振兴典型，看来真是这样。

马书记说，领导这样安排，也是和国家的大政策有关，国家对农村的好政策越来越多。

王三老汉笑道，咱村人有福了，村里好了外边打工的很多人就回来了。

王大宝笑道，三爷，那你叫我茂生叔不打工了回来种地行不行？

王三老汉说，我年龄大了，跟前没个人也不行，茂生已经到城里拉东西去了。

五老汉说，我国强也回来，把老葡萄园挖了另栽呢。

喜娃说，再栽葡萄树，树行子一定要往宽的留，要不，机器转向都不方便。

大家说着继续往山上走，依照着地势的起伏，路又拐了五六个弯，又选了三四个观景点。等走到红亭跟前，太阳已经压山，一条白线在戴帽山上弯来拐去。

# 94

赵书记和王党信来到村里，与老书记、欢庆一块去了县城。

吃过早饭，马书记说到村里转转。我慢慢开着车，看着街边各家院门上贴的过年的红对联，向村北边的老庙驶去。走到街道中间，看见盼盼他妈正在院子收拾柴火，马书记说，到盼盼家里去看看。

盼盼家原来的土坯门楼换成了砖门楼，院门也换成了能进出小汽车的红铁门，红铁门的两边贴着"喜气洋洋过大年　勤劳致富奔小康"的对联，横额是"日新月异"。走进院子，里面坐北向南也盖了三间半厢房，红砖红瓦红墙，使小院一下子焕然一新。

马书记笑道，老嫂子，年过得好！

盼盼他妈停住手里的活转过身惊喜道，马书记、小米，你们来了。

马书记问，盼盼过年回来没有？

老人高兴地说，回来了，回来了，娃去他姑和他舅家了，初四就和他表哥走了。

马书记笑道，娃回来高兴吗？

高兴嘛，咋不高兴？

我说，你家里没有葡萄园，树枝咋来的？

娃大年初一到人家地埂头给我拉回来的，娃怕我没啥烧锅。

盼盼懂事得很。

就是，娃过年回来就没歇没停，晚上还坐在院子给我剁柴，这些碎柴都是娃给我剁的。

我一边帮着撂柴一边说，姨，你有啥困难了就给我说。

老人说，没有啥困难，水通到院子里，水龙头一拧就开了，就是买的面我拿不动，盼盼他舅到时候就把面送过来了。今年过年的时候，盼盼叫我别种地了，叫他舅种。他舅说，他来回跑着种地不方便，不如把地包给村里人，天天说他想包呢，盼盼临走的时候叫天天和他舅坐到一块去商量。

马书记环顾着院子说，娃听话懂事，新房又盖了，老嫂子往后要享福了呀。

现在就享福呢。老人喜不自禁，说着话突然落了泪。又说，盼盼他大命可怜。

马书记说，盼盼他大知道盼盼有出息，现在日子过好了，他也高兴。

离开盼盼家，大老远就看见村北头老槐树上又新拴了一些红被面，它们肯定是过年时，外边回来过年的人拴上去的。老槐树底下的大石头上，坐着十几个人，其中就有过年回到村里的创建、胜军和宝信老汉，以及北窑村的建成和建强。一辆崭新的三轮电动车上，坐着一个戴鸭舌帽的老汉，我仔细一看，竟然是王振鹏。我惊奇地笑道，老叔，咋还戴上鸭舌帽了？

王振鹏坐在电动车上，嘴里吐着烟气笑道，女子过年回来买的，我不戴，女子硬叫我戴。

大嘴笑道，这帽子一戴，就不像咱农村人，像是从城里回来的老干部。

王振鹏嘿嘿地笑着。

多多笑道，要不是欢庆和小米给你把女子叫回来，你还戴鸭舌帽，鸡舌帽都没有。

马书记笑道，电动车也是刚买的吗？以前没见你骑过。

女子把我带到县城给我买的。王振鹏说着话从座位上下来笑道，你坐上去试试。

马书记坐到电动车上感慨道，老哥呀，房盖了，女子回来了，电动车开上了，鸭舌帽戴上了，水通到葡萄园，过几天，等把打药机运回来，往后的日子真没有啥愁的了。

宝信老汉笑道，没有想到，以前一副老睡不醒的屄样子，如今像是换了一个人，说话的口气和以前都不一样了。

多多说，说话比以前硬气了。

王振鹏看着多多笑道，你也一样嘛，说话比从前声高了。

在老庙的斜对面，就是多多的家。从前他大临街盖的土坯厢房，已经换成了一座红砖小平房。临街在土墙上开的那个土窗子，换成了一面带不锈钢防盗网的玻璃窗。

马书记看着宝信老汉问，老哥你昨天高声为啥事？

宝信老汉说，说起来都是丢人事，咱都不好意思给人说。前几年，娃给我在城里找了个看门的事，临走的时候，把地叫天天种去了。当时天天问我，包地费咋给呀？我说，有收成了给个一二百，没收成了就不要了。天天说，无论有没有收成，一年一亩地给我一百五，四亩地一年六百，他一次性给了我六千。他说他想给地里栽葡萄树呢，我当时也没有说啥。如今，我回来想要地呢，咱当初把人钱接了，不好意思开口，只好找村里解决。

马书记说，村里不是已经出台了一个办法吗？

宝信说，村里写的合同说至少是八年，天天包我那地只有七年，当时天天和我说的是一亩地一百五，现在合同说葡萄园每亩承包费是三百元。

建成笑道，地是你的，可天天栽的葡萄树正挂货呢。

创建笑道，人家刚把葡萄园务成了，才卖了四年钱，你手一伸要地呀。

胜军笑道，最好的办法，就是等十年时间满了，天天把葡萄树挖了，把地还给你。

宝信说，可是我今年就想要地呢。

王振鹏笑道，葡萄园要卖钱，就要给地里投入，肥料钱，薄膜钱，打药钱，袋子钱，再加上人工钱，剩下来才是个人的钱。我给你提个办法，天天还有三年承包期限，你先把后边这三年的人家当初给你的承包费退还给人家，再按村里合同写的一亩地三百元的办法，把后边这三年反包回去。

宝信说，过去天天包我地的时候，是一亩地一百五十元。

王振鹏说，你今年想要地，就要奔着吃亏的办法。你要知道，你的地当初是麦地，现在接到手是一片现成的葡萄园，那片葡萄园往后再卖个十年八年没有问题。以我的想法，你不但要把后边这三年按每亩地三百元反包回去，四亩地一千二，三年就是三千六，照我的意见，你再给人家表示一下，添成一个整数四千元。

宝信老汉想了想说，就依照你说的这个办法，要是成了，我请你到店头镇吃羊肉泡馍。

马书记笑道，老哥，看不出来你还能说事。

王振鹏说，葡萄园再好，也要投资，也要下苦，钱装不到口袋都不是自己的，万一遇上连阴雨咋办？遇上行情不好咋办？遇上了大小年咋办？猴子包振海家的三亩葡萄园，我就是这样说着把事给解决了，过年的时候，猴子还给我拿了一条烟。

胜军看着宝信老汉笑道，听明白没有，赶快到多多商店买一条烟送给我振鹏叔。

王振鹏笑道，左邻右舍的，我本来没有收，猴子把烟扔到我床上跑了。

马书记笑道，老哥你开车前边走，咱到你家里去看看。

# 95

老瞌睡叔家里，从前残破的土院墙全换成了砖墙，破旧的土院门也换成了一座漂亮的砖门楼，门楼下安装着能进出小汽车的大红铁门，大铁门两边贴着"风调雨顺春来早　国泰民安喜事多"，门楣上贴着"福满人间"。

马书记笑道，这副对联好。

王振鹏停住电动车，一边从口袋里掏钥匙一边说，年前我到店头镇跟集时买的。

他打开院门，径直把电动车开了进去。我站在院门口朝里看，豁亮宽敞的院子，不仅是焕然一新，更有一种农家院落特有的亲切气息。一条砖铺路直直通到院子里边两孔土窑洞跟前，从前土坯的窑间子换成了砖砌墙，一孔窑洞换成了红木门，另一孔却敞开着，里边放着各种农用工具。

在院子的一侧，坐北朝南盖着三间漂亮的厢房，厢房的门上都贴着大红福字。王振鹏带着我和马书记挨个看房子，他说，这一间是自己住，另一间是春妮回来了住，还有一间房子站在院子看是一间，实际上里边隔成了大小两间，大的这间是厨房，小的这间是洗澡间。你们看房顶上还架着太阳能热水器。

在院子的另一侧，是一片菜园子，里边耕得平平展展。

马书记笑道，想起以前那个长满杂草的院子，有一种换了人间的感觉。

王振鹏嘿嘿一笑，竟然把眼泪笑了出来。他不好意思地抹了一下眼说，想起来就像做梦一样，想不到这辈子还能住上这么好的房子。

马书记笑道，这样整洁安静的院子，我都羡慕呢。

王振鹏看着自家的院子，欢喜地说，以前，不是坐到老槐树底下，就是坐在院门口的石头上，在家里一时都不想停。自从把房盖了，把院子收拾了，就不想出门，一个人在院子里一坐就是老半天，看啥心里都是舒服的。

马书记说，人就是活个心情嘛。

就是就是，现在到地里干活身上都是有劲的。

说着话，他忍不住又红了眼圈说，没想到，老了老了，享上福了，算是和常人一样了。

正说着话，建设走进院子，喊了一声马书记说，我看见小米的车了。

马书记说，你今天闲着？

建设说，我刚从地里回来。

马书记说，娃的情况咋样？正想到你家里去转转。

娃情况好着呢，装了人工耳蜗后，我在家里教娃。年前我带娃到省城康复医院去过一回，给娃检查了一下，效果好得很。

王振鹏因为心里高兴，也跟着我们一块去了建设家。

骡子老汉家也盖了门楼，门楼下也换成了红铁门，大铁门两边贴着"和睦家庭年年好　幸福生活步步高"，大门上边贴着"喜气盈门"。骡子老汉正拿着扫帚打扫院子，看见马书记高兴地说，听说你回村上了，正想去看你和小米。

马书记笑道，把家里收拾了，是不是扫地都有劲？

建设媳妇从房子走出来笑道，可不是，院里落个树叶，我大都要扫一下，一天能扫四五回。

骡子老汉笑道，闲着呢，心里高兴嘛。

骡子老汉在院子坐北朝南盖了四间厢房。和王振鹏家一样，每个门上都贴着大红福字。在厢房对面，还盖了三间彩钢瓦大棚，里边放着柴油三轮车、电动车、打药机等农用工具。大棚外边长着一棵杏树。里边两孔窑洞，虽然还是以前的老式木门，还是土坯间子，却收拾得齐齐整整。

骡子老汉带着马书记挨个看着说，我睡一个屋子，娃睡一个屋子，我孙女欢欢睡一个屋子。建设还给娃买了一张床，买了一个放书的柜子，把娃高兴得早晚待在屋里不出来，成天叫建设和她妈教自己识字呢。

我和马书记走进欢欢住的屋子，欢欢正趴在一张小桌上看《看图识字》，看见马书记和我，笑嘻嘻地站起来嘴里喊了一声。

建设说，娃喊你小米叔叔。

马书记问，娃现在听力咋样？

建设说，听力和说话都康复得还行，我想到夏天，就送娃到店头镇去念书。

我走到书柜跟前，看见书柜上整整齐齐放着去年夏天送给欢欢的书包、铅笔盒、《看图识字》、花皮球、机器人和溜冰鞋，还有建设自己给孩子买的许多儿童读物。那辆滑板车和小骑车就放在书架的一边。

建设说，我一直担心娃念书的问题，没想到欢欢记性特别好，那些《看图识字》我教上三两遍娃就记住了。

欢欢听懂了父亲在表扬自己，不好意思地喊了声爸爸。虽然不像正常孩子说话那样清楚，我还是听清了，给孩子竖了一下大拇指，孩子笑嘻嘻地看着我。

建设媳妇给院子放了一张小桌子，给周围放了一圈小凳子，又拿了水瓶和纸杯叫大家坐下喝茶。

骡子老汉说，咱去年买的打药机子啥时候能回来？

马书记说，年后十五以前回来。

振鹏说，咱不是说给座位上加工一个简易篷子嘛，不知道弄来没有。

马书记说，说定的事，肯定弄嘛。

振鹏说，你们单位给村里人帮忙了，那么多的钱，都能舍得，就应该敲锣打鼓到你们单位去感谢一下，再送一面锦旗。

马书记笑道，有你这句话就行了，我回去把你说的话转达给我们领导。

振鹏笑道，这是空话，拿嘴把人谢了一下。

骡子老汉说，有了现代化打药机，人就不用在园子里跑来跑去拉管子了。这两年，我每次打药都发愁，叫女婿过来帮忙，把人家娃累咋了，也作难咋了，娃不来不行，人家娃还有自己家里的活，咱老觉得把人家娃亏待了。

振鹏说，你还有女婿帮忙，我这几年每次都是背着机子打药，每打一回药，脊背和裤子都湿完了。

骡子老汉说，以前，家里的葡萄园就够我一个人经务。今年，建设还想在他二大的地里栽葡萄树，可栽树并不是一年半载，多亏村里出了那个合同。大年初一的时候，我、我兄弟和我侄儿坐到一块抽着烟就把事说好了，如果没有村里的这个合同，就没办法说嘛。

建设说，过年的时候，我和喜娃还有大嘴说好了，等扶贫无息贷款下来，想一块去西安城购买"红铁牛"农耕机，这种机器一机多用，有了它，再加上现代化打药机，就把人从体力劳动里解放出来了。


# 96


村里开会集体签合同的时候，不仅包别人地的人和把地要包给别人的人来了，就是不包地的人也来了。毕竟，在村里守着的人，多半都是上了年纪的人，他们是和土地有着深厚的感情的。因为来的人太多，办公室里坐不下，大家就拿着板凳坐在外边的大棚底下。

开会前，老书记说了去县城的事，说这几年国家年年给各镇各村都有修路项目，都有绿化栽树项目。咱村的戴帽山本来就在县里的总体规划里，咱申请的"产业资源路"和"一村万树"项目，这几天就会落实下来。

大海问，县电商中心啥时候派人来？

老书记说，县电商中心的领导说，他们这几天就安排人来看情况。

欢庆说，扶贫和乡村振兴是国家大战略，各级领导不重视都不行，你不重视，上边领导就要问责呢。

欢庆拿起手机接着说，以前，新媛给咱说的那些话，咱很多人包括我，都认为那是娃和孙子手里的事，咱也不当一回事。我、老书记和王党信去县扶贫办和县电商中心，看到这几个调研材料，我拿手机拍了一下，一个是咱县上农村电子商务发展情况，一个是数字农村创建和智慧农业应用情况，还有一个是农村物流网店快递揽收点发展情况。领导说，咱县上在这几个方面都有点滞后，说咱村在物流快递这一块还走在前头，今年要把咱村的网店当作样板网店来建设。

大海高兴地说，这我就放心了。

老书记说，咱村的事多得很，记者还要来采访，今天，咱先把合同赶紧签了，合同一签，大家就能早早安排自己的事。下边，就叫欢庆把合同再给咱念一遍。

欢庆拿着一份合同念了起来，念完后说，村里已经把合同打印成制式，甲乙双方把字一签，村上再把章子一盖，这合同就没办法改变了。

老书记说，双方人到了就好说，土地原来的主人如果不能来，就把书面委托书准备好，由村主任欢庆和三娃代签。合同村里保留一份，与委托书原件一起存档。甲乙双方各保留一份，并附带委托书复印件。

王平地问，亲兄弟签合同不？

欢庆说，每个人都要签合同，亲兄弟也一样。

骡子老汉笑道，亲兄弟都是个人过个人的日子，签个合同好。

宝信问九先生，九叔，合同上谁签字呀？

九先生说，娃写了委托书叫我拿来了。

我、三娃和党信在大家说话的时候，在大棚底下摆好了桌子，把制式的合同放在桌子上。老书记说，下边，就叫欢庆、党信和三娃协助大家签合同。

就在大家签合同的时候，不签合同或看热闹的人就有话要说了。

五老汉说，这社会变化太大了，这才几年，村里的地来来回回变化了多少回，当初高级社，接着生产队，再后来包产到户，今天，各家各户之间又把地包来转去，咱这一辈子，把啥事都经历了。

王三老汉说，看着眼前的事，想着老早的事，就像做梦一样。

五老汉说，看着眼前的事，我就想起分生产队、分土地、分牲口的情景，那时候，人在一块劳动惯了，猛然要分开，心里老觉得不舒服。这才多少年，又要变化。

秉银老汉说，我家地好多年自己没有种，要么叫亲戚种，要么叫村里人种。前几年就有人想包我的地里栽葡萄树，我没有答应，就是担心时间长了说不清，这一回村里有了这办法，我就放心了。

王益娃坐在他的"宝驴"上问，你把地包给谁了？

秉银老汉说，包给建成和建强兄弟两个了。

景明老汉说，娃过年回来，叫我把家里的地包给其他人，可我就是舍不得。

德怀叔说，年龄不饶人，你今年不包，明年就说不来。我去年刚回来，心劲儿还满满的，就没想把地往出包，可大女子回来，硬叫我把地全部包出去，我只把村里置换的"二亩堰"包给了喜娃。

骡子老汉说，人不服老没办法，建设一回来，我心里一松劲，再到地里干活，一下觉得没有以前有劲了。

茂娃老汉笑道，你没看咱都啥年龄了，六十奔七十的人了。

骡子老汉笑道，和九叔比起来，咱都是碎娃。

就在几个老人说话时，新媛喊，大，咱和我喜娃叔家的合同是你签字还是我签字呀？

德怀叔说，你签吧。

太阳偏西的时候，各家各户的合同签完了。王大嘴从他三叔手里转包了二亩半地。王喜娃包了德怀叔家的二亩地。王宝信老汉不但把天天以前包他的地要了回去，还包了九先生家的二亩地。王天天虽然把宝信的地退还了，却包了盼盼家的四亩地。王猴子把振海家的三亩葡萄园正式包到了自己名下。王建设包了他二大家的地。王胜军和王宝信把九先生家剩下的地分着包了。王平地和王平安把老二家的地一人包了一半。王有学、王劳动、王大宝、王团结和王保成，也包了村里别人家的地，或二亩半，或三亩。就连王振鹏，这个从前消极打发日月，连自家的地都不好好经务的人，也包了别人家二亩地。还有王三老汉的大娃王茂生，五老汉的大娃王国强，以及创建、建成、建强，这些在城里打工多年的人，今年也回到村里，不仅要经务自己家的地，还叫人在中间说话，转包了兄弟或是村子里平日关系要好的人家里的地。这一次，村里共有三十多户人，土地关系发生了变化。

我看着桌子上放的村委会要保存的一摞合同，望着众人感慨万千的面孔，心想以前许多人不看重的土地，今天突然被大家重视了起来。村里人与土地的关系又发生了一次大变化。

# 97

正月十一，四辆大货车拉着七十多辆打药机来到了山洼里村，同时还跟着一辆大型的四轮叉车，阵势之壮观令人连连咋舌。这一次，村里边所有的贫困户，以及家里有葡萄园的村民，都得到近三千元的补助，购买了现代化的打药机。头一天，村里已经在大喇叭里通知过。大家吃过早饭，都早早地来到村里的广场等着，就像过会一样热闹。十点多，四辆大货车拉着打药机来到广场。厂家派有专业的跟车师傅，大家只在旁边站着，看着叉车把一辆辆打药机叉起来，慢慢地放到地上。

依照事先的安排，欢庆拿着各家各户交钱的登记册挨个发放。打药机是三轮乘坐式电启动，17匹马力柴油水冷发动机，分高低速，有前进挡和后退挡，高压注塞泵，双面可调节12个喷头，风送式镰刀型大风叶，独立风道，加厚式药桶，一次可装600斤水，有前刹减震。厂家还根据村里人的意见，在座位的两边前后各加焊了两个一拃高的铁管，打药的时候，就可以给四个铁管里插两个"∩"形支架，再把透明的塑料套套在上边，相当于给人的头顶左右打了一把伞，即便是有点风，药也不会淋到人身上。但这样做，树的行间距离就要求相对宽一点。

第一辆打药机是王喜娃的。厂家跟车师傅先把两个"∩"形支架插进两边的铁管里，然后把塑料套套在上边说，坐上去感受一下。

喜娃坐上去，恰好把人遮罩在里边，他前后左右看着，高兴得脸色发红。

大嘴喊，好得很嘛，人坐在里头一点药都淋不上。

跟车师傅叫喜娃去接水给水箱里加满水，又给药桶里加了半桶水，自己提来一个柴油壶，给油箱里加了几升柴油，随后就给大家讲解咋样调节高低速度，咋样调节喷头方向及强弱，咋样结合树的高低关停哪一个喷头，因为每一个喷头后边都有开关，咋样做才能减少药物浪费。解说完毕，跟车师傅坐到车的塑料篷布里，打着火开着车在广场边转了半圈，给大家做起示范。转眼，水雾哗哗地向四周散开，立刻，一片叫好声跟着一阵掌声响了起来。

跟车师傅把车停下来，叫喜娃自己试。

王喜娃开着车在广场转起圈圈，水雾又一次向四周弥漫开去。他转了一圈，把车停下来，一脸满足的样子，高兴地给站在跟前的人说，这下好了，往后打药不发愁了。

王天天高兴地说，就是嘛，有了这打药机，十来亩地一晌就打完了。

王喜娃说，一晌时间足够了，只要把药配好，开着光往前走呢。

大嘴情不自禁地笑道，要感谢马书记，感谢小米呢。

王好仁说，我担心我栽园子的时候，把树栽得太靠近地坎，树枝一长长，打药机就开不过去。

王劳动笑道，谁叫你栽树跟地坎靠得那么近？

王好仁说，栽树的时候就没想到要买现代化打药机。

王勤勤老汉说，我和你一样，挨地坎的树行子怕开不过去。

王有学笑道，你看药机子一开，药就像雾气一样，你给树这边打，药肯定都飘到那边去了。

王天天说，就一半行子，不放心了背着药机子打一下。

这边说着话，那边又传来了打药机声。王振鹏开着打药机顺着广场转起圈圈。有人隔空高声笑道，老哥，以前没见你开过车，你开车的技术还可以嘛。

有人笑道，咋没有开过车？人家不是买了"宝驴"吗？

王猴子笑道，开车就是碎碎个事，我"老瞌睡"哥年轻时也是考过功名的人，你想他在戴帽山群里发的那些话，一般人能说得出来吗？

王振鹏把车停住，笑道，哪一壶没开你就提哪一壶，你老哥把肠子都悔青了。

# 98

我对农村生活以及农村传统节日越来越有兴趣了。正月十三店头镇逢集，山洼里村许多男人一大早就赶往店头镇，去给家里或是给老先人买灯笼。我吃过早饭给马书记说，我想去店头镇转一下，看看农村集市卖灯笼的情景。

我开着车正在街上行驶，碰见王勤勤老汉推着自行车，我问他，干啥去？他高兴地说，到镇上给孙子买灯笼。我说，你家保成呢？老汉说，娃忙他的事。我说你把自行车放下，坐我车走。

我在等王勤勤老汉的时候，王军开着面包车过去了，车里还拉着别人。大海也开着"货拉拉"去了店头镇。我和王勤勤老汉一路说着农村打灯笼的故事，两袋烟的时间就来到店头镇，距离街道还很远，就看见村里的王大宝、王建设、王振鹏、王益娃和王喜娃他们了。我和大家热情地打着招呼，问他们，把车停在这里干啥？建设说，街里头没地方停车。

今天，建设、振鹏和益娃都开着三轮电动车，大宝却开着新买的打药机。

我笑道，咋把打药机开来了？

大宝说，心里高兴嘛。

我看着坐在"宝驴"上的益娃笑道，老叔，今天在店头镇进馆子不？

益娃说，来了肯定要进馆子，老叔今天请你吃饺子。

我看着大家说，我请大家吃饺子。

大宝笑道，今天馆子里吃饭的人肯定多，就怕吃不上。

大家说说笑笑结伴向店头镇走去。窄窄的"丁"字形街道两边的柿子树和白杨树之间，绑着高高低低长长短短的绳子，绳子上挂满了各式各样的红灯笼。还有人在背篓上插了一圈扫帚棍，把红灯笼一个个套在上边。街面上人挤人肩碰肩热热闹闹，也不时遇见村里其他人，真的是别有一番情趣。不久，我们各忙各的事就走散了。我独自在街上慢慢地转悠，听着闹嚷嚷的说话声，看着那些大的小的、圆的方的、纸的纱的、红的绿的红黄格格的灯笼，竟然被深深地吸引了，忍不住自己也买了一个。就在我买了红灯笼转身的时候，看见三娃手里也提着红灯笼。三娃说，他刚在镇政府门口碰见镇政府办公室的人，说镇政府办公室刚给老书记打过电话，叫咱村和店头镇还有上坡头几个大村子，正月十六逢集的时候来店头镇敲一下，热闹热闹，把大家的精神提一提。

和三娃分手后，我继续在街上转悠，赶集的人不再像刚来时那样拥挤。农村的集市总是这样，在早饭前后起市，热闹到中午吃饭前后就慢慢地冷清下来。我买了十几个麻花提在手里，一边吃一边向镇子外边走去。来到停车的地方，勤勤老汉已经在等我。大宝和建设已经回家了。益娃还坐在他的"宝驴"上等我。我叫他们吃麻花，益娃说他在街上吃了，肚子吃得饱得很，没地方吃了。往回走的路上，我和勤勤老汉又说起农村灯笼节的故事，经过去店头镇与回村里两次交谈，我对农村的灯笼节有了一些了解。农村打灯笼，总共有三个晚上，十四、十五和十六晚上。十四晚上打灯笼叫"照影影"，就是孩子打着灯笼，把自家院子屋子的角角落落照上一遍，说这样就把藏在家里的所有神怪吓跑了，在新的一年里，一家人就有吃有穿平平安安。十五晚上打灯笼叫"转灯笼"，就是娃娃们打着灯笼，跟成一行在村子里转圈圈，围着麦场转圈圈，围着碾盘子转圈圈，围着老槐树转圈圈，围着涝池转圈圈。到了十六晚上，则把打灯笼叫"碰灯笼"，因为过了今晚，年事就要烟消云散了，地里的农活就要正式开始，而娃娃手里打的红灯笼，是不可以留到明年再打的。所以说，这天晚上，孩子们打着红灯笼，放开胆子尽情地在村子里呼喊奔跑，甚至有意举着灯笼相互碰撞，在孩子们的呼喊声里，一个又一个灯笼燃烧起来了……

老汉还给我唱起他小时候打灯笼唱的歌谣：

光光爷

照影影

今个晚上挑灯笼

一个一个红彤彤……

正月十四天黑以后，我把买回来的大红灯笼挂在彩钢瓦的大棚底下，随后就去街上转悠。站在广场边向街上看去，一条街看不见一个打灯笼的孩子，我心里就平添了许多愁绪，或者说是更多的感慨。望着寂静的街道，我想，不可能再有像勤勤老汉说的那样，十四、十五和十六晚上，村子里到处都是打灯笼的孩子，他们成群结伙欢声笑语，让整个村子都变得红红火火热热闹闹。尽管这样，坚守在村里的人，却没有忘记这个灯笼节，孙子虽没有在自己跟前，他们还是像过去那样，十四晚上在院门上挂起了一盏盏的红灯笼。到了十五晚上，去老先人的墓地"送灯"。如果是新坟，也就是三年内去世的老人，便给坟前插一盏白纸灯笼；如果先人去世多年，就插上一盏红灯笼——就是在地上插三根扫帚棍，把从店头镇买回来的红灯笼，套在扫帚棍上。如果是白纸灯笼，那必须自己做。在大家的心里，亲人活着时怎样生活，到了另一个世界，也是怎样生活。

我沿着村街慢慢往前走，走到王勤勤老汉家门口，看见王喜龙挑着红灯笼在院子里"照影影"。我很想进去，但还是离开了。我继续往前走，有的人院门上静悄悄地挂着红灯笼，有的人院门上却没有……

# 99

正月十三我从店头镇回来，马书记告诉我，他和老书记、欢庆已经商量过，明天叫村里所有男人来村广场练习敲锣打鼓，叫我和三娃明天一大早开车去县城，买一百条红绸带。

我和三娃从县城回来已经是半下午，走到村边的老庙跟前，就听见阵阵的锣鼓声。到了广场，老书记叫大家把红绸带拴到腰上，再练习一下。他说，十六耍热闹虽说是镇上临时安排，可我们要像过去一样敲出阵势来，在店头镇好好把心里的高兴扬一扬，然后回来到地里好好干活。

第二天，我也拿起一对铙钹，跟着大家在广场练了一整天。十六早上，因为还是早春，太阳出来前大家就在家里吃过早饭了，而后陆陆续续来到村里的广场。依照之前的安排，下窑村的胜利开着自己的小货车，然后和三娃、大嘴、前进、大海、大田、小田等，一起去了祠堂。去年祠堂落成庆典后，村里就把鼓架子放在祠堂底层的仓库里。鼓架子做的有炕面大，几个人往车厢上一抬就好了。

地里的活还不是很急，又是逢集的日子，方圆几十个村里的男男女女老老少少，沿着各村的柏油路或水泥路向店头镇赶来。半早上天气暖和起来，在店头镇周围的广场、路边已经停满了大大小小的车辆。而店头镇"丁"字形的街道上，已经是人声鼎沸非常热闹了。虽然人多，但叫人有些遗憾的是，站在街边看热闹的人，孩子却看不见几个，因为学校已经开学了，许多孩子跟着父母到县城甚至大城市里去了。

各村的锣鼓队分别集中在丁字街道的两头，山洼里村、上坡头村和柿树院村三个村的锣鼓队在镇子的东头。为了不互相影响，为了更好地突出各村的特点，三家锣鼓队依照来的早晚，选择了先后出场，彼此拉开了一段距离。这样一来，走在前头的就有一种抢先的感觉，中间出场的就有一种唯我独尊的感觉，而最后出场的却有一种压阵的感觉。山洼里村来得最早，自然是第一个出场。

山洼里村胜利开的小货车的车厢上，横着平铺了一层木板，木板上架着高高的纯木头做的鼓架子，一面像土炕一般大的红鼓被高高地架在上头。

王老虎和王大宝站在车厢的木板上，把外套一脱，单衣外边只穿着马夹，把红绸带往腰上一缠。站在地上的人也像老虎和大宝一样，脱了棉衣，穿着马夹，腰上缠着红绸带。老虎和大宝举起三尺鼓槌，狠猛地向鼓面砸去，站在地上敲铙钹的人，跟着鼓声齐声呼喊，向天而击，拴在铙钹上的红彩带瞬间变成了一片飘动燃烧的火焰。老虎和大宝先是重槌重鼓大起大落，接着是双槌翻飞密不透风。王老虎脸红筋暴，大宝眼中燃烧着熊熊火焰。敲铙钹和铜锣的人，当然也包括我，也是激情四射，大喊大叫，忘乎所以，跟着鼓点或大开大合，或上下翻转，或左右开弓，或急敲猛打，跺脚扭胯，跳跃转体，表情夸张，动作随心所欲。腰间的红绸带飘啊飞啊，像红色的海浪在翻腾，无比热烈浪漫。

走到丁字路口，店头镇西村的锣鼓队与我们迎头相遇，胜利把车停在了丁字路口东边。王老虎和店头镇敲鼓的老汉是好朋友，两人一边敲鼓一边微笑致意。

两支锣鼓队对敲了起来。一时间锣鼓喧天，好像把小镇都要搅翻了似的。敲铙钹打鼓的人，人人都沉醉其中，人人都用尽了洪荒之力，人人脸上的汗水都像房檐上的流水一样滴滴答答。许久，店头镇的锣鼓队率先拐过丁字路口向南拐去。等店头镇的锣鼓队走远以后，王老虎带着大家敲起了《盛世太平》鼓。

《盛世太平》鼓，讲究的就是一个气势万象，就是一个锦绣辉煌。王老虎和王大宝举着三尺鼓槌，先是双槌奔月，再是欢天喜地，又是八面来风，进而是千年一梦、盛世太平。

这一天，肯定是我驻村扶贫最难忘的一天，也是最浪漫的一天。

# 100

去年王喜娃就给老书记说过，他想买那种小型的"红铁牛"柴油手扶式农耕机。过年的那几天，他没事就在拼多多等各家网站上查找，相互比较看哪家的货好。大年初一那一天，天上飘着雪花，他吃过年早饭，穿着从醴泉县新开的幸福商城买回来的羽绒服来到村里的娱乐室。这里已经聚集了好多人，一部分是从城里回到老家过年的，大多数还是住在村里的人。

喜娃刚走进去，就听建设说，我在网上看了，有一种农耕机，一机多用，我想把它买回来，有了它，就把人解放出来了。

喜娃走过去问，你说的是这种机器？

说着话，他拿出手机给建设放视频。喜娃看着视频说，我去咸阳看过这种农耕机，小小的，就像咱过去的手扶拖拉机，最适合咱这里的台阶地，好开好转向，开沟、除草、旋耕、回填，特别是开沟上肥和回填，一次就过去了，好得很。

建设高兴地说，就是就是，咱两个看的是一个机器。

王大嘴兴奋地说，好得很嘛，等扶贫贷款下来，我也把这个机器买回来。喜娃，去的时候一定要叫上我。

天天说，前些日子，我到县城花了六百五十块钱买了一把电动剪子。

宝信说，啥剪子？一把剪子就六百多？抢人呀。

天天说，还有上千块的呢，你是没用过，用了就知道有多好，只要剪口能钳住的树股（枝），你只需把剪子往上一搭，手稍微一按，啥感觉都没有，树股就剪断了。

天天接着说，过去剪一晌葡萄树回来，手疼得碗都端不住。

大嘴又说，那剪子我去年就见过，看了好几回，每次拿到手里看来看去就是舍不得掏钱。刚盖了房手头紧，卖完葡萄那会儿，我又说要去买，我老婆死活不叫我买。这次等扶贫无息贷款下来，我非得买回来不可。

宝信笑道，看你拿扶贫贷款都买啥呀？

到了正月二十一，建档立卡扶贫户和低保户扶贫无息贷款下来了。其中就有王喜娃、王大嘴、王益娃、王骡子老汉、王保民老汉、王勤勤老汉、王劳动、王振鹏、王猴子、王多多、王有学、王平地等。不过，他们中只有大嘴、喜娃和建设三个人贷了三万，其他人都没有贷这么多。毕竟，他们都是认认真真过日子的人，更是老实谨慎的人，他们还没有贷款，就操心着后边咋样还，操的心比银行操的心还大。有的人因为年龄大了，就用孩子或是侄儿的名义申报。

贷款下来了，每个人就开始盘算钱的用处。像王益娃，用贷的一万元，叫他侄儿王团结开着柴油三轮车去了留镇，买了三只母羊，肚子里都怀着羊娃。用他的话说，他买的这三只绵羊，光这一次，就能产下六七只羊羔，他相信自己买的这三只母羊，怀的都是两三胎，他赌的就是这个经验。

像王大嘴，现在他家的日子过得顺风顺水，又因为一个升旗视频，把他宣扬得五湖四海的人都知道了，现在，他的心情好极了。他之所以贷三万元，是因为他不仅从他三叔手里包了二亩多地，还想在这块地里建造大棚，走绿色农业发展之路。

王喜娃虽然也贷三万元，却没有像之前给老书记和马书记说的那样，用按揭的办法买一辆"货拉拉"。原因是去年的葡萄一半是在网上卖的，一半是外地客商来村里收走的，所以他就不想再买"货拉拉"了。毕竟，去年买车的目的还是想卖葡萄，既然葡萄销售不发愁了，那就没有必要再买车。一辆车买回来，每月还车贷不说，还要买保险、加汽油，以他目前的情况，还达不到把车买回来闲放在家里。

到了正月二十四，王喜娃等二十七户人组团去了西安城，去购买"红铁牛"小型多功能农耕机。这种小型多用途农耕机，有许多种，但大家还是对手扶双轮式情有独钟。这不仅是为了省钱，也是早年在生产生活中手扶拖拉机留下的深刻记忆，再就是结合自家葡萄园的特点所做的决定。于是，大家高高兴兴交了定金，农耕机公司也给了许多优惠，还答应免费把机器送到村里。

他们回来路过醴渌县城时，又一块去了农具店，大嘴、喜娃、建设、王振鹏等好几个人，各花了六百五十元买了一把充电式剪树剪子，另带一块充电池。这样的话，一块电池装在剪子里剪树，另一块电池放在家里充电。

# 101

不到一星期，同样是四辆大货车，把二十七户订购的"红铁牛"牌农耕机送到了村里。两辆车上装的是农耕机，两辆车上装的是农耕机配套的开沟机、除草机、旋耕机、回填施肥机。村里不仅是有葡萄园的人跑到村广场来看热闹，没有葡萄园的人也来了。大家都想知道这种"红铁牛"机器到底中用不中用。

另外，市电视台记者本来上一星期就要来村里采访，在听说村里二十几户人要买农耕机的事后，决定把采访时间推迟，特意安排到这一天。还说，之前他们不知道给全村种葡萄的家庭把现代化打药机买回来了，要是知道，那一天就应该来。既然那件事错过了，这一回不能再错过。

他们一大早就来到了村广场。老书记特意安排欢庆老婆在家里炸油饼，叫秉银老汉提了醪糟来招待记者。记者把马书记、老书记、王党信和欢庆，还有九先生和大嘴采访了半天，随即，拉"红铁牛"农耕机的大货车就来了。后边同样跟着一辆中型四轮叉车。

红色的多用途农耕机一辆接一辆被四轮叉车叉起放在地上。随后，各种农耕机具也被卸了下来。

广场上站了黑压压一片人。有两个记者在大家之间走来走去。老书记高兴地感慨道，去年新媛还给咱说，农业要走机械化、现代化道路，这才过去多久，前几天刚把现代化打药机买了回来，一转身这么多人又把"红铁牛"买了回来。

王益娃笑道，"红铁牛"这名字好，听着就想起生产队时的红驾辕牛。

有人说，一听就是干农活用的。

有人说，看着好看，不知道到地里干活咋样。

跟车师傅说，不用急嘛，等一会开到地里试一下就知道了。我今天来，不但要叫大家买得放心，还要叫大家买得满意。

大货车和四轮叉车走了。跟车师傅给每辆车加油加水，又指导给几辆"红铁牛"后边分别装开沟机、除草机、旋耕机和回填施肥机。

大嘴、喜娃、建设、天天、拴牢和振鹏分别开着农耕机，一个跟着一个，由大嘴带着向广场南边包他三叔的地里走去。大嘴握着车的两个把手，乐呵呵地咧嘴笑着，嘴角能挂到耳朵上，其他人开着"红铁牛"跟在后边。

记者在前边不停地拍摄着，还特别给大嘴来了一个特写。

走到地堎头，师傅叫大嘴先开着开沟机试一下。大嘴笑着启动开关，机器哗哗地转动起来，大嘴在师傅的指导下降犁挂挡，"红铁牛"欢快地向前跑去，泥土在大嘴脚下像波浪一样翻滚。

记者在前头紧跟着拍摄。

"红铁牛"走了五十多米，大嘴回头高声喊，嫽得很、没麻达（就是没有问题的意思）。师傅叫建设开着回填机跟在大嘴后边走，沟渠又恢复得平平展展。

师傅看着大家问，咋个样？

众人一片叫好声。

喜娃笑道，叫我开施肥机给咱试一下。

有人喊，没有肥料咋试呢？

师傅说，我准备着呢。

说着话，师傅提着一个小袋子走到农耕机跟前，把几斤肥料倒进肥料斗子。喜娃启动机器，"红铁牛"又欢快地向前跑去，好几个人跟在机子旁边，看肥料是咋样从斗子里撒下又被埋在土里。

王振鹏开着自己的"红铁牛"到地里转了一圈，站在地堎头情不自禁笑道，有了"红铁牛",有了打药机,有了自流灌溉,还有了电动剪树剪子,这农民当得太有意思了。

喜娃说,看把你说得高兴的,比当上县长还得意。

大嘴说,县长操的啥心?从早到晚心里就没闲过,咱从早到晚啥心都不用操嘛。

别的人也开着"红铁牛"进了地里,田地里一片"红铁牛"的突突声,像敲锣打鼓一样热闹。

记者时刻紧跟着拍摄,比开"红铁牛"的人还紧张。第二天,记者又在各大网站,把山洼里村美美宣传了一回。《咸阳日报》又整版介绍了山洼里村的事,接着《陕西日报》又整篇进行了转载,还配发了众人在地里开"红铁牛"试机的照片。山洼里村又美美地火了一回。老书记看着报纸高兴地说,把网上和报纸上写咱村的文章都收集好。

欢庆说,叫王党信到乡镇政府再找些报纸回来,给祠堂里保存几张,后边咱修村史族谱,续写《山洼里村功德簿》的时候,一定要把这事写进去。

三娃说,年前市上刘书记和县上李书记来咱村,这也是大事,把这事也要写进去。

# 102

由于村里申请了"一村万树"和"产业资源路"项目,特别是戴帽山高山森林公园的叫响,村里想在山上栽树的人突然多了起来,就连在城里打工的人,有人也想在戴帽山上拥有自己的一片小树林。这样,从原来的不到三十家一下增加到了一百来家。为了使这项工作有序进行,村里不得不在原来的基础上,再重新进行规划。

依照村里研究的办法,所有想在山上栽树的人,在村里规定的日子集中到山上,然后沿着村里设计的"产业资源路"重新规划地块。已经挖好树坑的地块还是归原来挖树坑的人。村里又在山坡上重新划定了七十多个小地块,每个地块里大概能栽五六十棵树。然后用白石灰把新划分的每个地块圈起来，在里边用白石灰写上"1、2、3……"的序号。最后，把这些序号写在小纸片上，揉成纸阄，叫后边想栽树的人来抓。

这样下来，新增加的和已经挖成的树坑，就有一万多个。

三娃把做好的纸阄放在一块大石头上。欢庆说，不要着急，一个接着一个抓，这些纸阄都是当着大家面做的，接下来就看你的手气，说不定你抓得早，却抓到山顶上去了。

有人笑道，山顶上好，山顶距离红亭近，每年摘柿子和柏籽的时候还能坐到红亭下边看风景。

有人笑道，咱这是第几次抓纸阄了？

有人说，生产队解散分牲口时抓了一次，分一等地、二等地和三等地的时候抓了三次，这是第五次了。

有人说，分柿子树的时候还抓了一次。

有人笑道，我的爷呀，咋抓了这么多。

有人说，分牲口抓阄的时候，我的手都发抖呢，当时就怕抓到"叫驴"。

有人笑道，分队是八几年的事，你算一算，那时候你才多大？牛牛还在裤子外边露着呢，能轮到你的手发抖吗？应该是你大吧。

老书记笑道，不要胡说冒撂了，没看太阳快要压山了。

大家笑呵呵地向大石头走去，谁也没有着急，就像欢庆说的那样，这就是看你的手气。

一个人抓了，又一个人抓了。王党信坐在一边的荒草坡上说，我真羡慕山洼里村有这样的条件，像我村就没有这条件，等戴帽山高山森林公园建成了，这里肯定会变成旅游的好地方。

马书记坐在一块石头上左右环视着说，王党信说这话我相信，戴帽山真是一块风水宝地，我感觉自己已经和戴帽山有了不解之缘。

抓了阄的人依照纸阄上写的序号，向山坡上走去，找寻属于自己的地块。有人已经拿着镬头在地块之间挖土坑、栽石块，与别人家的地块立地畔。一个人这样一做，别的人也看样学样。整个山坡上，到处都是立地畔的人。

等给界畔上栽完石头，太阳已经落山，王大宝看见身边土崖上的酸枣树，

253

上边还挂着零零散散的干酸枣，就伸手去摘，一边摘一边说，我想给我阳坡那片"料礓石"地里栽酸枣树呢。

欢庆问，咋想起栽酸枣树了？

大宝说，去年我老婆一料柏籽卖了一千，打酸枣卖了两千多。

猴子说，我老婆去年摘柏籽、打酸枣也卖了两千多。

有人说，咱山前这片柏树林今年柏籽结得繁得很，咱村里好多妇女在里边摘柏籽就摘了一个多月。

有人说，去年刚摘下来的湿柏籽一斤卖四块钱，刚打下来的湿酸枣卖五块，可后来一斤酸枣卖到了十块钱。

有人说，我咋没想到栽酸枣树？

大宝说，我已经在手机上看了，种酸枣树先要催苗呢，可咱就不懂这技术嘛。

听到大家的话，我就在手机上查寻起来，竟然看到在网上有卖酸枣树苗的。

大宝又说，我说的不是笑话，真的想栽酸枣树。

有人说，还是要多栽柿子树，柿子能顶饭吃，卖不出去了还能削柿饼。酸枣卖不出去，你能把酸枣当饭一样吃吗？

有人高声笑道，摘酸枣还不如逮蝎子，去年一斤蝎子卖到了五百三。

茂娃老汉笑道，蝎子是能卖钱，可蝎子越来越少，越来越难逮了。

老书记说，大家这样说，我觉得栽酸枣树也是一条致富的路，酸枣树耐旱，不用人管，年年都枝繁叶茂。

马书记说，我也赞成把栽酸枣树当成一种产业来考虑。

欢庆说，山上要栽这么多树，人挖坑怕是来不及了，咱要联系挖坑机呢。

三娃说，我表哥就有一个小型链轨式挖坑机，我现在就打电话给咱联系。

第二天，三娃他表哥和娃开着平板车来到村里，车上拉着小型链轨式挖坑机。挖一个树坑四块钱，还不用管饭，每到吃饭的时候，他们就开着自己的车去店头镇吃饭。因为时间紧，后边排队的人多，三娃他表哥又联系了一台挖坑机。从早到晚，两台挖坑机在戴帽山上突突地响着，后边总是站着六七个排队等待的人。

那些想栽葡萄树的人，一看挖坑机挖树坑不仅效率高，节省人力，还花钱不多，都打算等把山上的树坑挖完，再叫挖坑机到转包的地里去挖葡萄树坑。就在大家站在戴帽山山坡上一边看挖坑机挖树坑一边等待的时候，王好仁来到山上给大家说，大海在网上联系到卖酸枣树苗的人，如果谁想要，就给他说一下，大家尽量凑到一块去买，他打算在沟坡那片"料礓石"地里栽酸枣树呢。

王劳动说，我东坡里还有半亩地，我和媳妇商量了一下，也想在那片地里栽酸枣树。

茂娃老汉说，我东坡沟里也有一片地，我也想给里头栽些酸枣树。

王振鹏说，你一年逮蝎子、摊煎饼，还有几亩葡萄园，还种了好几亩麦，你王军还有养猪场，你还想干啥呀？

茂娃老汉笑道，逮蝎子就不是个常法，现在蝎子一年比一年难逮。摊烙面是个季节活又是个下苦活，我都担心明年后年还能不能干得动。我跑不动干不动了，总不能伸手给娃去要钱，他大给娃钱是天经地义的，他大给娃要钱，比到银行贷钱还难。我栽些酸枣树，就当给我挣养老钱呢，打酸枣又不用出啥力。

建成说，王军那么大一个养猪场，一年要挣多少钱，零头都够你养老了。

茂娃老汉叹息一声说，一家不知道一家难，娃没念成书，城里站不住脚，只好回来弄了个养猪场。前年猪肉价一直疲软，辛苦一年没落下钱，要不是我种麦、摊烙面、逮蝎子，那一年的日子都不好过。去年猪价好一些，总算落了几个钱。咱就不是电视上看的人家弄的那种大型现代化养猪场，动不动就是上了千上了万，王军的养猪场一年出槽猪就是个二百来头，去年借了山娃十万，总算把养猪场挪到野地里去了，不知道今年能不能把这钱挣回来。娃也有家有口，不容易嘛，我不趁早替自己想点办法能行吗？

喜娃对王好仁说，你给大海说，给我登记上三百棵酸枣树苗。

建设说，给我也登记上三百。

大嘴说，给我登记上二百。

喜娃看着我笑道，说不定这也是村里人的一条出路。过去苹果园子挖了，大家都愁给地里栽啥种啥呀，刚栽葡萄树的时候，人人都担心，不敢多栽，怕葡萄卖不出去，谁能想到现在葡萄在咱这里不但成了主要产业，还形成了气候。

# 103

县上果然把植树点选在了山洼里村。

头两天，县林业部门来了几名同志，说栽树时李书记和县上的领导都要来，他们事先来看一看，还有给各单位划分一下植树点。随即，村里在大喇叭里通知了一下，叫在山上栽树的各家各户来一个人，跟着县上来的同志一块去山上熟悉一下植树点划分的情况。

第二天一大早，一辆大货车拉着树苗来到村里，欢庆在大喇叭里一喊，所有人及时赶来了，包括那些在城里打工最近回村里想栽树的人。广场上立即热闹起来，大家把柴油三轮车或电动三轮车停在街边，说说笑笑等着分树。在欢庆统一安排下，依照之前登记的挖坑情况，由王党信、我和三娃，把柏树苗和柿子树苗依次分给了大家。

老书记说，明天就是植树节，县上领导和许多单位的同志都要来咱村栽树，明天一大早，各人把自己的树苗运到山上，自己先栽着，不要等县上单位的同志。

马书记说，现在的山洼里村，已经是远近有名了。特别是市上县里要把咱村树立为扶贫和乡村振兴的先进村，这是多大的荣誉，我们每个人一定要爱护村里的名声，要珍惜这个机遇。

老书记接着高声说，现在话不多说了，大家都赶紧回去，先把树根泡到水里，给树补充些水分。

第二天半早上，县上栽树的同志陆陆续续来了，不仅有各单位的同志，还有县上的领导和县电视台的记者。整个戴帽山上出现了没有过的热闹场景。记者同志站在山坡上采访了县领导和村里的老书记。还有摄影爱好者带着航拍无人机对现场进行了拍摄报道。

天色还很早，栽树的人就陆陆续续离开了，山坡上寂静了下来，可山洼里村的人谁也不想离去，都聚集到蓄水池岸边。欢庆高兴地说，这么多树，只用了大半晌时间就栽完了，场面大得到现在我心里还是很激动的，咱村从古到今啥时候来过这么多人。

王党信说，我看有三千多人。

老书记高兴地说，明天家里有水罐的，都把水罐装到车上，到蓄水池拉水给树浇一下，树刚栽下不浇水不行。

宝信和建成他们说，家里没有水罐咋办？

欢庆说，你家里没有亲戚邻里家里有？出钱叫人家给你浇一下。

王振鹏说，我现在就给我外甥打电话。

我看着王振鹏精神矍铄的样子，想起了第一次见他的情景，想起他以前长满茅草的院落，也想起马书记曾说的那几句感慨的话，房盖了，女子回来了，电动车开上了，鸭舌帽戴上了，水通到葡萄园地垄头了，还买了现代化的打药机。

我笑道，老叔，天已经热了，咋还戴鸭舌帽？

大嘴笑道，没看帽子是谁买的嘛。

喜娃笑道，天还不咋热，还能戴几天。

王振鹏打完电话笑道，给我外甥说好了，明天一大早就把车开来了。说完他话题一转竟然红了眼圈笑道，我说了也不怕大家笑话，过去，我想自己这辈子就是那个屄样子了。说不定哪天半夜死在烂土窑里都没人知道，等北窑村人发现时怕臭得都不像啥了，那时候做梦都不敢想有今天这样的日子，那时候我就是有个鸭舌帽能戴吗？

骡子老汉说，那时候，你吃的啥？穿的啥？住的是啥地方？从早到晚心里像猫抓，要是给自己头上戴个鸭舌帽，十村八村的人把你能笑话死。现在你戴鸭舌帽，大家只会夸你女子孝顺，只会说你有福。

太阳在缓慢落山，王党信说，记者把稿子发出来了，我发到群里。

大家急急忙忙拿起了手机，谁也没有想到，戴帽山在记者镜头下，竟然是这样美丽，劳动的场景竟然是如此壮观。大家正在看着，王党信又说，无人机拍摄的视频也发出来了。大家又点开视频，沟壑纵横的戴帽山在无人机镜头下，充满了诗情画意，高高的戴帽山上高天流云，山顶上正在建的红亭耸入云端。

人人都把报道和视频在自己微信朋友圈进行了转发。从此，戴帽山高山森林公园被真正叫响了。

# 104

　　村里成立戴帽山高山葡萄种植专业合作社时，又把新媛叫了回来。目的是想叫新媛给大家把建雨棚的事再说一下。因为有人对村里成立合作社还不是很积极，对建雨棚思想上还不够重视。此外，大嘴、喜娃和建设三个人，在新媛单位同事的指导下，已经把塑料大棚建好了，新媛想回来看一看。

　　因为新媛还要上班，这件事只能安排在星期天。欢庆头一天在大喇叭里通知过了，第二天半早上，村里所有葡萄园种植户都来了，许多家里不仅父亲来了，娃也来了，有骡子老汉父子、五老汉父子、王三老汉父子、勤勤老汉父子、王好仁父子、王保民父子。村小学的教室里坐满了人，新媛穿着一件浅米色风衣，显然比去年大方了许多。她坐在讲台上开口说，大家还记得不记得，去年在这个地方，我给大家说农业现代化和智慧农业的时候，有人说，他做梦都想实现机械化，可一年收入就那么一点。有人说，他千万要活到八十岁，要活到用自走式机器的那一天。还有人说，智慧大棚距离我们远得就像天上的星星。可是，这才过了几天，驻村扶贫单位已经帮我们把现代化打药机买了回来，我们村十几个人组团把多用途农耕机买了回来，村里百分之九十的葡萄园实现了自流灌溉，现在还要成立戴帽山高山葡萄种植专业合作社。大家也一定记得，去年我就给大家说，我们村目前这种单打独斗的生产经营方式，很快就会被专业的合作社替代，这话才说了几天，事情就摆在了眼前。

　　听春山叔说，我们村的葡萄专业合作社，各家的葡萄园还是自己作务，但各家各户的葡萄园从管理、作务、包装、宣传、生产、销售等各个环节，都要按照合作社的模式来运作，要按照合作社的经营管理办法来管理。这样做就是为了跟进市场，走现代绿色品牌农业发展之路。

　　今天，我要给大家说的是，我们成立的葡萄种植合作社，不能像以往那样，只是一种形式，村里必须要研究出一个办法。第一条，就是有葡萄园的各家各户，必须参加合作社，不能是谁想参加就参加，不想参加就不参加。第二条，村里必须有统一的经营管理办法，比如从今年开始，所有的葡萄园都要搭建雨棚。这样做，不仅便于耕作，便于打药，便于通风透光，特别是减小冰雹、连阴雨等自然天气影响，同时可以提高葡萄品质。第三条，今年新栽的葡萄园，必须依照普通大棚或日光大棚的技术要求来栽树，这样，就可以为后边的发展创造条件。咱现在的葡萄园，许多树的行距、株距就有问题，不但不利于机械化耕作，还不利于绿色农业、智慧农业的发展。今天，我可以肯定地说，用不了几年时间，我们自己就会对自己的老旧葡萄园进行改造升级，甚至把树挖了重新规划。说到这里，很有必要再给大家说一说建造日光大棚、温室大棚和智慧大棚的好处。

简单地说，建造日光大棚，或叫塑料薄膜大棚，俗称冷棚，这样做的好处，一是可以防寒保温。二是能抵抗自然灾害，能防风、防雨、防冰雹，我们这里，每年都有可能下冰雹，还有在葡萄成熟的时候可能会遇到连阴雨。如果有了大棚，就可以免受这样的自然灾害的影响。三是能防旱抗涝，达到增产稳产的目的。如果我们把风机、遮阳网和大棚卷帘技术应用起来，就能进一步调节棚内的温度和湿度，给植物生长创造一个更好的生长小气候环境，能更好地生产出优质果品。四是如果我们在建造大棚前事先设计，就能把更多的现代化作务技术应用其中，会更省人省力，节约成本，生产出高品质的绿色产品。在这个方面，我们有的葡萄园已经没有办法建造大棚了。针对这种情况，前边已经说了，从今年开始，我们所有的葡萄园先从搭建小雨棚做起。我们可以自己搭建，还可以请专业人士来帮忙，现在社会上就有专门给葡萄园搭建雨棚的人。

下边，我再说温室大棚和智慧大棚……

今天，我再次说这些话，就是要告诉大家，我们要积极参加我们村戴帽山高山葡萄种植专业合作社，只有这样，村里才能够把大家组织起来，一起走机械化、现代化、规模化、智能化、数字农业生产经营的路子。在这一点上，我们都应该向我大嘴叔、喜娃叔和建设哥学习，早一天建造大棚，走绿色农业、生态农业发展的路子。

新媛话音刚落，底下有人突然喊着新媛，笑道，叫错了，你把辈分弄错了，你咋能把大嘴叫叔？莫看大嘴年纪大，其实和你是一辈人。

新媛红了脸笑道，我不知道。

有人接着笑道，村子大了，辈分远了，叫啥就是个称呼，就像你把咱九叔叫九叔，你大把九叔也叫九叔，难不成你和你大就变成兄弟了？

大家哈哈大笑起来。

# 105

新媛回来的时候，新慧姐和路大哥也回来了。开完会新媛说，她姐和她妈在家里摊煎饼，叫我一块去吃饭。走进新媛家，院子里的杏花已经开放，一阵风吹过，花瓣纷纷飘落。路大哥正从厨房往出端煎饼，看见我呵呵笑道，去把手洗一下吃煎饼。

毕竟天气暖和了，新媛她妈不但摊了煎饼和菜合，还炒了鸡蛋和洋芋丝，还弄了一盘凉拌豇豆、一盘凉拌海带丝和一盘牛蹄筋，还给每人舀了一碗醪糟汤和一小碗油泼辣子蒜泥醋水。一家人高高兴兴围着桌子，一边吃着煎饼和菜合，一边又说起村里的事。新慧姐对他大叔说，叫你把家里地全包出去你不听，现在又在山上栽树，你都不怕劳心？

大叔说，你就像没在村里长过似的，和土地没有啥感情，别人在山上栽树，我不栽心里就像缺了啥东西，等树长大了，不说摘柏籽、吃柿子，你们回来也能在树下歇个凉嘛。

新慧姐笑道，公园是大家的，在哪个树底下歇不成凉？

大叔说，坐在别人树下歇凉和坐在自己树下歇凉，心情能一样吗？

新媛笑道，我赞成爸在山上栽树。以后，咱逛戴帽山高山森林公园的时候，不但能在爸栽的树下歇凉，还能摘柿子，如果是别人家的树，咋好意思摘人家的柿子嘛。

大叔说，把树栽到山上，几年过去就长成大树了。

路大哥说，栽树能行，地就应该全包出去，我和新慧都商量好了，家里的生活费我们出。

大叔说，我能走能动，有脚有手，要你们出啥生活费？农村人，只要能走，就闲不住。我给自己留两亩地，把麦种上，自己有啥吃，你们回来了还能拿麦到店头镇磨坊去换面。农村人和城里人不一样，城里人老了到公园广场下棋、打牌、锻炼，农村人就喜欢到地里去干活，回到家里吃饭都是香的。

路大哥笑道，就是怕老人下苦劳心嘛。

大叔说，现在种麦栽树都不用出力，也不叫下苦劳心，对我来说，那才叫享受呢。

我笑道，大叔，我理解你说的话，生活在咱农村的人，对村里的一草一木都是有感情的，对自己生活的这个农家小院，包括栽在山上的那些柏树和柿子树，都有一种特殊感情。如果让你们长期住到城里，哪怕天天吃人参，你们都不情愿，都愿意回来住在小院子里，一天三顿粗茶淡饭。

大叔乐呵呵笑道，就是就是，我在山洼里村生活了一辈子，和这里有感情，每天只要往地头一站，哪怕吃糠咽菜心里都是高兴的。

新媛看着我笑道，你这几句话说到我爸心里去了。

路大哥笑道，小米比我有文化，会说话。

新慧姐说，小米是大学生，你听着是高中毕业，实际连初中文化都没有。

路大哥听着哈哈大笑起来。

阿姨说，快吃煎饼，光顾了说话，煎饼一时凉了就不好吃了。

大叔突然高兴地说，我这一辈子，最高兴的就是两个女子都找到了好女婿。现在的娃，都娇生惯养，不知道勤俭节约过日子，动不动就到网上借钱，咱邻村一个娃，在网上"打豆豆"，整了一河滩，把老人逼得把"药王"都喝了。

新媛说，你这样说我姐夫我相信，小米到底是咋样一个娃，还说不来，还需要时间来验证。

大叔说，小米娃咋样，我心里有数，如果是个不成器的娃，能说出那些话吗？是真是假装不出来。

新媛笑道，世上啥人都有，有人结婚前就是鼻子插葱装象（相）。

阿姨说，我去年就想过了娘娘庙会，叫两家父母到一块坐坐，可你叔说，叫我不要操这个心。

我说，过年时，我爸我妈也是这话，叫我带新媛回去呢。

路大哥笑道，这事我来安排，我在这方面有经验。

新慧姐说，看把你能行的。

路大哥又哈哈一笑，往后，我和小米兄弟就要同甘共苦了。

新媛笑道，你们是要同谋搞阴谋诡计呀！

# 106

过了一个星期，新媛正式去了我家，我爸我妈高兴得都不知道东南西北了，一大早就出去买东西。可路大哥打电话过来说，叫我妈不要在家里做饭，他已经定好了饭店。

中午，在一间"天长地久"的包间，我们见了面。路大哥看见我爸，好像上辈子认识似的，拉着我爸的手，一声一个叔。我爸说，今天咋能叫你忙前忙后？路大哥说，我已经和小米是好兄弟了，新媛把新慧叫姐，这事我不张罗谁张罗？一家人还没有吃饭，就已经是热情似火。

吃饭时，我妈给新媛了一个红包，新媛也没有推辞，高高兴兴地接了过去。随后，我妈又给欣欣发了一个红包。路大哥高兴地说，从今往后，咱们就是亲戚了。小米和新媛你们商量，看哪个星期有时间了，咱一块去山洼里村，叫两家老人见一面，坐到一块吃顿饭，双方老人就放心了。去了我和新慧给咱做饭，摊煎饼、烙菜合合、烧醪糟。城里的酒店除过贵没有啥好吃的，环境都是人造出来的，哪有在乡下吃饭，坐在院子里看着天看着树心里畅快。咱吃完饭，再和大叔阿姨去逛戴帽山，山上的红亭就要修好了，路也修好了，就剩下铺柏油了。往后，等小米和新媛结婚了，我们每年就一起回山洼里村，春天一块到山上割白蒿，就是茵陈。城里边到处是高楼大厦，你到哪里去找？可戴帽山上到处是白蒿，咱割上半袋子回来，蒸疙瘩吃，还能泡茶喝。等杏花桃花开了，油菜花开了，咱带着大叔和阿姨去看花。到了初夏，石榴花又开了，杏也黄（熟）了，山洼里村家家户户家里都有杏树，野地里也长着杏树，咱去了随便摘着吃，回来时再装上一箱子……

新媛突然笑出了声。

我妈也跟着笑了起来。

我爸虽然没有哈哈大笑，却也眉开眼笑看着路大哥。

新慧姐一边笑一边说，今天谁是主人？你这人咋就说得没完没了？

路大哥哈哈一笑说，小米和新媛结缘，我也高兴嘛。往后，大叔和阿姨年年都有白蒿蒸疙瘩，有洋槐花蒸疙瘩。洋槐花山洼里村多得很，我年年拿着"捞钩"和新慧去折洋槐花。洋槐花蒸疙瘩最好吃了，甜甜的香香的，胜过山珍海味。现在城里人想吃一顿洋槐花疙瘩比登天还难，他们就不知道，刚刚要开还没有开的洋槐花最好吃了，要是花开了，就吃不成了。秋天的时候，葡萄熟了，柿子跟着红了，可石榴，我说的是酸石榴，只能等过了霜降才好吃。说老实话，我虽然生活在城里，可就是喜欢农村的生活，环境好，空气好，风景好，眼界宽，有地方逛……

新慧姐笑道，刚把你提醒了一下，你咋还说得没完没了？去把账结了。

早结过了，还用你提醒。接着路大哥看着新慧姐又说，我已经给爸说了，今年春天在地边壅几行葱，栽几行辣子，再种几窝南瓜，不打药，咱就吃纯粹的绿色食品。

我笑道，到时候咱兄弟俩一块去干活。

路大哥看着我笑道，小米，你和新媛赶快把时间商量好，咱一块去山洼里村，去了我和新慧给咱……

新媛接过路大哥的话说，前边你已经说过了，去了你和我姐给咱做饭，摊煎饼、烙菜合合……

# *107*

王党信到马书记屋里看电视去了，我趴在桌子上写驻村日记，又想起了买无人机的事。去年过年我开车回家，望着被白雪覆盖的纵横交错的山地，站在雪地里，拿着手机前后左右拍照时，就动过这个念头。前些日子栽树，我望着漫山遍野栽树的人，看见摄影爱好者用航拍无人机进行现场拍摄，又动了这个念头。这几天，我一直在手机上查看无人机的相关知识，比如油门杆、方向杆、智能环绕、云台智能跟随、APP操作软件，悬停、俯视、环绕、穿越、翻越、旋转上升，等等。

这天下午，我给同学打了电话，我知道他是摄影发烧友。他问我想用无人机干啥，我说宣传村里的事。他说，这问题说难解决也好解决，只要你愿意出钱，不要买小孩耍的那种无人机，要买就买升级版的专业智能无人机。如果你买了智能无人机，只要把人家APP下载下来，一切都好说。什么避障呀、追随呀、定点环绕呀、聚焦拍照呀，云台与GPS就给你解决了。云台相机上就有自动调整相机角度功能，镜头会始终朝向你要拍摄的目标，通过视角与GPS实现双重定位。有的无人机遥控器就带有自己的显示屏，有的无人机上就没有，还需要你把自己的手机连接上，到时候你只要看着显示屏上的画面，按拍摄键或视频键就行了。

我说，你说的这些，我有点云山雾罩的感觉。

同学说，操控无人机是一件复杂的事，说简单也不简单，这需要你在实践中去学习，在实际操作训练中去提高。再智能的东西，还需要你的手，需要你操作遥控器，需要你对油门杆、方向感熟练掌握，需要你有熟练操控无人机的能力。仅遥控器上的那些功能键，就需要你熟悉上一阵子。什么一键起飞、挡位切换、拍照录像切换，打杆控制飞机上升、下降、左转、右转、前进、后退、左移、右移，那都不是一说就会的。像控制飞机升降，像飞机前后左右移动，都需要两个杆子的熟练操作配合，都需要你经过长时间的操作训练。等你熟悉了无人机的操作，把视频和图片拍摄回来，还需要你后期的制作，还需要你学会配音、配字幕和剪辑。

我打住同学的话说，你啥时候出去把我带上，叫我跟着实际看一下。至于后期制作，到时候你再教我嘛。

随后，我把自己的想法告诉父母，他们说，只要是为了学习和工作，家里都会帮助我。我说，我在手机上看过，一台航拍无人机要两三千元，可我同学说，专业智能的航拍机需要两万元。

到了又一个星期天，我给马书记说了一下情况，王党信说他也想和我一块去。然后，我开车和王党信先到了醴渌县城，给同学发了一个定位。同学来的时候车上还拉了一个朋友，也是搞拍摄的。大家相互做了介绍。同学说，先去吃点东西把肚子填饱，拍起来就有劲了。我说，我给咱安排。同学说，没有啥安排的，都是陕西娃，不讲啥排场，一碗油泼棍棍面，再弄一碗辣子炒肉丝往面里一拌，吃了实在耐饥。

吃过饭，我们来到了泾河大峡谷。

大峡谷两边高山上灌木丛生青草萋萋，在河道对岸的崖畔上，安静地长着十几棵大柳树，树冠上一派绿意盎然。河道里，水流没有想象的那么大，许多巨大的石头直直地裸露在河道中央，窄窄的河水就在大石之间流淌，哗哗的流水声在河道里显得格外响亮。

同学的朋友选择河道边一块大石头，背着背包爬了上去。同学带着我和王党信向河道里走去，下了一截陡峭的斜坡，来到像炕面大的一块石头跟前爬了上去，同学取出无人机和遥控器。哗哗的流水声近在咫尺，同学一边操作一边大声给我和党信解说着怎样把遥控器和手机连接起来，怎样启动遥控器，怎样打开APP链接进入相机界面，什么是快慢挡，什么是油门控制杆，什么是方向控制杆，什么是切换模式，怎样左转向，怎样右转向，怎样上升，怎样下降，怎样左平飞，怎样右平飞，怎样向前飞，怎样向后飞，怎样一键起飞，怎样一键返航，怎样急停，等等。他最后说，这里头的框框道道多得很，需要你在实践中去学习，我说上十遍八遍，都不如你实际来操作一回。

说着话，飞机就起飞了，在我们的头顶上绕了一圈，然后向泾河大峡谷深处飞去。稍许，飞机越过一道山梁，消失在我们的视野中。我问，看不见飞机，不怕撞山吗？同学说，你可以根据手机屏幕中的画面来判定飞机的位置，还可以开启智能避障模式。

同学朋友的飞机朝我们这边飞了过来，环绕着我们头顶飞了起来。同学说，它在拍我们呢。

我向同学朋友的飞机招了一下手。

好久，同学的飞机从峡谷中飞了回来，随后又向河道下游飞去。飞机越飞越远，再一次消失在我们的视野里。同学只观看着手机上的界面，好久，飞机又从远处飞了回来，悬停在我们头顶。同学手一伸，接住了飞机。

同学说，你来试一下。我却不敢。同学说，我教你，你今天就学起飞，升空，悬停，向左右移动，一步一步慢慢来。

在同学的帮助指导下，我平生第一次操控无人机。第二天，我就由同学带着，到西安城买了一架自己的摄影无人机。回到村里，我每天在村外的空地里学着用遥控器操控无人机飞行，晚上学习后期视频制作。

# 108

戴帽山高山葡萄种植专业合作社在村委会的领导下开展工作，下设理事会，社长由王欢庆担任，副社长由王三娃担任，理事会成员有老书记、欢庆、三娃、北窑村的王建设、南窑村的王喜娃、下窑村的王大嘴。村里所有葡萄种植户为合作社的社员。老书记因为年龄大了，由他担任监委，与马书记、王党信和我，一起负责监督理事会的工作。合作社的管理办法，也就是戴帽山高山葡萄生产经营管理办法大体有：

一、理事会在村委会的领导下，组织落实合作社的各项工作任务，全面负责组织社员的生产、经营、管理和销售工作。对外签订生产销售合同、协议等相关事宜，由村委会代表合作社来完成。

二、村里所有的葡萄园，原则上坚持自主经营，但要统一管理，统一标准。各家各户都要在理事会的领导下，无条件遵守合作社的管理办法，遵守合作社在生产、经营、管理和销售上的相关规章制度。

三、村里所有葡萄种植户，都必须无条件参加合作社，且不能随意退社。要坚持互相帮助，坚持争创品牌，坚持走绿色农业、生态农业、观光农业、品牌农业之路。坚持走产业多样、共同富裕的发展之路。

四、村里所有的葡萄种植户，从今年起，百分之九十以上的葡萄园，都要搭建雨棚。后边新栽的葡萄园，都要遵照建造日光大棚的要求，来规划栽植树苗，赶葡萄挂果之前，都要把日光大棚建造起来。

　　五、合作社有责任有义务，帮助社员解决在葡萄生产、经营、管理、销售上遇到的各种问题。要定时联系县上农技站的老师，到葡萄园里指导社员的生产经营管理。同时，要带领社员发展扩大别的产业，如继续栽柿子树、柏树和酸枣树等，要尽早让戴帽山高山森林公园变成观光农业的热点地方，使山洼里村真正实现产业兴旺、经营多样，变成绿色生态、风景如画、村风文明、生活富裕、人人向往的社会主义新农村。

　　六、如果有社员不遵守合作社的相关生产经营管理办法，在生产经营销售过程中，有意不遵守相关的规章制度，有意损害合作社的名誉，甚至给合作社的声誉带来损害，经理事会研究拿出处理办法，该社员要无条件接受处罚，但不允许退社。

　　七、每年召开一次社员大会，每一位社员都有发言权、表决权、监督权。共同参与生产、经营、管理、销售等环节各项规章制度的修订完善。每一项规章制度经会员举手表决，如有三分之二的会员同意支持，该规章制度便可生效实施。

　　八、该管理办法一式两份，村委会保留一份，社员自己保留一份，自签订之日起生效。


　　办法研究出来以后，村里召开了所有社员参加的《戴帽山高山葡萄生产经营管理办法协议书》（简称《协议书》）签订仪式。把之前挂的"山洼里村葡萄种植专业合作社"的牌子摘了下来，把"戴帽山高山葡萄种植专业合作社"的牌子挂了上去。王三娃把《协议书》发给大家，王欢庆宣读并解释了《协议书》的相关条款。老书记说，今天，叫大家签这个《协议书》的目的，就是要把大家组织起来，把咱的葡萄产业，柿子树、柏树和酸枣树的产业做好，叫大家多卖钱，一起过上好日子。

　　王宝信老汉突然笑道，我一听社员，咋觉得真又回到了生产队的时候？

　　王大宝笑道，我也有这种感觉。

　　老书记说，和生产队有一样的地方，也有不一样的地方。生产队的时候，各人家里只有几亩自留地，大部分地都是生产队集体的，可现在的地都承包到个人名下。听着都叫社员，已经不是一回事。

欢庆说，生产队的时候，社员一起下地干活，一起回来吃饭，现在的社员是各干各的活。

大嘴笑道，我在手机上看过，到现在还有地方走的是生产队那时的路。

马书记说，中国这样大，一个地方和一个地方的情况不一样，无论咋样做，路子都会越走越宽，日子都会越过越好。

我想起读《包产到户沉浮录》一书时的感受，就想说几句话，话到嘴边却没有说出来。我心里在想，无论是以前的土地改革、互助组、初级社、高级社，还是后来的生产队，还是现在出现的农村股份经济合作社、农业专业合作社、农业产业园和农业专业大户等，都是以伟人毛泽东为代表的中国共产党人，根据农村生产发展的实际情况，适时地领导、引导农民进行的农业生产的探索与改革，而目的只有一个，就是叫中国农民都能过上好日子。而从始到终，中国共产党人的胸怀是坦荡的，心底是无私的，他们以对人民利益的忠诚，不断观察和思考中国社会主义农村现实生活中出现的各种问题，始终坚持与人民同呼吸共命运，努力地在追求实现一种完美的社会主义理想。由此，我们再回过头去看，历史就变得格外沉重，岁月就变得越发峥嵘，物事也变得愈发沧桑。也由此，我们对于中国农村未来的发展更是充满了信心与期待！

# 109

布谷鸟在田野间放声歌唱，追风的燕子成群结队。村子街道两边石榴树上头茬二茬石榴花都开过了，结出了小小的石榴。麦子鼓着劲在成熟。村里的葡萄园百分之九十已经搭建了塑料雨棚，雨棚下葡萄树嫩绿的枝叶油光闪亮，一拃多长悬垂的花穗已经开花坐果。葡萄园里一根根黑色的渗管，在薄膜下顺着葡萄树的根部直直向前延伸，爬满了整个葡萄园。在一层一层的葡萄园中间，有三处最为耀眼，就是王喜娃、王大嘴和王建设新建的日光塑料大棚。如今，大棚里新栽的葡萄树苗已经长出了新叶。不仅如此，长出新叶的，还有戴帽山高山森林公园新栽的柏树和柿子树，以及有人在荒坡地里栽的酸枣树。新修的产业扶贫路，在新栽的柏树和柿子树之间弯来绕去，从山根一直通到山顶的红亭跟前。红亭修建得高大雄伟，比二层楼房还要高，红顶红柱，六根粗壮的红柱之间搭建有供人休息的长凳，向南的亭檐下悬挂着刻有"红亭"二字的匾额，两边的柱子上镌刻着"亭观幽壑远 雨润翠林丰"的对联。

　　站在红亭下，天好像都低了下来，人仿佛站在了蓝天之外。向周围观望，不仅眼界十分宽广辽远，人心里更有一种站在高处战战兢兢的感觉，有了一种临视大地天下的豪迈。向西望去，近前是山坡上弯来绕去的产业资源路，再下边是蓄水池、层层的葡萄园、祠堂、冷库、涝池，更远处则是连绵不断的沟沟峁峁，是被烟气笼罩的村落田畴。向东望去，是绵延起伏的青山，是横竖交错、大开大合的山沟，以及隐藏在青山沟峁里像蛇一样蜿蜒的公路与隐约可见的小山村。向南望去，是沟壑纵横、荒烟蔓草、广大的黄土山地，是黄土山地之间明晰可见、接连起伏的公路和村庄，是烟雾弥漫、平川沃野的茫茫关中大平原，是绕山地下方一路向东流淌的沮河和蓝莹莹的沮河水库，以及山地和平原上的城镇、村落与醴泉县城里的高楼大厦。

　　村里想借红亭竣工的机会，在山上举办一个"戴帽山高山森林公园暨红亭落成庆典"。当村里的老书记打电话把这个想法告诉镇上的赵书记时，赵书记说，出于宣传上的考虑，县上决定以县上的名义举办这次庆典活动，要求把这场活动办得热热闹闹，要悬挂横幅，还要在村里敲锣打鼓。

　　老书记一听这话就高兴了，立即安排欢庆组织村里的人利用傍晚前后，来村广场练习敲锣打鼓，还叫我在戴帽山高山葡萄群里发了一个消息。于是，许多在外打工的人在城里就待不住了，想早早赶回村里参加这次庆典活动。就连远在七百里之外的世运老人，在微信群里看到村里发的消息后，也赶忙收拾东西，带着老伴，叫山娃开着车把自己送了回来，还打算这个夏天在老家度过。

　　庆典活动的前三天，县上具体负责这次活动的领导和店头镇的赵书记来到了山洼里村，与老书记和马书记坐在一起商量相关事宜，以及要悬挂的横幅的内容。第二天我便开车去县城制作横幅。庆典的头一天下午，村里组织大家把横幅悬挂了起来。在村口，也就是公路的十字路口宣传牌旁边，悬挂着"路修了房盖了日子越过越好了"的横幅。在广场前边的街道上,悬挂着"发展绿色品牌农业　建设宜居生态家园"的横幅。在蓄水池旁边的产业资源路上,悬挂着"龙头一拧清水长流　自流灌溉美梦成真"的横幅。在"三块石"观景台这里,依照马书记曾经的建议,因为在小山上竖立着一块和公路边的宣传牌几乎一样大的宣传牌,上面不仅画着戴帽山高山葡萄和戴帽山高山水暖柿子,还画着戴帽山高山森林公园,这里就没有再悬挂横幅。但在半山腰的"炕石"观景平台后边,悬挂着"东庄水库大手笔　乡村振兴壮三秦"的横幅。在红亭前边小广场的入口处,悬挂着"雨濯大地千山秀　日暖神州万物荣"的横幅。在小广场后边的台阶上方,悬挂着"戴帽山高山森林公园暨红亭落成庆典"的横幅。

　　没有想到的是,县上的李书记带着县上许多领导亲自参加了这次庆典活动,市、县两家新闻媒体还进行线上实况转播,这是山洼里村的人多少年都没有见过的大场面。这一天,山洼里村人,个个情不自禁,个个喜上眉梢。特别是那些敲锣打鼓的人,个个光着膀子,个个热血沸腾,个个欣喜若狂,腰上缠着红绸带,站在高高的山顶上,跟随着王老虎和王大宝手里的三尺鼓槌,跟随着《雷鸣阵》《风云会》《盛世太平》《吉祥中华·风调雨顺》大鼓,用尽洪荒之力,狠猛地击打着手中的铙钹和铜锣。他们脸红筋暴,他们激情四射,他们吼声如雷,他们抖肩、扭胯、弯腰、跺脚、跳跃,他们仰天欢呼,他们喜极而泣,脸上的汗水像房檐上的流水一样滴滴答答往下淌……

　　这一天,刘县长讲了话,李书记讲了话,市上来的各路记者在红亭前架起了山洼里村人没有见过的大型摄像机。王建军也从县城赶回来,扛着自己的摄像机跟前跑后,还有多位摄影爱好者也赶来了。我在新媛的陪伴下,第一次放飞自己的航拍无人机,对庆典活动进行多方拍摄,并对红亭和几个关键观景台,采用平飞、侧飞、抬升、旋转、环绕、俯视、对冲、悬停、拉伸、特写等多种手段进行拍摄。当天晚上,我把拍摄的视频和图片进行了后期制作,包括剪辑、添加字幕和配音,第二天早上发到了微信群、朋友圈和抖音平台。再加上市、县记者线上实况转播,紧跟着省电视台也进行了转播宣传,还有摄影爱好者制作的宣传视频,山洼里村又一次被美美地宣传了一回,声名传遍到大江南北。山洼里村也由此走进了现代农业发展的新时代。

# 小声说话（后记）

　　脱贫攻坚与乡村振兴上升为国家战略，让普通老百姓都过上好日子，这在人类历史上是没有过的事。作为身处底层的一线作者，亲身经历了这场伟大事件，如果无动于衷，如果不写点东西，那就有愧于自己从事的文学工作。

　　这次定点体验地选择的是陕西省礼泉县昭陵镇山西头村。之所以选择这里，是因为这是我的家乡，我对这片土地有感情，对生活在这里的父老乡亲都熟悉，我把这里视为自己的文学故乡。

　　《喜雨》这本书里的几个主要人物都有真实的原型，我既写了他们的现实生活，也写了自己想象里的那一部分生活。在写作过程中，我始终心怀感恩，为农村中那些最无助的人们庆幸，他们是遇上了好社会。同时，自己也有这样几点体会：一是生活是创作的源头活水，对于书写当下农村生活的作者来说，如果不真正地走进生活，那么写出来的东西可能会缺少生活的原汁原味，可能会缺少生活的烟火气。二是通过这次创作实践，我对文学与政治的关系有了更为直观的感受，我认为，政治是生活，也是民生，今天，对于中华民族，对于中国共产党来说，能让中国的普通老百姓都过上文明、健康、富裕的好日子，这就是最大的政治。这样的政治情怀，是大善大爱的情怀，是普度众生的情怀，是地球生命共同体的情怀。三是通过这次写作，我对什么是小说，也有了一点自己的感受，我认为小说就是"小声说话"。"小声说话"，就是不要着急，不要声高气喘，保持心平气静，这是一种写作态度，也是一种创作方法。犹如早年母亲纳鞋垫那样，手指上戴一枚顶针，一针一针慢慢往前纳。小说也应该是这个样子，点点滴滴，细雨润物，这样才有味道，才有可能写出你想要的作品。

另外，由于自身原因，我对"新写实主义"尤为喜欢。"新写实主义"这种说法到底被多少人认同，有多少偏差或不妥，那是另外一回事。它的特点主要在于，重视在一闪即逝的平凡琐事里发现小说，重视对现实生活扎实细致的描写，强调给平头百姓"泼烦"生活赋予尊严和价值，为鸡毛蒜皮的日常生活寻找存在的"重大"意义等。我很喜欢这样的描述，也坚定地朝着这个方向去努力，至于自己是否能做到，只是凭借了一点感觉，认为大的方向不会有错。

总之，从开始到结束，自己始终保持着战战兢兢的心态，以朴素写实的风格，或者说遵循着"新写实主义"的创作特点，并以"小声说话"的姿态，点点滴滴讲述着发生在王大嘴、王振鹏（老瞌睡）、王喜娃（犟牛）、王益娃（漏嘴）、王骡子老汉等人物身上的故事，只希望通过讲述发生在他们身上的故事，艺术地表达他们在走向小康之路上的酸甜苦辣、风风雨雨，呈现出农村中这些最无助的人们，他们的个人命运、家庭命运与国家命运的紧密联系，尽可能地塑造出具有鲜明个性、历史特质和时代精神的新农村典型人物形象。这也就是说，自己十分希望，书中写出来的故事与人物，从生活的真实性上来说，是可信的；从艺术的表达方面来说，是典型的，是具有代表性和广泛性的。

因为这本书的生活体验地是自己的家乡，自己对村子里的一草一木都是有感情的，所以在书稿里，自己用心地对渭北高原当下的自然风光、村风民俗、生产生活场景、村落发展变化等进行了细致描写，努力地让该书多具有一些生活的气息、泥土的芳香和历史岁月的沧桑感，真切地呈现出当下农村生活的本相。

此外，在写作的过程中，自己最纠结、最努力的地方，就是怎样用小说的手法——通过对农村修产业资源路、修蓄水池实现自流灌溉、建祠堂、建网站、修红亭、签土地转包合同、购买现代化农机具、建雨棚、创"戴帽山高山葡萄""戴帽山高山水暖柿子"品牌、修建戴帽山高山森林公园等别开生面的艺术表达，来呈现农村生产力和生产关系发生的变化；从传统农业向机械化、现代化、智慧农业的发展走向；朝着绿色农业、生态农业、品牌农业、观光农业的发展转变；以及传统村落向文明富裕、宜居生态家园的转变。真真切切反映出时代的过往，传统农业的落幕，以及农民不再是一种身份而是作为一种职业的命运变迁。

结果如何，距离自己想要的效果还有多远，我认为还有修改空间。感谢陕西省作家协会对我的信任，给了我这样一次深入生活、学习创作的机会。感谢陕西省作家协会在西北大学太白校区举办的改稿会。感谢陕西省专家评委老师、咸阳市专家评委老师对本书的肯定，使本书得以入选 2023 年度陕西省重大文化精品项目和 2022 年咸阳市文艺精品创作项目。感谢礼泉县、镇、村的人在本书创作过程中给予我的关心支持。感谢陕西太白文艺出版社对本书的推荐申报、编辑出版，特别感谢责编老师的辛苦付出。是为后记。

2023 年 3 月 8 日